창 안의 이야기

공선옥 지음

초판 발행 2020년 11월 15일
지은이 공선옥
펴낸이 안창현 **펴낸곳** 코드미디어
북 디자인 Micky Ahn **교정 교열** 최기주

등록 2001년 3월 7일
등록번호 제 25100−2001−5호
주소 서울시 은평구 갈현로 318−1 1층
전화 02−6326−1402 **팩스** 02−388−1302
전자우편 codmedia@codmedia.com

ISBN 979−11−89690−41−0 03810

정가 15,000원

창 안의 이야기 | 공선옥

권대욱 | 휴넷 회장

이 세상에 참 많은 이야기들이 책이라는 이름으로 존재하지만 감동을 주는 책은 많지가 않다. 참 많은 친구들이 존재하지만 오랫동안 향기로 그리움으로 기억되는 친구들은 많지 않다.

이 책은 내 친구 김승준의 부인 공선옥 여사가 그를 기억하며 이 세상과 내면의 경계에서 쓴 아름다운 이야기들이다. 때로는 독백이며 참회이며 무섭도록 솔직한 사랑의 글이지만 이제는 고인이 된 남편에게 바치는 헌시가 되고 말았다.

그는 세상을 떠난 마음으로 세상을 살고 세상에 매인 마음으로 세상 밖을 꿈꾸던 사람이었다. 모르는 것도 없으며 아는 것 또한 없었던 세상의 잣대로는 도저히 이해할 수 없는 사람이라 제법 세상을 달관한 척하는 나 조차도 세상의 욕망에 충실하라 이야기 할라치면 씨익 웃음 한방으로 나의 속좁음을 날려버리는 그런 사람이었다. 그는 어느 날 교회에서 기도 하던 중 하나님의 품으로 달려갔고 그의 부인은 창 안에서 세상을 바라보며 못다한 사랑과 삶을 허허롭게 이야기 한다.

창은 하나의 경계이다. 이제 그 경계를 허무는 솔직한 내면의 이야기들을 들어보자.
우리가 가졌던 상, 우리가 가졌던 선입견이 얼마나 허망한 것인가를 평범하지만 비범하고 비범하지만 평범한 한 여인을 통해 알아보도록 하자. 이 모두 우리들의 이야기 아닌가. 그러기에 큰 울림과 감동이 있을 것이다.

조시

친구 하나가 세상을 떠났다

하버드 AMP 인연으로 만나 참 가까이 지냈었는데
세상에 모르는 것 하나 없고
또 아는 것 하나 없어
늘 편안했던 친구

물처럼 바람처럼 살다가
이리도 허망하게 가다니

인생무상이지만
교회에서 기도하다 하나님 곁으로 갔다니
가장 복된 죽음이 아닌가도 싶다

잘 가라 친구
김승준

Contents

Contents

8
창 안의 사람들

9
28일의 장례식

1.

안데르센의 동화 중에 유명한 성냥팔이 소녀의 이야기가 있다. 겨울날 춥고 배고파서 웅크리던 소녀가 크리스마스를 앞둔 어느 저녁 시간 가족들이 함께 하는 행복한 창 안의 풍경을 들여다보는 장면이 있다. 크리스마스트리가 있고 온 가족이 둘러앉아 오손도손 이야기를 나누며 저녁식사를 하는 광경은 자신과는 다른 삶을 사는 행복한 모습이다. 추웠던 그녀에게 가족이 함께하는 창 안의 따뜻함은 절실했고 늘 마음속에 그리었을 꿈같은 모습이다. 그 시간 그녀에게 식탁 위에 풍성하게 놓여있는 음식들은 간절한 소망이다.

손을 후후 불며 남의 집 처마 밑에 쪼그려 앉아 성냥을 그으며 추위를 녹이다 눈을 감은 소녀에게 무엇보다 부러운 것은 함께할 가족이었을 거라는 생각이 든다. 동화 속의 소녀가 그렇게 열망하던 것들과 함께하던 창 안의 사람들, 그들에게 창밖은 어떤 풍경이었을까? 밖에는 춥고 배고픈 한 소녀가 있었고 매서운 겨울바람이 불었다. 한편으로는 크리스마스를 보내기 위해 설레는 모습으로 집을 향해 바쁜 발걸음을 옮기는 이들이 있고 행복한 그들의 손에는 선물도 들려 있었을 것이다. 다른 날보다 풍성하고 화려했을 거리의 한편에 외로운 소녀가 있고 소녀는 끝내 눈을 감았다. 모든 것이 서로 교차하는 지점과 시점이 있다.

창은 안과 밖의 경계선에 놓여있다. 안과 밖을 이어주는 연결선상에 있다. 안에서 밖을 바라볼 수 있고 밖에서 안을 바라볼 수 있는 통로이자 외부로부터 자신을 보호해 주는 방어 체계이다.

우리 모두에게는 창 안의 이야기가 있다. 어떤 이는 네모난 창을, 어떤 이는 둥근 모양을 가진 서로 다른 모양의 창이다. 각자는 자신의 창을 통하여 세계를 본다. 나와 세상을 이어주는 창 안의 이야기가 궁금하다. 자신의 이야기가 또 다른 이야기를 만나 새로운 세상을 만들어 간다. 오래된 이야기지만 늘 새롭게 다가오는 주제들이 변화와 불변을 거듭하면서 결국, 이 좁고 낡은 골목을 지나게 될 것을 믿는다.

2.

그냥 마음 가는 대로 글을 써보았다. 그리고 어느새 7년이 흘렀다.

싸우고 판단하고 정죄하고 웃고 울고 살았으나 내가 본 것이 전부가 아닌 적이 얼마나 많던가. 옳고 그른 것이 무의미할 때가 있었고 실체를 잡을 수 없는 정의와 공의가 허무해서 감히 나 같은 게 울었다. 그렇게 살면서 어느 순간 생각되는 것들을 글로 써보는 것이 습관이 되었다. 후로 이 책을 왜 내야 하는지 아무리 생각해도 마땅한 이유가 생각나지 않아서 그냥 덮어둔 채 혼자만의 이야기가 되어 수년이 흘렀다. 지루하기만 한 이야기일지도 모른다는 생각에 시간만 흘렀다.

어느 날 문득 노트북을 켜고 다시 열어본 그 안에 서 있는 한 사람을 보았다. 가만히 서서 무언가를 기다리는 한 사람을 보았다. 창의 안과 밖 그 경계선에서 서성이는 이야기들을 보았다. 이야기는 창문을 열고 나가고 싶어 한다. 그 안에서 서성대던 사람들의 이야기다. 어느 날, 그 어느 시간, 다 하지 못한 마음 이야기가 함께 나누어지기를 바란다. 만나서 차마 말로 하기 어색했던 이야기가 글이 되었다.

힘든 삶의 이야기들, 어색했던 만남의 이야기들이 책을 통하여 따뜻한 만남이 될 수 있기를 원한다. 창 안의 이야기는 나를 스치고 지나는 모두의 눈길에 보내는 인사다. 안녕이다. 허물 많은 나를 돌아보며 써본 글이고 감당하기 벅찬 현실 앞에서 고개를 떨쳐버리고 마는 작은 마음들과 나누고 싶은 이야기다. 가족으로부터 버림을 받거나 소외당한 깊은 슬픔을 가진 자들 양육자나 배우자를 잃어버린 사람들의 이야기다. 사랑하고 사랑받아야 할 사람들에 대한 아픔을 가진 자들을 생각하며 써본 글이다.

강하고자 해서 매순간 연약했고 때로는 좌절을 맛보기 싫어서 슬프고 분노했다. 다 털어놓을 수는 없지만 잔잔한 이야기들이 서로의 마음을 보듬어 줄 수 있으면 좋겠다. 상처받은 다른 마음, 다른 언어가 평행선을 그리며 접점을 찾지 못한 아픈 시간에게 바친다.

책을 내기로 결심하고 짬짬이 글을 다듬던 어느 날 아침 일찍 예배를 드리러 나간 남편이 영영 돌아오지 않았다. 2019년 12월 15일 결혼 39주년 하고 5일째 되던 날이었다. 아내의 책이 나오기를 기다리며 저자 소개까지 손수 정성스레 써줬지만 끝내 결과물을 보지 못했다. 어린아이 같고 또 이해하기 어려울 정도로 멋져서 이 세상보다 잘 어울리는 하늘나라로 떠나버린 내 남편이 이 글을 볼 수 있기를.

창 안의 이야기 1

창밖에서 안을 보니 그가 거기 있었다
호기심 가득 찬 눈으로
창문 너머를 바라보고 있었다

창밖에서 안을 보면 나는 거기
갇혀있는 사람이 된다

그림만 가득한 창밖은 소리가 없다
상상하는 소리가 그림과 뒤엉켰다

눈을 맞지도 못하고 비를 맞지도 못하고
스치는 바람결에 볼을 대보지도 못하였다
그렇게 나는 오랫동안 창 안에서만 밖을 보았다

1부

이야기

한밤을 달리다

그녀는 한밤중에 혹은 동트기 전 새벽의 밤길을 달렸다. 남편은 그녀를 잡으려고 혼신의 힘을 다해 뒤를 쫓았다. 그녀는 절대 잡히지 않아야 할 것처럼 필사의 힘을 다해 달리고 또 달렸다. 그리고 그녀는 절대 잡히지는 않았지만 다음날이면 어김없이 다시 그 자리, 그녀의 집에 있었다. 그 어디에도 달린 후 그녀가 가야 할 곳도 멈춰 서야 할 곳도 획기적인 탈출구도 없었다. 그것이 현실이었다. 벗어날 수 없는 일상이고 주어진 각자의 삶의 무게다.

우리는 문제를 극복하는 과정을 통해 자신만의 해결책을 찾아내고 삶의 방향을 그려간다. 하지만 살아가는 과정 중, 즉 죽음을 향해 달려가는 여정까지는 필연적으로 끊임없이 문제들을 마주치게 된다. 스스로 해결할 수 없는 문제 혹은 해결할 수 있지만 벅찬 문제들을 풀어가며 너무나 많은 에너지를 소비하게 되는 것이다. 더 고통스러운 것은 아무런 대안도 없이 모든 것이 무너져 내리는 것 같은 그 시점에서 우리가 스스로의 무지와 공허를 맛보며 인생의 벼랑 끝에 서게 된다는 사실이다.

삶이란 것은 간단하지 않고 특별한 공식도 없으며 명확한 해결책도, 정선된 해답도 없다. 그러나 어느 곳을 바라볼지, 어떻게 생각할지, 어떻게 삶의 과정을 거쳐 가는지, 이후의 생각이 어떠한지에 따라 서로가 다다를 수 있는 지점은 똑같지 않다. 각기 다른 지점에 도착하게 되는 것이다.

생각해보면 삶은 엄청난 도전이다. 어딘지 모르는 길을 가야 했던 것이 그렇고 누군지도 모르는 사람을 사랑했던 일이 그렇다. 어찌 보면 무모한 도전의 결실들이 열매를 맺고 그렇게 삶의 이야기는 하나의 산을 넘고 또 넘는다. 우리는 산이 높은지도, 골짜기가 깊은지도 경험해보지 않으면 잘 알지 못한다.

다 알려고 하지만 알 수가 없고 더 가보려고 하지만 모르는 길이다. 자신의 의지대로 움직이는 것 같지만 뜨거운 햇볕 아래서 땀을 흘리고, 불어오는 미풍에 땀을 식히는 피조물일 뿐이다. 추수하기를 기다리고 결실의 열매를 위하여 수고하지만 가을이 와야 곡식을 거두고 열매를 수확할 수 있다. 그렇게 마치 자연의 일부와도 같은 존재일 뿐이다.

삶은 오래된 주제이지만 새로운 것의 반복처럼 다가온다. 오랜 계절의 순환처럼 봄 같은 어린 시절의 이야기가 어느새 다른 계절의 이야기로 바뀐다. 한여름의 뜨겁고 찬란한 이야기가 열매를 거두고 수확의 기쁨을 누리는 가을 장년의 이야기가 된다. 어느 날 나뭇잎이 모두 떨어지고 눈에 뒤덮인 나무가 모진 추위를 견뎌냄으로 또 다른 생명을 잉태하고 싹을 틔우는 것을 보게 된다. 문득 알게 되는 것은 걸어온 인생길이 스스로 생각하고 계획했던 것들보다 우연한 것들이 훨씬 더 많았고 오늘의 자신이 되었다는 것이다.

청춘

눈이 녹기를
햇살이 따스해지기를
기다리며
고요히 숨어있다

만나기를
먼저 오기를
기다리며
땅속 깊이 숨어서

땅이 좀 더 젖어오기를
좀 더 부드러워지기를 기다린다

이제
내가 먼저 들판에 나가서
그를 기다리리라
내가 먼저 그를 맞이하리라

그날은 보슬비가 조금씩 내리는 날이었는데 한 손에는 우산을 들고 한 손에는 서류를 잔뜩 들고 은행으로 가는 길이었다. 나는 지독한 길치에 방향치다. 어린 시절을 광활한 들녘만 보이는 평야에서 자란 탓인지 타고난 결함이 있는 건지 나는 수십 번을 왕래해도 길을 잘 기억하지 못한다. 그곳은 내겐 너무 번화한 종로 길이었다. 길 건너 멀리 목적지인 은행이 보이는데 돌고 돌아도 신기루처럼 그 은행이 아니고 은행은 저만큼 가까운 듯 멀리 있었다. 지하도 입구를 몇 번씩이나 잘못 찾아서일 것이다. 가까워 보이는데 또 멀어지기만 하는 그 은행 때문에 나는 무척 속이 상했다. 계단을 오르내리며 내가 바보인 가 싶은 자괴감이 들고 다리도 많이 아팠다.

그때 함께 우산을 쓰고 앞서가는 대학생처럼 보이는 연인들이 눈에 들어왔 다. 비슷한 또래고 다정해 보이기도 해서 자연스럽게 시선이 그쪽으로 갔다. 나는 이미 머리도 젖고 숨가쁘게 걸음을 재촉하고 있는데 여자는 짧은 미니 스커트를 입고 남자와 다정히 아주 천천히 걷는 모습이 여유롭고 행복해 보 였다. 나도 따라서 걸음의 속도를 늦추기 시작했고 행복해 보이는 두 사람에 게서 눈을 뗄 수가 없었다. 그때 문득 성냥팔이 소녀가 생각이 났다. 추위에 떨던 성냥팔이 소녀가 창 안의 식탁을 두고 마주 앉은 가족을 보는 것처럼 어 느새 자꾸 눈물이 볼에 흘러내렸다. 곧 은행 직원도 만나야 하는데 흐르는 눈 물은 훔쳐도 걷잡을 수없이 자꾸 흘러서 빗물과 뒤엉켰다.

추억 속의 그 젊은 연인들이 아직도 기억에 남아 있는 것은 왜일까? 생각해 보니 내 청춘의 아름다운 추억에 깃든 고요한 슬픔이다. 그들의 이야기 한 페 이지가 내 길목에서 주는 의미는 어떤 것일까? 예쁜 연인들과 바쁘고 외롭 던 날의 추억… 그 슬픔들이 자꾸 자라서 성숙하고 다른 내가 되었을 테니까.

남대문 시장과 바나나

회사일이 끝나고 학교에 가지 않는 날 저녁 시간 무렵이면 남대문 시장을 즐겨 찾았다. 젊었고 넉넉지 않은 봉급이라서 입고 싶은 옷을 사서 입으려면 아무래도 남대문 시장이 제격이었다. 그때도 남대문 시장의 규모는 크고 번화하며 또 분주했다. 그곳은 우리나라 그 어디보다도 생존 경쟁이 치열하던 곳이고 모든 에너지가 집결된 것 같은 그런 장소였다. 근데 나는 시장 안에 있는 건물에 들어가기만 하면 출구를 찾지 못해 나올 때 정말 헤매곤 했다. 그래서 더 많은 에피소드가 있던 곳이기도 하다.

특히 시장 안 건물의 상점들보다는 리어카에 각종 물건을 쌓아놓고 리드미컬한 목소리로 박수를 치며 사람을 모으는 노점을 많이 이용했다. 그때 산 오백 원짜리 골덴 바지는 늘 즐겨 입던 교복 같은 바지였다. 싼데도 불구하고 여느 비싼 옷을 입었을 때보다도 오히려 예쁘다는 칭찬을 많이 들었다. 명품에 별다른 관심이 없던 내가 남대문 시장에서 무심코 사서 신은 신발이 명품 짝퉁이어서 영문도 모른 채 인사도 많이 받았다. 핸드백도 마찬가지였다. 나는 명품 이름을 잘 알아듣지도 못하면서 그냥 감사하다고 답례 인사를 했다.

싼데 예쁘고 질도 좋았으니 그때부터도 우리나라 사람들 기술과 손재주 하나는 뛰어났던가보다. 그 숨은 동력들이 오늘의 우리나라를 만들었을 것이다. 참 열심히 살고 발걸음이 무척 빠른 민족이었는데…. 요새 사람들은 그 때에 비해 걸음걸이가 많이 느려진 것 같다. 물론 개인적인 느낌인지 모르겠지만.

시장 쇼핑을 마치고 미도파 백화점 근처를 지나 집에 오곤 했다. 사실 쇼핑이라는 게 에너지가 많이 소비되어 집에 돌아갈 무렵이면 배가 많이 고팠다. 많은 먹거리가 있지만 그 중 바나나는 특히 내가 좋아하는 과일이었다. 요새는 바나나가 여성들에게 더 좋다는 얘기도 있지만 내게 바나나는 마냥 부드럽고 맛있었을 뿐이다.

백화점 근처 길거리에는 바나나를 파는 사람들이 바나나를 양손에 들고 "정말 맛있는 바나나가 두 개에 천 원!"이라고 외치며 눈앞에 들이대곤 했다. 그 때는 수입이 많이 안 되었던지 바나나가 귀한 시절이었다. 식사 시간을 넘겨 배도 고프고 군침이 돌았지만, 바지를 오백 원짜리 사 입던 시절인데 선뜻 바나나를 살 수가 없어서 참았다. 당시 월급에 비해 천 원은 무척 큰 돈이었다. 어떤 때는 노란색 바나나가 거뭇거뭇한 반점을 띄우고 있었는데 그게 값도 싸고 맛있어 보여서 가끔씩 사서 먹으며 즐거워했다.

그래서인지 결혼 후 첫 애를 임신하고 입덧할 때 가장 먼저 찾은 것이 바나나였다. 그때가 한 겨울인데 남편과 시어머님께서 경동시장에 직접 가서 어렵게 바나나를 사 왔다고 했다. 남편이 머리맡에 항상 놓아주는 바나나가 나를 흡족하게 했다. 하필 겨울이고 구하기 힘든 바나나를 찾는 걸 보면 필시 뱃속에 있는 태아가 아주 비싼 귀한 놈일 거라고 시어머님께서 말씀하신 기억이 난다. 그래도 뭐 바나나 정도는 별로 유별난 입덧은 아니라고 생각하며 먹었다.

끊임없이 머리맡에 놓이는 바나나는 내가 소중한 사람이라는 것을 실감케 했지만 나중엔 다 먹지는 못했다. 입덧은 점점 더 심해지고 아무것도 못 먹어서 만삭일 때 몸무게가 46kg까지 내려갔다. 그 바나나를 마지막으로 정말 아무것도 먹지 못하는 유별난 입덧에 시달렸지만 다행히 큰애는 체중 3.5kg의 건강한 아이로 태어났다.

그때는 남자가 여자에게

만남의 장소는 사람에 따라 다양하겠지만 우선 우연한 만남의 예가 있다. 대게 길을 가다가 맘에 드는 이성을 만났을 때 바로 다가가지 못하고 시간을 두고 좀 따라다니다 말을 걸어오는 게 대부분이었다. 전철 안에서는 자신이 내려야 할 정거장을 지나쳐서 그만 출근길이 늦어버린 남자도 있었고(남편은 이 이야기가 알려지는 것을 창피해 했다) 버스에서는 일부러 기다렸다가 같이 타서 말을 거는 경우도 있었다. 정류장에서 기다리다가 밤새 적은 쪽지를 주고 달아난 수줍은 이성도 있었고 심지어 아침마다 전보를 치는 사람도 있었다. 중앙정보부 요원을 사칭하며 사상 검증을 하겠다고 회사에 찾아왔던 사람은 지금 생각해도 어이가 없었다.

그 시절에는 휴대폰 같은 게 없어서인지 이성에게 사랑을 고백할 때는 주로 글로 써서 편지를 보냈다. 길을 가다 마음에 드는 상대를 만나면 자주 마주치는 길목에서 기다리곤 했다. 몰래 훔쳐보다 용기를 내어 뒤따라와서는 "차 한 잔하실 수 있냐"고 묻는다거나 집 전화번호를 물어본다거나했다. 지금도 비슷한 데이트 신청 방법이 있겠지만 집 전화번호를 안다고 해도 부모님이 받아서 안 바꿔주거나 알려주지 않으면 그 시도는 불발되고 말았다. 다시 만나고 싶으면 처음 만난 곳을 또 서성거려야 했다. 운이 좋으면 다시 만날 수도 있지만 확률적으로 대단히 어려운 일이었다.

특별히 기억하는 것은 직장동료들 세 명이 퇴근 후 차를 마시고 아케이드에서(지금의 백화점 같은) 쇼핑을 하고 수다를 피우며 길을 가고 있을 때였다. 갑자기 웬 남자가 앞을 막아서며 일행에게 "잠시 친구 두 분은 좀 비켜주실 수 있느냐"고 묻더니 내게 할 말이 있다고 했다. 나는 어리둥절했고 동료들은 휜

칠한 그의 진지한 태도에 엉겁결에 주춤하고 물러섰다. 그는 퇴근 후부터 몇 시간을 따라다녔는데 도무지 헤어지지를 않으니 너무 힘이 들어서 부득이 앞을 가로막고 실례를 했다고 했다.

이 이야기에서 데이트 신청보다 더 기억에 남는 게 있다. 이튿날 출근을 했는데 어제 함께 했던 동료들이 그 남자가 자신들에게 비켜달라고 한 것이 몹시 자존심이 상했다며 불평하는 것이었다. 그들은 멋쟁이고 미인들이었으니 세련되지 못한 내게 그런 일이 생긴 게 더 의아했을지도 모르겠다. 어쨌든 별일 아닌 일로 그 둘은 나를 멀리하는 것처럼 여겨졌다. 참 작은 일에도 관계의 변화가 오는 것이 속상했다. 연애 얘기로 돌아가자면 그 시절은 남녀가 함부로 손을 잡으면 결혼까지도 해야 된다는 생각을 할 정도로 어려운 일이었다. 지금 생각하니 귀엽다는 생각이 들지만 나는 너무 어렸고 연애에는 젬병이었다.

■■
■

친구가 결석을 했다

초등학교 시절 참 많이 걸었다. 시골에 살면 초등학교나 중고등학교가 읍내라든지 하는 그런 먼 곳에 있어서 최소한 십 리 길은 걸어야 학교에 다닐 수 있었다. 당시 내가 다니던 초등학교는 총 인원이 3천 명이라고 들었는데 60여 년 전이니까 인구 비율에 비해 참 많은 숫자다. 여덟 살부터 열세 살까지 6년 동안 어린 나이인데도 멀지만 당연히 가야 할 길이었고 불만 같은 건 전혀 없었다. 왜냐면 그때 그 시절은 가사 일을 돌보느라고 혹은 학비가 없어서 학교에 다니지 못하는 아이들도 있었기 때문에 학생이라는 것만도 다행으로 여겨야 했다. 아무리 어려워도 학교는 꼭 나가야 되고 공부를 잘해야 모범적이고 훌륭한 사람이 될 수 있다는 그런 꿈이 모두의 마음에 자리하던 시절이다.

가끔씩 전염병이 돌기도 했는데 그중에서도 특히 콜레라가 무서웠다. 전염병이 돌면 학교에서는 조회 시간에 전체 학생들을 모아 놓고 교장선생님과 담임선생님께서 훈시의 말과 주의 사항을 일러주곤 했다. 물을 끓여 먹으라는 얘기는 당연히 일등 단골 메뉴로 등장했다. 급우들 중 오랫동안 보이지 않을 경우가 있는데 나중에 알고 보면 전염병에 걸려서 못 나오는 경우였다. 잊혀지지 않는 일은 같은 반 아이가 오랫동안 결석을 해서 반 애들 몇 명이 위문차 그 집에 가보니 전염병에 걸린 것이었다. 그 아이는 자신이 콜레라라고 직접 얘기했는데 지금 생각해보니 얼마나 무서운 병에 걸렸는지 잘 몰랐던 것 같다. 그런데도 얼마나 반가워하는지 자리에서 벌떡 일어나서 자기 집 뒷마당에 있는 오이랑 뭐 그런 것들을 따다가 먹으라고 주면서 살뜰히 직접 우리를 맞이하고 손님 대접을 해주었다.

지금 생각해보면 애가 아픈데도 농번기라서 부모님은 농사일을 나가야 할 만큼 살림살이가 어려웠을 것이다. 삶의 무게는 무겁고 먹고사는 게 급선무인 시기였다. 지금 같으면 금쪽같은 자식이 중병에 걸렸으면 한시도 떨어지지 못하고 아이를 돌보았을 텐데. 또 전염병이라면 아무리 친구지만 우리도 방문하기 어려웠을 것이다. 그러나 그때는 사람 간의 의리나 인심 같은 것들이 우선시 되던 때였다.

우리 중 아무도 전염병이 옮은 애는 없었다. 하지만 그 아이는 영영 학교에 나오지 못했다. 반 아이들은 모두 슬퍼하고 애도했다. 눈물을 펑펑 흘리면서. 그러나 누구도 죽음이라는 단어는 입에 올리지 않은 것이 지금 생각해도 참 이상하다. 초췌한 얼굴로 벌떡 일어나서 우리를 반갑게 맞이하던 그 친구를 나는 아직 잊을 수가 없다. 하루 온종일 병석에서 혼자 얼마나 외로웠을까? 그 얼굴이 아직 선하다. 그때 같이 갔던 친구들도 그 일을 아프게 기억하고 있겠지.

◨

꽃을 따다가

그때 꽃을 따다가 죽을 뻔했다. 농사철이면 마을을 가로지르는 냇가에 물이 넘실대며 흐른다. 크로버 꽃이 냇가 양옆을 하얗게 뒤덮고 꽃을 좋아하는 나는 흐드러지게 핀 그 하얀 꽃들이 얼마나 예쁘던지 "우와" 탄성이 절로 나올 정도였다. 지금도 냇가 가장자리가 온통 하얀색으로 뒤덮인 걸 추억해 보면 죽을 뻔했음에도 환상적일 만큼 아름다웠다는 생각은 여전하다. 동네 아이들 모두 정신없이 그 꽃을 꺾어서 왕관도 만들고 손목시계도 만들고 반지도 목걸이도 만들었다. 주렁주렁 만들어서 차고 낄낄대고 서로에게 보이며 자랑을 했다. 나도 꺾어서 꽃반지랑 만들고 싶었는데 마침 어머니께서 다가오시더니 "옥아 엄마 장에 가서 볼일 보고 올 테니까 혹시 예쁘다고 꽃 꺾으려고 냇가로 내려가면 안 된다 위험해."

"물에 빠지면 죽는데이! 큰일 난다고. 절대 꽃 꺾으러 내려가면 안 된다 절대로!"

내가 꽃을 워낙 좋아하는 걸 아는 어머니가 신신당부를 했다. 하지만 내 영혼은 이미 탈출해서 냇가의 꽃들 가운데 있었고 나는 그냥 건성으로 "응." 하고 대답했을 뿐이다. 어머니께서 자리를 뜨자 언제 그랬느냐는 듯이 곧장 냇가 가장자리로 내려가서 하얗게 가득 핀 꽃들을 정신없이 꺾기 시작했다. 그리곤 잘 기억이 안 나는데 그만 물에 빠진 것이다. 몸이 출렁대는 것 같았고 물을 잔뜩 먹었는데 처음엔 의식이 있었던 것 같기도 하다. 물이 자꾸 꿀꺽 거리며 들이켜졌고 숨이 찼던 것 같고 "오늘 죽는 건가?"하는 생각과 함께 몸이 올라갔다 내려갔다 하는 것 같았다. 말로 잘 표현이 안 되지만 그날 물살이 유난히 빨랐고 전인지 후인지 모를 물빛 같은 기억.

아직도 그때의 고통스럽던 기억이 영화의 한 장면처럼 머릿속에 생생하다. 다행히 동네 잘 아는 청년이 나를 구했다고 했고 눈을 떠 보니 사람들이 뭐라고 말하는 소리가 들리고 나를 빙 둘러싸고 있었다. 어머니 얼굴이 흐릿하게 보였던 것 같고 "아이고 큰일 날 뻔했네." 누군가 내가 물을 토하게 하고 있었고 동네 어른들의 걱정 어린 목소리가 웅웅 거리듯 들렸다. 어머니가 뭐라고 하시는 것 같았는데 그것 외에 그 후의 기억은 전혀 없다. 어머니의 예감이 맞았고 어머니 말을 듣지 않은 난 정말 죽을 뻔했다. 나는 지금도 꽃을 너무 좋아해서 봄이면 자꾸 꽃구경을 가고 싶어서 남편에게 조른다. 하지만 파란 물빛이 아름답다고 생각하다가도 어떤 경우 물이 무섭게 느껴질 때가 있다. 분명한 것은 내가 지금 사는 것이 누군가의 도움과 관심 속에서 이루어졌다는 것이다. 어린 생명을 구하고도 당연한 일이라고 물젖은 옷을 털던 동네 청년의 동화 같은 구조의 손길이 그렇다.

어머니를 찾아서

어머니는 어린 시절 내가 책을 좋아하고 책을 읽는 모습을 자랑스러워하셨다. 그래서 나는 그 앞에서 책을 읽으며 칭찬을 받으려고 더 많은 책을 읽었다. 어머니는 책을 읽을 때 내 눈이 빛나고 천둥과 번개가 쳐도 모를 만큼 집중한다고 사람들에게 자식 자랑을 하셨다. 그때마다 나는 더욱 눈을 반짝였다. 어머니는 너는 예쁘다고 말씀하셨다. 그래서 나는 더 예쁘다고 칭찬받기 위해 거울 앞에 서서 자신을 가다듬었다. 어머니는 너는 고지식하며 올곧은 성품을 가지고 있다고 하셨다. 그때 나는 그 말이 무슨 뜻인지 잘은 몰랐지만 더 잘하려는 몸짓으로 그 앞에 섰다. 때로는 사실이지만 그의 바람이 담겨있을 그 말들이 내가 되었다.

어머니를 기억한다는 것은 어머니의 힘이 내가 마땅히 가야 할 바를 제시해 주기 때문이다. 나를 나 되게 하는 힘인 어머니의 사랑은 나이 든 지금도 나를 꿈꾸게 한다. 어머니는 우주 안에 외롭게 선 한 사람을 살리는 선한 힘이다.

어머니는 용서다. 내가 당돌하여서 책망받고 그래서 누군가에게 나를 변호할 때 어머니는 말씀하셨다. "시대가 다르니 요새 애들은 그러지 않느냐."라고, "다른 세대를 살고 그러니 그렇게 말하고 행동한다."라고 변호해 주었다. 그래서 나는 힘이란 그 원초적인 강력함보다는 누군가를 보호하고 감싸주는 것이라는 사실을 안다.

양육자에 대한 기억은 어릴 때는 물론 성인이 된 후에도 강력한 힘으로 작용한다. 그 힘은 세상을 지속시켜 준 부드럽고 꺾이지 않는 사랑이다. 지쳐서 주저앉았을 때 일으켜 세워주는 어머니의 힘의 원천은 사랑이며 끝까지 지치지 않는 희생이다. 그것이 인간을 구별되게 한다.

어머니는 보통 사람들의 삶 속에서 자연스럽게 체득되는 안식처다. 혼란스럽고도 치열한 경쟁 사회에서 밀리고 지친 사람들에게는 더욱 그렇다. 언제든 나를 보호하고 감싸주는 세상의 유일한 내 편 어머니, 양육자에 대한 그리움은 어떤 것일까? 그 눈을 바라보면 사랑을 애타게 찾는 모습이 보인다. 마주하는 타인의 눈동자 안에서조차 자신을 긍정해 주는 안주할 곳을 찾고 있는 듯하다. 세상과 부모, 학교로부터 외면받고 '왕따'라는 이름으로, 문제아 혹은 비행 청소년이라는 낙인이 찍힌 채 하늘과 땅 사이를 방황한다.

지쳐서 그만 주저앉고 싶은 그들에게 냉소와 책망보다 따뜻한 시선을 가진 돌봄이 필요하다. 소외되고 힘들고 아픈 자들을 먼저 찾아 나서고 그들의 이름을 부르고 따뜻한 이야기를 나누어야 한다. 우리가 그리워하는 것은 이 광막한 세상 기억 저편에 들려오는 어머니의 따뜻한 목소리다.

"신은 모든 곳에 있을 수 없어 어머니를 만들었다."는 유대인 속담이 있다. 좋은 양육자에 대한 기억은 한 개인의 성숙을 촉진시키는 힘이다. 그런 양육자를 잃어버린 사람에게 필요한 것은 낯선 이들의 보살핌과 따뜻한 시선이다. 그 포용과 지지가 원만한 상호작용과 더불어 건강한 심리적 탄생을 돕는다. 우리가 어머니를 찾는 것은 그의 삶의 성품이 나를 결정지어가게 하기 때문이다. 어머니의 부드러운 힘이 삶의 새로운 자리 삶의 확증을 만들어주기 때문이다.

우리는 강력한 힘을 숭배하지만 가치를 아는 힘은 자신보다 약한 이를 돕고 감쌀 줄 안다. 진정한 힘은 억누르지 않고 부드럽게 오래도록 작용하는 것이다. 어머니의 따뜻한 음성과 그의 바람인 "너는 잘 될 거야."라는 그 여운처럼.

그에게 어머니가 있었을까?

참 이상하게도 절대 잊혀지지 않고 가끔씩 문득 기억나는 일이 있다. 어릴 때 내가 사는 마을은 곡창지대로 다른 지역에 비해 흉년에도 먹을 것 걱정이 덜한 평화로운 마을이었다. 뒤로는 나지막한 산이 있었는데 김제 평야의 특징이 낮은 야산들이 많다는 것이다. 그 산들은 그곳 어린이들에게 껌처럼 씹을 수 있는 소나무에서 나는 송진과 사탕처럼 알맹이가 작고 맛있는 산딸기가 있는 매우 신나고 아름다운 곳이었다. 토끼를 비롯한 귀엽고 작은 동물들이 살고 있기도 해서 아이들의 호기심을 충족해 주는 놀이터요, 상상력을 키워주는 꿈의 동산이었다.

마을은 늘 조용하고 서로는 친척보다 가까운 사이들이었다. 그곳에는 이름이 특이하게도 '기만'이라고 하는 내 기억으로는 소년인지 청년인지 나이를 가늠할 수 없는 남자가 살고 있었다.

그는 하루 종일 온 동네를 뛰어다녔다. 동네를 여러 바퀴씩 돌고 또 돌다가 지치면 남이 먹다 버린 음식 쓰레기 등을 주워 먹으며 허기를 매우는 것 같았다. 여름이면 늘 수박 껍질을 입에 물고 "뚜루루룻뚜뚜 뚜루~" 하면서 온 동네를 뛰어 다녔다. 그는 마을 한구석 외딴곳에 덩그러니 있는 가장 허름한 초가집에 살고 있었고 사람들은 그를 정신이 온전치 않다고 미쳤다고 말했다. 호기심 많은 동네 아이들은 그의 뒤를 따라다니며 "기만아! 기만아!" 부르며 놀리고 어떤 때는 하루 온종일 무리를 지어 그를 따라다니곤 했다. 그러던 어느 날부터 그가 보이지 않았고 사람들은 "기만이가 죽었다는데… 쯧쯧." 하며 안됐다는 듯 수군거렸다. 며칠 동안 보이지 않던 기만이가 죽었다는 소리에 아이들이 우르르 그의 묘가 있다는 산으로 몰려갔다. 그리고 무덤 앞에서 "기만

아."하고 나지막한 목소리로 그를 불러봤다. "자, 이제는 네가 불러봐, 내가 아까 불렀더니 기만이가 '응' 하고 대답하더라." 그러면 또 다른 아이가 무덤 뒤로 가서 그의 이름을 부른 후 그가 조그맣게 대답하는 소리가 들린다고 했다.

아이들은 마을에서 항상 뛰어다니던 그의 죽음이 믿기지 않았고 심심치 않게 볼거리를 제공해 주던 인물에 대한 섭섭함과 아쉬움 때문에 그랬을 것이다. 가끔씩 그가 떠오르면 마음이 찡하고 아프다. 이제는 좋은 약도 많고 그가 수박 껍질을 먹지 않아도 배고픔을 면할 수 있었을 텐데 하는 생각이 든다. 어떤 때는 그가 떠오를 때마다 갑자기 인생이 더 숙연해지는 느낌이 들기도 한다. 그는 어린 나에게 인간의 불행과 행복이 무엇인지 생각할 수 있게 하는 존재였던 것 같다. 그리고 지금도 궁금한 게 있다. 그에게는 과연 어머니가 있었을까? 아무도 없는 그 집에서 그는 혼자서 살았던 걸까? 착한 마을 사람들도 그를 더 이상은 어떻게 도와줄 수는 없었을까? 너무 어리고 어린 나이에 피지도 못하고 꺾여버린 외롭게 세상을 떠났을 그를 오지랖 넓게 지금도 내가 애도하는 것은 무슨 까닭인가? 누군가 나와 함께 그곳에서 살던 사람들도 그를 기억하리라. 아주 가슴 아프게 그를 애도하고 있으리라.

사랑은, 어릴적 기억 속에 있는 어떤 아이, 담장 밑에 쭈그리고 앉아 손톱을 깨물던 그 아이에게 필요했던 것이다.

사랑은, 항상 노래를 흥얼거리며 온 동네를 뛰어다니다가, 누군가의 집에서 버린 수박 껍질을 주워서 입에 물고 즐거워하던 그 아이에게 필요했던 것이다.

뒷마루 이야기

어린 시절 시골집에는 감나무가 있는 정원이 보이는 뒷마루가 있었다. 정원이 보이는 뒷마루는 어린 나에게 마치 아지트와 같은 곳이었다. 그곳에서 생각이 자라고 여러 가지 상상과 꿈을 키웠다. 초등학교도 들어가기 전 예닐곱의 나이쯤 되었을 때다. 그곳에서 슬퍼서 눈이 퉁퉁 붓도록 운 적이 있다. 눈에 잘 띄지 않는 고즈넉한 그 뒷마루에서 훌쩍이며 울던 기억이 난다.

어느 날 형형색색의 만국기 같은 것을 펄럭이며 마을 어른들이 하얀 옷을 입고 줄지어가면서 "어 허이 어 허이 이제 가면 언제 오나 어 나리 어 나리 어 영차." 하는 구슬픈 상여 매는 소리 때문이었다. 그때 나는 사람이 죽는다는 걸 처음 알았던 것 같다. 애곡하며 관을 매고 묻을 곳을 향해 가면서 떠나는 이와 그의 삶을 애도하는 의식을 본 것이다. 누구라도 예외 없이 죽는다는 것을 알고 난 후의 충격은 컸다. 나를 비롯해서 나를 낳아준 사랑하는 어머니와 아버지, 그리고 언니, 오빠, 동생들 모두 죽음이라는 것을 피할 수 없고 땅속에 묻힌다는 그 사실은 매우 충격적이고 커다란 슬픔으로 다가왔다. 나는 어머니께 끝없이 묻고 또 물었다.

"정말 사람은 모두 다 죽는 거야?"

"응. 늙거나 병이 들어 낫지 않으면."

"왜? 정말 모두 한 사람도 남김없이 죽는 거야? 그러면 사람들이 아직 세상에 왜 이렇게 많이 있는 거야?"

질문은 끝이 없었고 어머니의 대답도 꼬리에 꼬리를 무는 내 물음을 충족시켜주지 못했다. 나도, 어머니도 지쳐버렸지만 어쨌든 사람이 죽는 것은 확실했다.

"다시 깨어날 수는 없는 거야? 아주 영원히?"

"응 그냥 흙이 되는거지. 근데 좋은 일을 한 사람은 다시 좋은 집에서 사람으로 태어나기도 하고 나쁜 일을 많이 한 사람은 짐승이 되기도 한대."

이 얼마나 충격적이고 슬픈 이야기인가. 내게 충격적인 이야기를 해준 어머니가 배려심이 없었을까? 그렇지는 않다. 그것은 선을 지향해야 한다는, 자식에게 다가올 미래의 삶에 대한 교훈이었다.

나의 어머니는 자식 사랑이 지독하리만큼 끔찍하고 삶은 지혜로웠으며 배려와 헌신이 몸에 밴 세상에 하나밖에 없는 그런 어머니다. 나는 특히 내 어머니가 나보다 먼저 죽는다는 그 사실을 받아들이기가 힘들었다. 그것은 슬프고도 슬픈 인간의 유한성에 관한 이야기였다.

"그럼 영혼이 몸에서 나가는 거라고? 죽고 난 후에는 그 영혼은 어디로 가는 거야?"

눈을 눌러보면 빨간 불같은 게 보인다고 했는데 그것이 보이지 않으면 영혼이 나가버린 거라고 했다. 그래서 난 종종 눈두덩을 꾹 눌러보고 내 영혼이 잘 있는지 여부를 확인하였다. 가끔은 그 영혼이 종종 나갔다가 밤에 다시 들어오기도 하는데 얼굴에 무엇이 많이 묻어있거나 머리가 많이 헝클어져 있거나 혹은 화장을 진하게 하고 자면 영혼이 자신을 몰라보고 그냥 안 들어오기도 한다는 황당하고 재미있는 이야기들을 곁들여 해주셨다.

저녁에는 잘 씻고 얼굴에 더러운 것이 묻어있다거나 뭐를 바르고 자면 안 된다는, 잘 때도 돌아온 영혼이 자신을 헷갈리지 않도록 몸을 단정히 하라는 교육적인 이야기였다.

그 당시 어머니는 기독교인은 아니었지만 죄를 많이 지은 사람은 지옥에 가고 착한 일을 많이 한 사람은 천당에 간다고 말씀하셨다. 그리고 천둥과 번개가 칠 때 나쁜 사람들이 벌을 받아서 벼락 맞아 죽게 된다는 흥미진진한 옛날이야기를 많이 들려주셨다.

멀고 먼 옛날에….

먼 옛날 한 나쁜 사람이 있었다. 그는 너무나 나쁜 짓을 많이 해서 곧 벌을 받아 벼락을 맞아 죽을 운명이라는 예언을 들었다. 근심에 빠진 그는 벌을 면할방법이 없는지 물었다. 예언자는 천둥과 벼락이 치는 날 그가 어떤 사람을 길에서 만나게 될 것이라고 말해줬다. 만나게 될 그 사람은 너무 가난하여 먹을 것이 없어 자신의 허벅지 살을 떼어 부모를 봉양하는 효자라고 했다. 그 선한 효자를 방패 삼아 붙들고 천둥이 끝나기를 기다리면 살 수 있다는 이야기였다. 결국 벼락을 맞을 운명에 처했던 나쁜 사람은 길에서 번개와 천둥이 끝날때까지 그 선한 효자를 꽁꽁 붙들고 뒹굴며 놓아주지를 않았다.

영문을 모르는 효자가 "아이고 이거 왜 이러시는 것이오? 제발 나를 놓아주시오. 나는 빨리 아프신 어머니께 가야 됩니다."라고 사정을 하였지만 나쁜 사람은 막무가내로 착한 사람을 놓아주지를 않아서 마침내 벼락을 맞지 않고 살게 되었다는 이야기다. 천둥이 그치고 난 후 벼락을 면한 죄를 많이 지은 그 사람은 자신을 살려준 효자에게 그간의 사정을 이야기하고 그 사람에게 많은 보상을 해주었다. 가난하고 효자인 그 사람도 이제 자신의 허벅지 살을 떼어내지 않아도 어머니를 잘 봉양할 수 있는 처지가 되었다. 착한 사람 때문에 악한 이가 징벌을 피해 갈 수 있었다는 이야기이면서 인간은 결국 자신의 행위에 따른 대가를 치르게 된다는 이야기다.

권선징악이나 인과응보를 주제로 한 옛날이야기들은 성장기에 있는 어린 나에게 분명히 많은 영향을 미쳤을 것이다. 나는 비가 많이 오고 천둥이 무섭게 치는 날이면 "제가 아버지 어머니 말씀을 잘 듣지 않은 것과 제가 지은 죄들을 용서해 주세요." 손을 모아 빌었다. 그리고 어제 친구와 싸운 것과 동생에게 양보하지 않은 것들도 용서해 달라고 하나님께 기도했다. 열거해보면 어린 날에도 참으로 많은 잘못과 죄들이 있다는 생각이 들었다. 그중에 부모님 말을 잘 듣지 않았던 죄가 가장 컸다는 생각과 형제들과 가끔 싸웠다거나 좋은 것을 양보하지 않았던 죄가 어린 나를 떨게 하였다. 지금 생각해보니 어머니의 이야기는 선한 사람들이 있어서 세상을 살린다는 이야기였다.

잘 우는 아이

부모님은 내가 혹시 배 안에 기생충이 많아서 자주 우는지 모른다고 말씀하셨고 그래서 아버지는 퇴근길이면 캐러멜 맛이 나는 기생충 약을 사 오시곤 했다. 먹을 때는 너무 맛이 있어서 잘 먹다가도 배변을 볼 때가 되면 겁에 질려서 마구 울어댔다. 어머니의 곤혹스러워하던 모습이랑 나를 달래던 모습이 지금도 잊혀지지가 않는다. 나는 왜 울보였을까? 다른 형제들보다도 내 또래의 다른 아이들보다 많이 울었다. 누군가 "어 이거 큰일이네. 옥이 운다. 운다." 하면 눈에 눈물이 금방 글썽 해지곤 했는데 시집와서도 내가 잘 운다는 것을 알고 아주버님이 "제수씨 운다…. 운다." 하며 놀리시던 기억이 난다. 그래도 그때 나는 공부도 제법 잘하고 야무진 아이였다. 아버지는 가끔씩 세 살 어린 남동생과 나를 씨름을 시켰고 승부를 가리게 했다. 나는 여자지만 세 살이 위이고 어릴 때 인지라 그 씨름은 내가 거의 이기고야 말았다. 아버지는 이제나 저제나 남동생이 이기기를 기다리며 동생의 힘이 자라기를 원했을 터인데 눈치 없는 난 왜 그렇게 절대로 지지 않으려고 필사의 힘을 다해서 싸웠는지 모르겠다. 그러면 아버지께서는 "음… 조금만 더 있으면 네 남동생이 너 같은 여자는 문제도 없이 이기게 된다. 남자는 시간이 갈수록 세지거든."

늘 그것이 남동생을 이기게 하려는 시합인 것처럼 느껴졌지만 사력을 다해 이겼다. 꼭 이기고 말아야 된다고 생각했다. 그렇게 칠 남매 중 세 번째인 나는 형제들 중 중간에 위치해 있기 때문에 부모님의 관심에서 조금은 소홀히 여겨질 수도 있음을 다른 방법으로 돌파하려고 했다. 그리고 자신을 꽤 힘차고 괜찮은 아이로 보이고 싶어 했다. 여러 과목 중에 미술은 제일 못하는 과목 중의 하나였지만 일학년 때를 제외하고는 초등학교 내내 우등생이었으며 음악과 체육도 잘하는 편이었다. 학예회 때면 독창이나 이중창을 꼭 맡아달라고 부탁을 받곤 했고 달리기도 제법 잘해서 체육 대회 때는 릴레이 선수로 참여 했었다. 반면 국어와 사회, 도덕 등 암기 과목은 잘했지만 미술이나 수학은 그러지 못했다.

학예회 때와 체육 대회는 항상 즐거웠다. 자신을 인정받는 순간들이 주어지고 '나무꾼과 선녀' 공연 때의 선녀춤과 그 곡조를 아직 잊지 못한다. 고적대를 하면서 빨간 옷을 입고 행진을 할 때 어른들이 둘러선 채 귀여워하고 예뻐하던 그 탄성도 나를 즐겁게 했다. 운동회 때면 사람들이 아무리 많아도 나는 다른 사람들보다도 키가 훨씬 큰 어머니를 금방 찾을 수가 있었고 운동회 날 어머니의 도시락은 최고였다. 선생님들의 도시락까지 준비해 주실 때면 내 어깨가 으쓱해지곤 했는데 어머니가 만드신 꽃잎 모양의 계란이 특히 마음에 들었다. 지금보다는 훨씬 가난했던 시절이었고 또 당시에 그것을 부럽고 못마땅하게 여기던 친구도 있었지만 나는 항상 자랑스러웠다. 지금 생각해보니 당시의 나는 지기 싫어하고 앞장서기를 좋아했던 아이였던 것 같다. 물론 사춘기 이후는 또 많이 달라져서 말이 없고 조용한 아이로 완전히 바뀌었지만 그때는 참으로 쾌활하고 활달한 아이였다. 여학교에 입학하면서는 주목받는 것이 귀찮고 두려워졌다. 초등학교 때의 많은 관심과 주목이 어린 내게 무척 부담스럽고 자유롭지 못했다는 생각을 했던 것 같다. 선생님도 아이들도 나를 주목하지 않고 그냥 모르는 것이 좋겠다는 생각을 어린 내가 왜 했을까? 초등학교 때의 그 역동적인 에너지가 다 어디로 숨은 것일까? 조용히 책을 보고 음악을 듣는 것이 최고의 즐거움으로 자리 잡아가는 말 없는 사춘기 시절이 시작되었다.

영이 이야기

기억하는 영이의 마을 앞쪽으로 조금 가면 큰 강이 있었다. 짙푸르게 넘실대는 모양이 강이라기보다는 마치 바다처럼 크고 깊은 아주 넓은 강이었다. 그리고 같은 마을에 있는 외갓집 뒤로는 냇물이 흐르고 있었다. 그곳은 마을 사람들에게 빨래할 수 있는 공간이었으며 겨울에는 얼음지치기에도 좋았고 여름이면 만만하게 물장구치기에도 딱 좋은, 그림처럼 아름다운 곳이었다. 100여 채도 안 되는 것 같은 조그만 마을 그곳에는 많은 이야기들이 그 강물처럼, 냇물처럼 모였다 흩어지곤 했다. 자잘한 일상이라기엔 생사를 넘나드는 이야기도 많았던 그곳에서 그날 영이는 그 강을 향해 달렸다.

강이 짙푸르게 넘실대며 그를 부르고 있는 것 같았다. 아무 데도 갈 곳이 없었다. 납득할 수 없는 매를 맞고 이유도 모르는 폭력이 가해진 그날 더는 살 수가 없을 것 같았다. 이제 열 살 남짓밖에 되지 않은 귀엽고 여린 그녀에게 거듭되는 매질의 원인은 어른에게는 옳은 말을 해도 말대꾸가 된다는 것이며 여자가 남자처럼 지지 않으려 한다는 것이었다. 말하는 것도 우는 것도 까닭이 있는데 아무도 왜냐고 물어보지 않았다. "왜…? 나는 해야 할 이야기를 하고 특별한 잘못이 없는데 이렇게 못살게 힘들게 하는 것일까?" 영이는 책도 많이 보고 싶었고, 라디오 방송에서 흘러나오는 이야기로 세상과 만나고 싶었고 즐겁게 공부하며 학교에 다니고 싶었을 뿐이다. 그러나 책을 볼 때 혹은 하고 싶은 일을 해야 할 때 집안에는 항상 조부모님을 비롯한 동네 어른들이 많았고 그 어른들로부터 주어지는 관심과 요구가 늘 그녀의 공간을 없애버렸다. 자기의 생각으로 이해할 수 없는 상황에서 매를 맞게 되고 옳지 않은 가혹한 처벌이 자신을 아프고 힘들게 하는지 잘 이해가 되지 않았다. 그래서 억울하고 슬퍼서 견딜 수가 없었다.

어린 나이에 슬픔과 억울함이 변하여 분노로 끓어오르고 그들이 나를 사랑하는지 나를 얼마나 사랑하였는지 몰라서 죽음으로라도 확인하려는 마음이었으리라. 나 없는 세상을 당신들이 과연 얼마나 슬퍼하는지! 내가 없고 난 후에 과연 내가 보고 싶기나 한 건지, 또 얼마나 안타까워하는지 알고 싶어서였다. 아이는 누구를 움직일 수 있는 힘이 없는 연약하고 미미한 존재였고 할 수 있는 방법도 없으니 그냥 스스로가 없어져 버리고 마는 것밖에는 없었다. 자신에 대한 사랑의 확인 방법이었고 그래도 소중했을 존재를 잃어버리게 하려는 철없는 복수심 같은 것이었다. 어떻게 다시 집에 돌아왔는지를 영이는 기억할 수가 없었다. 기억이 나지를 않았다. 누군가 저 애 죽어버릴지 모르니 빨리 쫓아가서 데려오라고 뒤에서 소리친 것도 같다. 아무런 저항할 힘도 없어 그냥 죽기를 각오했던 그녀가 다시 돌아온 집은 자신의 집이 아닌 외갓집이었다. 외할머니는 내내 혀를 끌끌 차시며 중얼거리셨다 "에구 그놈의 집구석은 애기쩍엔 그냥 쪽쪽 빨고 애지중지하다가 조금만 크면 꼴을 보지 못하고 그냥 매질이네~ 이 피멍들 좀 봐. 어디 때릴 곳이 있다고 어린 것을 이렇게 심하게 때렸을꼬? 모질고도 우악스럽기가 짝이 없는 사람들 같으니, 에고! 온통 상처투성이네." 외할머니의 안쓰러워하는 그 음성은 사랑에 배고파진 그녀를 더욱 슬프게 만들었다. 그러다가 북받치는 설움으로 온 얼굴이 눈물범벅이고 울다 지쳐 퉁퉁 부은 얼굴로 그냥 잠이 들어버리곤 했다. 가끔씩 인기척에 실눈을 뜨고 바라보면 어느새 어머니가 집으로 데려온 건지 이불을 덮어주시며 아픈 데를 쓰다듬고 만지시며 한숨을 짓는 소리가 들렸다.

영이의 이야기는 주체성이 강한 성향의 아이가 세상과 사물에 대한 이해와 생각이 자라나는 과정에서 주어진 하나의 억압이라고 볼 수 있다. 어른들이 요구하는 자유가 없는 맹목적인 순종과 굴종을 거부한 아이의 작은 몸짓이 수용되고 이해받지 못한 이야기다. 무조건적인 긍정보다는 이유와 원인을 묻는 질문은 성장하는 아이들의 무한한 호기심으로 인한 자연스러운 질문일 뿐이다. 어떤 아이들의 반항은 아이의 생각의 크기로는 수용할 수 없고 어른들의 무조건적인 복종을 강요하는 데서 비롯되어진다. 영이의 이야기는 여자아이는 당연히 남자아이보다는 덜 소중하다는 인식에서 주어지는 아이가 이해할 수 없는 차별이다. 심지어 양육자인 어른의 기준에 맞추어지지 못할 때 가해지는 훈계를 가장한 억압은 부모와 자녀 사이에도 상처를 주고 갈등이 생기게 한다. 어른들의 부당한 요구일지라도 아무것도 묻지 말고 순순히 따라주어야 하는 것이 남자아이보다도 여자아이한테 강하게 요구되던 시절이다. 아이든 어른이든 본능적으로 너와 나 사이의 균형을 이루고 싶어 하는 존재다. 존재의 평등함에 대한 욕구는 너만 옳고 내가 그른 것은 아니며, 너만 할 수 있고 나는 할 수 없는 것이 아니다. 인간은 균형과 조화가 깨지거나 감당할 수 없는 힘에 의한 굴종에는 수치스러움을 느끼는 존재다.

아이는 균형과 조화가 있는 애정 표현을 필요로 한다. 삶의 궁극성이 힘의 균형이나 조화라면 세상과 나 사이의 충족될 수 있는 균형을 원하는 것은 당연한 일이다. 그것은 가족관계 안에서도 생명의 욕구로 작용한다. 때로는 드러나기도 하지만 승산이 없을 경우 보호본능에 의하여 잠재의식으로 숨어 버리는 경우도 있다. 기질에 따라 다소간의 차이는 있지만 어떤 아이는 자신의 생각과 요구를 표현하고 어떤 아이는 그렇지 못하다. 여러 요인이 있을 수 있고 가정에서의 입지와 존중의 정도에 따라서 개인이 서 있는 위계와 힘의 균형이 다르기 때문이다. 분명한 것은 어느 경우도 어른의 유형무형의 억압적이고 물리적인 힘의 크기가 아이들의 생각이나 성장을 막아서는 안 된다는 것이다. 그것은 인간의 존엄성과 성숙을 훼손하는 것이기 때문이다.

시간이 많이 흐르고 그 영이는 이제 중년을 훌쩍 넘어선 어른으로 어디에선가 자신의 어린 시절을 가끔씩 기억할지 모른다. 영이는 지금 어디서 정말 잘 살고 있는 것일까?

영이의 이야기는 슬프지만 삶의 신비가 주는 인간에 대한 희망이 그를 추억하게 한다. 나는 칭찬과 잘못된 격려만으로 이루어진 삶을 선호하지는 않는다. 하지만 인생의 필수적인 요인과 삶의 두려움을 없애는 것은 사랑이 담긴 따뜻한 돌봄과 격려라는 것을 부인할 수는 없다. 적절한 절망과 좌절을 이겨낸 삶은 아무도 탓할 수 없고 따를 수 없는 오묘한 삶의 빛깔이 있다. 호수는 깊을수록 물이 맑아서 더 깊은 푸른 제 빛깔을 띄운다. 적당한 좌절이나 아픔이 승화된 삶은 깊어서 더 맑고 과장 되지 않은 자신을 아는 미소가 있는 빛깔을 띄우게 된다. 영이는 정말 잘 살고 있는 것일까? 영이가 사는 마을 앞에 있던 깊고 푸른빛을 띄우게 되었을 그 영이를 생각한다.

외할머니와 외숙모의 이야기

어렸을 적 기억 속에 외할머니는 무척 엄격하고 매사에 단호하고 무서웠다. 가부장제 사회에서 자랐고 남성 우위의 삶을 사신 분이었지만 가정에서의 그 위세가 어쩌면 그렇게 당당하고 대단하셨을까? 가끔 외할머니가 붓글씨를 쓰실 때 재미있어 보여 먹도 갈아드리며 옆에 가만히 앉아 지켜볼 때가 있었는데 한자를 아주 잘 쓰셨고 매우 유식한 분이었던 것 같다. 또 대단한 이야기꾼이시기도 해서 외할머니 이야기를 듣기 위해 나는 외갓집에서 많은 시간을 보냈다. 집안에 중요한 일이나 문제가 있을 때 외할머니께서 무언가를 말씀하시면 외할아버지는 큰기침만 몇 번 하시다가 조용히 사랑채로 가시곤 했다.

근데 외갓집에서 한 가지 이해가 가지 않았던 점이 있었다. 어떤 경우 외삼촌 옆에는 외숙모가 아닌 다른 여성이 함께하고 있었는데 외숙모는 이름만 아내일 뿐 늘 부엌에 계셨고 무얼 잘못했는지 몰라도 외할머니께 하루 종일 야단만 맞고 계셨다. 나는 무언가 부당함을 느꼈고 그 점만은 외할머니를 이해할 수가 없었다.

외할머니 : 도대체 몇 번을 말해야 아는 거냐? 국을 끓일 때 좀 더 넉넉한 큰 솥을 쓰라고 하지 않았느냐?

외숙모 : …. (어쩔 줄 모른다)

외할머니 : 많은 솥을 놓아두고 왜 이렇게 옹색한 솥을 이용하느냔 말이다.

외숙모 : (어깨가 자꾸 더 오그라져 보인다) 오늘은 혁만이랑 애들이 없어서….

외할머니 : 사람이 항상 여유가 있어야지. 그릇이 커야지….

외숙모 : ….

외할머니 : 왜 그리 엽엽하지(넉넉하지) 못하냐. 사람이 변변치가 못해요.

외숙모 : 저기… 거시기…. (혼자 입술만 움쭐움쭐 한다)

외할머니 : 사람이 아주 궁상맞아 천적(?)을 떠는구나.

외숙모 : …. (부엌에서 계속 왔다 갔다 하며 얼굴에는 표정이 없다)

외할머니 : 하나를 보면 열을 아는 법이야. 도대체 사람이 아무 생각이 없어요.

외숙모 : …. (외숙모는 내가 보기엔 아예 못 듣고 있는 것처럼 보였다)

외할머니 : 집안 꼴이 좋으려면 며느리가 좋아야 되는 법이다.

외숙모 : (무표정) 상 들여갈까요?

외할머니 : 어이구 답답한 사람, 내 이러니 네 남편을 뭐라고 할 수 있겠냐!

외숙모 : …. (아무 말 없이, 외할아버지 밥상을 들고 들어간다)

어린 내 눈에는 외할머니와 외숙모의 대화는 늘 이렇게 일방적이고 부당한 것으로 비추어졌었다. 칠 남매를 낳았던 외숙모는 어느 날 가출하였고 어른 들에게도 자녀들에게도 몹쓸 여자가 되었다. 10여 년쯤 되었을까? 외숙모가 다시 돌아왔을 때는 칠 남매 중 몇 명의 자녀들은 오히려 더 냉정해져 있기 도 했다. 한창 엄마가 필요했을 무렵 깊은 슬픔을 남기고 떠난 엄마를 향한 애 증의 표현은 당연한지도 모른다. 엄마는 그래서는 안 되는 거라고, 엄마가 그 럴 수는 없는 거라고…. 어떤 사람들은 엄마의 자격뿐만이 아니라 마치 인간 의 자격을 상실한 것처럼 그녀를 한동안 외면하기도 했다. 그녀의 소외된 인 생, 사랑받지 못한 삶과 부당하게 억압된 시간에 대해서는 아무도 말하지 않 았으며 그녀에게는 자식과 가정을 버렸던 여인이라는 마치 주홍글씨 같은 표 시가 평생 따라다녔다.

먼 길

얼마나 먼 길이었을까
얼마나 힘이 들었을까
숨도 쉬지 못한 채 가슴 답답하여
손 모은 채 돌아온 세월

막히어 막막한 줄도 모르고
답답한 가슴만 쥐어뜯었구나
멍이 들었구나

여기가 어디인가
이곳이 그곳인 줄 모르고
그곳이 이곳인 줄 모르고
돌아갈 수 없는 퍼런 가슴을 싸안고
이리저리 헤매었구나

불어 닥친 회오리바람이
모은 손을 놓게 하고 발걸음을 재촉하여
옷고름을 날리게 하였구나
분홍글씨가 되었구나

할아버지의 낚시

친가의 할아버지는 낚시를 가기 위해 새벽이면 무언가를 동글동글하게 만들기도 하고 또 지렁이 같은 것을 준비하기도 했다. 낚시 도구와 그날 먹을 식사로 도시락가지를 잔뜩 짊어지고 친구와 떠나신 후 다시 저녁때가 되어 해가 뉘엿뉘엿 질 무렵에 돌아오셨다. 할아버지의 낚시 광주리에는 종종 아주 큰 잉어가 있었다. 잉어를 잡은 날은 얼굴에 화색이 가득하고 힘이 있어 보이셨다. "애미야! 옛다. 오늘 잡은 고기다. 맛있게 준비해라." 신선한 재료인 오늘 잡은 신선한 물고기로 금방 끓인 어머니의 찌개의 맛이란 정말 황홀할 지경이었다. 그 후로 그 어디서도 그렇게 맛있는 찌개를 먹어본 일이 없다. 대가족이어서 늘 밥상을 서너 개씩을 차렸다. 가족 뿐만 아니라 일손을 돕는 분들까지 있어 매 끼니마다 식사 준비가 대단했을 것이다. 할아버지, 할머니, 아버지, 오빠 이렇게 함께 가장 차림새 좋은 격식이 갖춰진 네모나고 윤기 흐르는 긴 상에서 식사를 하고 그다음 상에서는 차남인 아들과 딸 넷 어머니 그리고 또 다른 네모난 짙은 갈색빛을 띤 상과 또 다른 둥그런 상에서는 일손을 돕는 분들이 밥을 먹는다. 식사를 차리는 일을 돕는 분들이 있었지만 그래도 어머니는 매일 매일 어떻게 사신 걸까? 그 많은 식솔의 정해진 식사 시간이 하루 세 번씩 꼭꼭 반복되던 그 시절 우리 집안의 식사 모양을 떠올려보며 가냘프지만 강한 어머니를 생각해본다.

우리 집은 대가족에 친척이 많았다. 집안에는 칠 남매 이외에 가끔씩 다른 아이도 함께하는 경우가 있어서 아이들이 많았다. 때로 아이들이 식사하면서 대단한 신경전을 벌이는데 밥을 먹으면서도 어른들 눈치채지 않게 싸우는 방법은 여러 가지로 얼마든지 많았다. 김치 먹으며 눈 흘기고 입 삐쭉거리기, 찌개 먹으며 후~하고 상대방을 향하여 입김 불기 등 어른들이 눈치채고 야단을 하면 "아 매워서요." 혹은 "뜨거워서요." 하고 둘러댄다. 가장 능청스러운 연기의 소유자가 그날 승리하고 그 음모에 말려든 자는 억울한 눈물을 흘리는데 내가 꼭 그랬다. 밑으로 장난꾸러기 동생이 있었는데 밥을 먹으며 약을 올리다가 어른이 눈치채면 세상에서 가장 착하고 순진한 표정과 언행으로 어른들의 질책과 훈계를 비켜간다. 급기야 더 나가서 "재가 나를 자꾸 약 올려서 그러는 거예요." 착한 모습으로 할리우드 액션(?)을 한다. 고지식한 나는 항상 원인과 이유를 또박또박 말하는 모습만으로 강자처럼 비쳐져서 왠지 내 잘못이 되어 버리는 경우가 많았다. 형제라도 각자 타고난 기질이 있다. 늘 의사 표현이 분명하고 굽힐 줄 모르는 나는 유교 집안의 관점으로는 버겁고 마땅치 않을 때가 많았을 것이다. 그때는 그것을 몰랐기에 쓸데없이 동생에게 트집을 부리고 어른에게 꼬박꼬박 말대꾸하는 아이가 되는 것이 나는 늘 억울했다. 특히 상대가 오빠나 남동생일 경우는 가차 없는 꾸중이 내려졌다. "시끄럽다 여자가 돼서. 여자는 무조건 순종적이어야지 드세면 안 돼! 괜스레 귀한 남동생을 못 살게 하고 꼴을 못 보는구나."

뒤뜰에는 오래된 감나무가 있었다. 가을이면 정말 크고 먹음직스러운 감들이 주렁주렁 열려있고 익을 때까지는 절대로 따먹으면 안 된다는 어머니의 엄격한 지시사항이 있었다. 그러나 어디 그게 마음대로 되는 일인가? 아이들한테는 기다리는 시간이 너무 길어서 그 감이 잘 익을 때까지 마냥 손 놓고 계속 있을 수만은 없는 노릇이었다. 감은 익을 때까지 기다리는 동안에는 저절로 나무에서 떨어지는 것들이 있다. 아침에 일어나보면 많은 감이 떨어져 있곤 했는데 그 감들을 주우러 나가는 경쟁이 남동생과의 사이에서 매우 치열하였다. 처음엔 아침 여덟 시 정도에 나갔던 것 같다. 그러다가 상대방보다 더 일찍 앞서거나 뒤서거나 하면서 일곱 시에서 여섯 시로 당겨졌고 이윽고 새벽 다섯 시, 혹은 네 시에 깨어 일어나 나갔다. 일종의 전쟁과도 같은 것이 시작된 셈이었는데 서로 일찍 나가기 위한 그 경쟁은 참으로 치열했던 기억으로 남아 있다. 어쩌면 감이 그렇게도 맛있었는지 그럴싸한 간식이 없던 시절이어서 더욱 그러했을 것이다. 때로 떫은 감이면 뒤주 속에 며칠씩 넣어두었다가 먹으면 떫은맛이 없어지고 아주 농익은 감이 되는 것이 더 맛이 있었다. 나중엔 감을 먹기 위해서가 아니라 순전히 경쟁이 되고 말았지만. 그렇게 시골에서의 어린 시절은 늘 자연과 함께 시작되었다. 밤이면 수많은 별들에 담긴 갖가지 이야기를 하며 유난히 아름다운 별을 고르기도 하고 그 별들에 꿈을 담아보고 여러 가지 상상을 하다가 잠이 들었다.

창 안의 이야기 2

이야기가 우리를 만들었습니다

작은 일에도 잘 울고 웃던

실줄 날줄의 이야기가
산을 이루고
바다를 이루었습니다

내가 하는 것들이 아니었습니다
내가 계획한 것도 아니었습니다

어느 날
우연히 발견되고
어느 날
우연히 찾아온 것들

사랑이 그랬습니다
용서가 그랬습니다
이별이 그랬습니다

이야기가 우리가 되었습니다

문득 창밖을 보니
서성이던 이야기들이

의미가 되어 흐릅니다
작은 소리로 문을 두드립니다

2부

꿈

내 안의 아니무스

　꿈을 꾸었다. 나는 가까운 지인의 집에 가 있었다. 평소 잘 아는 이웃인 그분이 어떤 한 사람을 만나보지 않겠느냐고 제안을 했지만 무슨 이유에서인지 나는 거절을 하고 있었다. 나는 지금은 그럴 생각도 없고 그럴 여유도 없다고 말했던 것 같다. 그때 갑자기 어디선가 피아노 소리와 함께 세상에서 들어본 목소리 중에 가장 곱고 청아한 음성의 아름다운 노랫소리가 들려왔다. 굳이 표현하자면 그것은 아마도 천상의 목소리 같은 것이라고 말할 수 있다. 나는 감탄을 했고 자석에 끌리듯 나도 모르게 피아노 선율과 함께 노래가 들리는 그곳을 바라보았다. 나와 이웃이 있는 그 방의 공간은 넓었고 저쪽에서 피아노를 치며 노래를 부르는 한 사람이 보였다. 그는 마치 중동 사람 같은 외모를 지니고 있었고 그 이름은 알리라고 하였다.

　세상에서 내가 들어본 모든 음악 중에서 처음 들어보는 가장 아름다운 목소리, 최고로 아름다운 선율이었다. 그는 그렇게 아름다운 음성의 소유자이면서 맑고 아름다운 음악을 피아노 연주와 더불어 노래하는 사람이었다. 바로 그 사람이 내가 만나야 할 사람이라고 말했을 때 나는 그만 저런 사람이라면 한 번 만나보겠다고 했다. 외국 사람이라고 생각이 되는 그 사람과 서로 언어 소통이 잘 될 수 있을지가 걱정스러웠지만 그래도 천천히 얘기를 해주면 괜찮을 것이라고 생각해서 만날 것을 요청하였다. 그러나 소통의 염려는 잠시였고 그 사람과 나는 이야기를 잘 나눌 수 있었다. 평소에 한 번도 느끼지 못한 느낌이 들었고 비로소 "아 행복이란 이런 거구나."하는 생각을 하며 꿈속이지만 정말 꿈처럼 행복했다. 마음은 벅차오르고 미처 상상하지 못했던 새롭고 평안한 시간이 내게 주어졌다. 꿈에서 깨고 난 후도 오래 긴 여운이 남았고 내게 그것은 마치 아름다운 영화의 한 편처럼 장면 장면이 눈에 선하고 잊혀지지 않았다. 그렇지만 그것은 그냥 꿈이었다. 꿈처럼 행복한 꿈, 내 꿈속의 알리는 누구였을까? 심리학을 전공한 분들이 그는 내 안의 남성성이라고 말했다.

이 꿈은 무엇을 의미하는 것이고 또 내 무의식의 어떤 부분일까? 궁금해서 '알리'라는 이름을 사전에서 찾아보니 '알리'는 한국어 사전으로는 '향부자'의 제주 방언이고 남자의 이름이나 혹은 '날개'의 뜻을 가지고 있을 뿐이었다. 나는 그 꿈을 지금도 기억한다. 그것도 아주 생생하게…. 내가 꾼 모든 꿈 중에서 가장 아름답고 평화로운 오래 기억하고 싶은 꿈이다. 그것이 자신의 전체 정신으로 발휘되는 원동력이 되기를 기대하며 유익한 삶의 목표가 되는 잊혀지지 않는 꿈으로 기억하고 싶다.

> 인간의 무의식에는 무수한 콤플렉스가 있다고 한다. 억압된 것들과 잊어버린 것들로 구성된 무의식이 있고 이미 태어나기 전에 결정되어진 인간 행태의 보편적이며 원초적인 원형들로 구성된 집단적 무의식이 있다. …(중략)…
> 무의식은 언제나 보상 작용을 함으로서 전체의 균형을 유지하게 된다. 자기 실현의 과정은 인간이면 누구나에게 존재하는 선험적인 조건이다. 특히 아니마, 아니무스는 남녀의식의 일방성을 보장한다.
> 마음의 구조에서 아니마, 아니무스는 의식의 중심인 나(자아)의 무의식적 그림자와 '자기' 사이에 걸쳐있다. 그래서 그것은 나와 자기를 잇는 다리와 같다고 한다.*

‎ ■■

---

* 이부영, 『아니마와 아니무스』, 한길사, p32~33 참조

낭떠러지의 꿈

아이는 참 많은 꿈을 꾼다. 누군가에게 쫓기는데 다리가 도저히 움직이지 않는다거나, 생시에는 한 번도 올라가 본 적이 없는 높고 높은 산 위에서 천길 만길 밑으로 떨어지는 아찔하고 가슴이 조마조마한 꿈이다. 꿈이지만 또 떨어질까 봐 안 떨어지려고 애쓰다가 다시 떨어질 때의 공포는 무섭고 숨 막히고 공포의 절정의 순간에서야 꿈에서 깨어나게 된다. 깨어나 보면 이마에는 땀이 배어있고 숨은 매우 가빴다. 다리 밑으로 떨어질까 봐 조마조마하고 아슬아슬한 꿈이다. 내가 어렸을 때 꾸던 꿈은 다리를 건너야 하는데 푸른 강 위로 놓인 긴 다리를 오들오들 떨면서 건너는 꿈이다. 매번 반복되는 꿈을 꾸지 않으려고 잠자기 전에 기도도 하고 다른 생각으로 꿈이 주는 두려움을 이기려고 하지만 반복되는 꿈이다. 되풀이되는 꿈이 정말 이상하고 궁금해서 어른들에게 그 꿈 이야기를 하면 '애들은 키가 자라기 위해서 그렇다'는 대답만 돌아올 뿐이었다. 꿈은 멈춰지지 않고 매번 똑같은 꿈이 반복되었다. 깨고 나면 꿈이었다는 것이 얼마나 다행스러운지 몰랐다. 안도의 한숨과 함께 곁에 잠들어 있는 형제들의 얼굴이 반갑게 느껴지고 부모님이 살아계신다는 것에 대한 안도의 한숨을 쉬기도 했다.

그 시절 아이는 그렇게 자라며 성장통을 겪고 있었는지 모른다. 성적표에 쓰인 것처럼 학업 성적이 우수하고 인사성이 밝고 명랑 쾌활하며 보통의 다른 아이와 별다를 바 없는 어린아이다. 아이의 꿈은 자신의 판타지와는 잘 맞지 않는 세상과의 화합을 위해서 몸부림치는 과정의 흔적일 수 있다. 성장을 위한 과정은 힘이 들고 작은 한 아이의 이야기에 누구도 귀 기울여주지 않음이 화가 나고 슬프기도 했다. 성인이든 아이든 크고 작음에 상관없이 생각이 많으면 많을수록 힘이 든 법이다.

아이도 자라는 동안 많은 생각을 한다. 몸이 자라듯 마음이 자라는 과정을 거치고 세상과 대면하면서 인생의 전체적인 맥락을 이해하지 못하고 궁금해 한다. 아이는 아직 어려서 순수하다. 동시에 흐르는 물처럼 현실을 뛰어넘는 유연성을 가지고 있다. 또 어른들이 염려하는 만큼 현실에 대해 무조건 이치에 맞지 않는 것도 아니며 합리적이지 못한 생각에 사로잡히지도 않는다. 아이는 양육자의 올바른 돌봄과 배려가 있을 때 그의 훈육과 지도를 따를 수 있는 순한 양 같은 존재다. 아이는 어머니의 손길에 의해 길들여지고 꿈을 꾸며 착하든지 나쁘든지 하는 것을 배우고 호기심 많은 미래를 향한 도전을 한다. 밤마다 꿈을 꾸며 때로는 원인 모를 꾸중을 아파하며 그래도 부모님의 마음에 들고 싶고 더 잘하고 싶던 그 아이는 지금 어디서 무얼 할까?

반복되는 꿈 이야기

우리에게는 무엇을 향한 꿈인지도 모르는 것을 향해서 출발한 어린 시절이 있다. 그 시절, 특별히 잘 때 많은 꿈을 꾸었다. 그리고 지금도 나는 참 많은 꿈을 꾼다. 어렸을 적에는 생시에는 한 번도 올라가 본 적이 없는 높고 높은 산 위에서 천길만길 그냥 밑으로 떨어지는 꿈은 얼마나 아찔하고 가슴이 조마조마 한 꿈이었던가! 그렇게도 가슴 두근거리고 조마조마하기만 했던 그 꿈은 어쩌면 한 인간의 삶의 여정을 예고한 것이었을까?

요즘도 늘 꿈을 꾼다. 현실 속에서도 꿈을 꾸고 잠잘 때도 많은 꿈을 꾼다. 어떤 꿈은 금방 잊혀지지만 어떤 꿈은 생생하게 기억에 오래 남기도 한다. 그 꿈들은 때로는 허무맹랑하게 느껴질 때도 있지만 어떤 때는 놀랍게도 현실적이며 다가올 현실을 예고하는 예고편이 되기도 한다. 한때 나는 그 꿈의 우상화에 붙들린 적이 있다. 예를 들어 꿈에 특정한 인물이 나타나면 그 다음 날 반드시 일어나는 일이 있다. 처음엔 무심히 흘려버린 꿈이 같은 일이 반복되자 하나의 징크스가 되어버렸고 꿈에 붙잡혀 버렸다. 심지어는 꿈 때문에 계획된 일정을 변경하는 일도 있었다. 내가 인간의 무의식 세계와 신비에 대한 관심을 가지게 된 이유다. 개인의 무의식 속에 숨어있는 억제되거나 망각된 기억 또는 콤플렉스, 원형, 그림자는 꿈을 통하여 나타나기도 하고 분출되어진다고 한다. 프로이트와 융 모두가 무의식의 근원에 대해 동의하였다. 두 사람 모두 그것이 정신의 크고 강력한 부분이며 억압된 자원이 포함되어 있다고 말한다.

인간이 문명화될수록, 즉 의식화되고 복잡해질수록 그는 본능에 따르지 못한다. 그의 복잡한 생활 정황과 주위의 영향은 너무도 큰 소리를 내므로 자연의 낮은 소리를 덮어버린다. 그 대신에 의견과 확신들. 이른바 집단 성향이 나타나 온갖 잘못된 길을 지지한다. 그런 경우에 무의식에 의도적으로 주의를 기울여서 보상작용이 효력을 발휘할 수 있도록 해야 한다.*

---

* C.G. Jung. Aion, 1951, p.39. (이부영, 『아니마와 아니무스』, 한길사, 2001, P.95에서 재인용-)

꿈에서 깨어날 때

꿈에서 깨어날 때 나는 가끔 크게 헛소리를 한다. 그 꿈에서 정말 외치고 싶고 또 하고 싶었던 이야기를 혼신의 힘을 다해 입으로 내뱉으며 나는 꿈에서 깨어난다. 어젯밤 꿈에는 깨끗이 집을 청소하고 나와 딸아이가 함께 있는데 내가 아는 누군가가 커다란 흙 묻은 게를 들고 들어왔다. 게는 내가 이전에 본 그 어떤 게보다 컸지만 흙이 잔뜩 묻어있어 온통 흙투성이의 게였다. 그런 게를 집에 들고 와서 놓으려던 그 사람이 나는 어리석게 느껴지고 정말 막 화가 났다. 나는 그 사람에게 말했다 "안 되죠, 그렇게 흙이 묻은 게를 들고 방에 들어오면 집이 더러워지잖아요!" 그러자 그 사람은 "이 게가 뭐 어떠냐! 흙이 묻었으면 어때서 뭐가 더럽다는 것인가?" 하며 반박을 하였고 딸과 나는 참으로 그것이 어리석고 생각이 없는 행위로 느껴졌다. 그래서 꿈속에서 나는 그를 향하여 크고 확실하게 말하려고 애썼다 "아, 이 바보 같은 사람아 어리석기 짝이 없는 짓이라고." 그렇게 말하는 내 목소리에 놀라서 내가 깼다. 소파에서 자던 터라 마침 늦게 들어온 아들이 커다란 내 목소리를 들었을까? 욕실에서 헛기침을 했다. 나는 무슨 연유에서인지 이 꿈을 절대 잊어버려서는 안 된다는 생각을 하면서 다시 그 꿈을 되돌아보고 메모를 하고 기억 속에 저장하려고 애를 썼다. 아침에 일어나서 생각해보니 별일도 아닌 허망하고 아무런 의미도 없는 말 그대로 노루의 꿈인지도 모른다는 생각을 하며 그런 내가 조금은 우습게 느껴지기도 했다. 자고 나면 별것 아닌 것 같은 그 꿈을 나는 잊지 않으려고 기억에 저장해 두려고 그렇게 애를 쓴 것이다.

꿈의 시나리오 작가는 바로 자신이라는 말이 있다. 프로이트는 꿈이 무의식이 등장하는 통로라는 표현을 하며 꿈은 '더러운 것이 쌓이는 어두운 동굴'이 아니고 '생산 에너지가 쌓이는 신비로운 통로' 임을 말하고 있다. 꿈에 관한 이야기들은 과학이 발달했지만 아직도 신비한 영역이다. 심리학자인 프로이트에게 꿈의 세계는 의식과 무의식의 관계를 확립하고 이해하는 데 초점이 맞춰져 있다. 그는 꿈의 보편적인 상징보다는 개인적은 의미를 중요시했던 것 같다. '자기와 자아가 만나는 곳을 꿈'이라고 말한 칼 융은 꿈이 주는 무의식의 메시지에 귀를 기울여야 하며 꿈이 꿈꾸는 자가 처해 있는 상황을 보여준다고도 이야기한다. 내게 꿈은 예시적인 기능이었을 때도 있었고 연상과 억제된 기능의 활동하는 장소로 여겨질 때도 있다. 꿈은 아직 알 수 없는 신비한 영역이지만 정신세계를 가늠하게 해주는 또 다른 통로 역할을 하기도 한다. 한 개인에게 꿈이 주는 의미는 다양하지만 꿈의 여러 상징은 인간에게 여전히 신비의 영역임에는 틀림이 없는 것 같다.

예수님을 만난 날

한 어린아이가 있었다. 어느 겨울의 크리스마스가 가까워 올 무렵, 신비롭고 아름다운 종소리에 이끌려 발걸음이 저절로 교회로 향했었다. 그곳에서 베풀어지는 크리스마스 잔치의 풍요롭고 재미있는 프로그램들이 아이로하여금 매해 다음 크리스마스를 기다리게 했다. 아이의 눈에는 그곳 성도들의 얼굴이 마치 천사처럼 선해 보였는데, 그들은 누군가를 위하여 끊임없이 기도하고 있었고 자신들의 죄를 회개하고 있었다. 그 간절한 모습들은 까닭 없이 어린 가슴에 깊이 와 닿았다. 교회는 바깥세상과는 구별되는 다른 모습을 보여주었고 늘 친절하고 반갑게 맞아주며 "너는 주님의 소중한 사람이다." 라고 말해주는 그곳 그리스도인들의 바깥 세상과는 구별되는 또 다른 모습이 아이로 하여금 한평생 주님과 동행하는 믿음의 사람이 될 수 있게 해줬다.

어린 시절 기억은 항상 교회의 종소리와 함께 시작된다. 아름답고 신비로운 교회의 종소리와 풍성한 크리스마스 잔치에 이끌려 자비하신 하나님의 품에 덥석 안겨 버렸던 어리고 작은 아이를 자꾸만 생각하게 된다. 그것은 축복이었다. 자신의 평생을 감싸 안을 그런 큰 축복이었다. 나는 지금도 그때 그들의 간절한 기도와 찬송, 꿈같은 크리스마스 잔치, 그리고 아름답고 신비롭던 종소리를 잊을 수가 없다.

시간 이전에

땅은 언제부터 만들어졌는지
바닷물은 왜 그렇게 뛰노는지를

아무도 없는 들에 꽃이 왜 피는지를
산에 염소가 언제 새끼를 치며
그 새끼들이 어떻게 자라는지를

사람도 없는 곳에 내리는 비가
마른 땅을 적시고
허허로운 광야에 내리는 비가 강물이 되며
굳어버린 땅에 풀이 자라게 하는 이가 누구인가?

꿈, 최고의 선물

어린 시절 꿈이 있었다는 것은 최고의 선물이다. 꿈꾸는 대로 미래를 상상하고 그려 볼 수 있었고 꿈의 지도를 따라서 발걸음을 옮긴다. 시간이 지난 후 사람들은 인생의 후반이 좀 더 안정되고 평화로울 수 있기를 꿈꾼다. 어떤 환경적인 요인이나 물리적인 변화 없이도 감사로 하루를 맞이할 수 있고 좀 더 관대하게 사람을 대할 수도 있다. 낯설고 불완전하며 완벽하지 않은 것들에 대한 이해와 사랑이 깊어지고 힘들었던 지난날은 오늘이 있게 해준 선물이라는 것을 알게 된다. 시간이 지나고 세상을 더 관조할 수 있는 연륜이 생기는 것은 비단 삶의 여유로움 때문만은 아니다.

삶은 지나간 이야기 속에 담겨있는 스스로의 기질을 조화로운 미적 세계로 인식하는 것이다. 거기에 아름다운 색을 덧입혀 줄 수 있을 때 힘이 된다. 그 힘은 자신에게 불필요한 문제를 더는 문제 삼지 않는 것을 알게 되는 것이다. 지금까지의 이야기들이 마치 자연의 한 부분처럼 인생에 꼭 필요한 구도와 색깔들로 나열되고 채색되어져서 한 폭의 그림으로 남을 것이다. 삶의 지도가 된 그것들은 단 하나도 빼서도 더해서도 안 되었을 자신의 전체이다.

아파하면서도 견딜 수 있는 능력과 함께 고통과 슬픔을 다스릴 줄 알고 "인간이 안고 있는 근원적인 문제가 부당함이 아니라 불신"[*]인 것을 알게 된다. 자신이 가졌던 불신이 삶을 사랑할 수 없게 하고 신뢰할 수 없게 하였다고…. 그리고 지금의 자리가 자신이 생각했던 지점보다도 훨씬 더 많이 와 있다는 것을 안다.

---

[*] 양명수, 『욥이 말하다』, 분도출판사, 2003, 239쪽 참조.

3부

사랑

사랑

사랑은 오직 사랑일 뿐이다
홀로 존재하는 것이다

사랑은 비교할 수 없는 자체이다
아름다운 그것은
존귀한 사람들의 마음에서 피어나는
따뜻한 바람이다

그것은 선하다
가까이 가고 싶으니 그립고 소중해서 아프다

사랑은 많이 운다
사랑은 그날
그분의 핏빛 눈물이 땅에 떨어져 핀 꽃이다

만나볼 그리운 사람이 있어 이곳저곳 피어난다
아직 오지 않아서 서러워서 졌다가
그리움을 참지 못하여 다시 찾아 피어난다

사랑하는 사람들

사랑은, 어릴 때 기억 속에 있는 어떤 아이, 담장 밑에 쭈그리고 앉아 손톱을 깨물던 그 아이에게 필요했던 것이다. 항상 노래를 흥얼거리며 온 동네를 뛰어다니다가, 누군가의 집에서 버린 수박 껍질을 주워서 입에 물고 즐거워하던 그 아이에게 필요했던 것이다.

사랑은, "사람은 왜 죽는지 모르겠다." "요기서 조만치 훌쩍 가기만 하면 좋겠다."라며 돌아가신 할아버지가 그리워 눈물 글썽이던 할머니의 허전한 가슴을 채워줘야 하는 것이다. 세월 속 낡은 수첩 안의 그 사람들은 내가 무조건 긍정해주고 존귀하게 대해 주어야 했던 사람들이다. 지금은 가고 없는 그들의 기억을 끄집어내 본다. 그 기억들은 오랫동안 내 마음 한구석에서 실천하지 못한 아쉬움으로 남아있다.

"사랑할 수 있는 사람만을 사랑하게 하지 마시고 사랑할 수 없는 사람까지를 사랑하게 해주십시오. 용서받을 수 있는 자만을 용서하게 하지 마시고, 용서받을 수 없는 자까지를 용서하게 해주세요." 겁도 없이(?) 언젠가 내가 하던 기도다. 아마 그때 내 주위에는 도저히 사랑할 수 없는 자도, 도저히 용서할 수 없는 자도 없었던 것은 아닐까? 그것이 참으로 힘들다는 것을 얼마 후 알았다. 그때 그것은 진짜 사랑한 것도, 진짜 용서한 것도 아닌 스스로 마음의 부담을 덜어내는 형식에 불과하다는 것을 알아버렸다.

어느 날 슬며시 배제해버린 사람들, 포용하지 못했던 나를 스쳐 지나간 그 사람들을 다시 떠올려본다. 어떤 것이 정말 사랑일까? 어떤 것이 정말 포용이고 용서일까? 행동이 따르지 못하였던 부끄러운 이야기들이다. 혼돈 가운데 서 있었던 그 시간은 이제 내게 두 팔을 벌리신 하나님께 고하고 구해야 하는 시간들이다. 그날 우리의 죽음과 고통, 아픔과 슬픔 이 모든 것들을 지고 예수님이 십자가에서 흘리신 눈물은 사랑이었다. 이 땅에 뿌려진 눈물이 된 사랑이었다.

전적으로 자신을 내어주는 희생, 자기 안에 타자가 들어와 있고 자신을 전적으로 내어놓는 마음은 사랑이다. 예수님의 마지막 십자가의 길에 일어난 아름다운 사건도 사랑이었다. 성서 속에 나타나는 옥합을 깬 당사자인 여인의 이야기다. 그녀는 가부장적인 사회의 가난하고 이름 없는 한 여인으로 알려져 있다. 그녀는 스스로를 위해 준비했던 전 재산이 담긴 옥합을 깨어 예수님의 머리에 부었다. 그런 여인의 의식은 예수님께 다가올 수난을 아파하며 애통해하는 사랑의 절정적인 표현이다.

사랑의 빛과 향기는 모든 것을 뛰어넘는다. 사랑은 개인과 인류의 역사를 가장 밑바닥에서조차 희망으로 바꿔놓는 역전의 비밀을 안고 있다. 사랑을 품은 사람들은 희망을 품는다. 희망을 안은 사람들은 사랑할 줄 안다. 자신만의 방법, 여러 가지 모습으로 가장 아름다운 헌신과 경탄스러운 사랑을 한다. 옥합을 깨뜨려 전부를 바치는 여인의 사랑, 약속을 지키지 못하고 부인해버린 베드로의 사랑, 그때도 그랬듯 여러 사랑의 이야기가 있다. 사랑을 말하면서 사랑의 방관자가 되어버린 이야기는 부끄럽다. 교회 안에서조차 우리는 가난하고 외롭고 힘없는 자들이 다시 한번 큰 상실을 느끼며 떠나가는 모습을 바라만 보고 있었다. 보고도 모르고 해야 할 것을 하지 못한 채 그냥 그대로 가만히 있었다. 그들을 붙잡지도 않고 그 울음소리를 듣고도 못 들은 척했다. 그들은 오히려 더 큰 슬픔과 아픔, 분노와 상처를 안고 떠났을지도 모른다. 그저 우리들의 언어로 우리들의 얘기로 바쁘기만 했고 그렇게 시간을 흘려보냈다.

"잘못된 인식론들과 맹신적인 언어와 수사학
체계가 우리의 의식을 사로잡아버렸다."*

창 안의 이야기

과연 우리의 사랑과 믿음이 누군가를 위해 옥합을 깰 수 있는 것일까?

∷

돌보지 못한 사랑

돌보지 못한 사람들, 돌봄이 필요했던 사람들이 우리 주위에 너무나 많다. 알려고 하지 않고 그래서 보지 못한 것뿐이다. 얼마 전 스스로 가버린 어떤 친구 소식에 마음이 아프다. 그때 그 길에서 좀 더 크게 웃어줄 걸 그랬다. 나는 바쁘다고 그냥 폭풍처럼 지나쳐버렸다. 그 친구는 항상 거기 있을 줄 알았다. 그 길에서 또 만날 줄 알았다. 오래 눈을 마주하고 싶었을 그녀를 그렇게 내일 또 만날 줄 알았기에 지나쳐 버렸다. 인생은 참으로 많은 아쉬움을 남기면서 지나간다. 나는 그녀의 죽음을 신문에서 보았다.

'그래 너 잘났다. 떠들썩하게 갔으니 너 잘났다. 그런데 떨어질 때 얼마나 아팠을까? 너는 그런 생각의 여유도 없을 만큼 막막하고 감각도 없었겠지. 너의 눈은 초점을 잃었겠구나. 가을 하늘이 높고 청명한 이 아침에 나는 마음이 아프다. 너는 쓸쓸하고 외로운 가을을 보지 못하며 차가운 겨울이 올 것을 생각하지도 못하는 사람이 되었구나.'

모든 강이 바다로 흘러드는데 바다는 넘치는 일이 없구나. 강물은 떠났던 곳으로 돌아가서 다시 흘러내리는 것을. 세상만사 속절없이 무엇이라 말할 길 없구나. 아무리 보아도 보고 싶은 데로 보는 수가 없고 아무리 들어도 듣고 싶은 데로 듣는 수가 없다 지금 있는 것은 언젠가 있었던 일이요 지금 생긴 일은 언젠가 생겼던 일이라. 하늘 아래 새것이 있을 리가 없다. (전도서 1장 7-9절)

---

* 『예언자적 상상력』 월터 부르그만 지음. 복 있는 사람 출판, 2009년 참조

오늘도 다른 어디에서 또 많은 이들이 절망하고 있을 것이다. 이 땅이 왜 이리 광막한지를…. 하늘과 땅 사이가 너무나 공허해서 어딘가를 헤매다가 무력해져서 그만 주저앉기도 할 것이다.

우리는 존귀한 사람들이다. 나는 중요하고 너는 중요하지 않다는 것이 아니다. 어떤 경우도 자신의 이익을 위해 다른 사람의 삶을 훼손시키거나 그를 희생양으로 삼아서도 안 된다. 존중과 사랑은 존귀한 사람들이 할 수 있는 것이다. 인간은 충분히 사랑받고 사랑할 가치를 부여받은 존재다. 주어진 상황이나 핑계로 우리의 가치를 마음대로 평가하고 다른 사람의 평가에만 의지하고 산다는 것은 자신이 얼마나 소중한지를 잘 모르는 것이다. 안타깝게도 많은 사람은 부질없이 다른 사람의 시선에 민감하고 평가와 조롱에 반응하다가 쓰러지기도 한다. 우리의 가치는 오직 창조주 하나님만이 평가할 수 있다.

지금 내 옆에 나를 원하는 누군가가 있다면… 내 옆에 추워서 떨고 있는 한 사람이 있다면… 서로 눈 맞춤하기를 기다리며 따뜻한 체온을 느끼도록 손잡아 주기를 원하며 서 있는 누군가 있을지 모른다. 멀리 찾아보지 않아도 옆에 있을 한 사람은 소중한 존재다. 내가 사랑한다는 것은 그의 손을 잡는 것이다. 그의 연약함과 아픔, 삶의 어려움을 내 어려움으로 알고 기도하는 것이다. 하지만 보지 못하고 듣지 못하고 보아도 들어도 알지 못한 나를 부끄러워한다.

연약하고 소외된 누군가를 위할 수 있는 사람은 사랑을 아는 사람이다. 항상 마음속에 자신이 아닌 사람을 생각하고 기도할 수 있는 사람은 아름다운 사람이다. 그가 만들어 가는 세상은 선하다. 누군가를 위하여 늘 기도하는 사람이 나는 존경스럽다. 모두가 바쁜 일상으로 자신조차 유지하기 힘든 벅찬 현실을 살고 있다. 그래서 타인을 위하고 그들을 위해 자신의 시간을 할애한다는 것은 옛 고전이나 교과서에나 나오는 이야기쯤 되어가는 세상이다.

자신을 돌아볼 줄 아는 사람은 타인을 위할 줄 아는 사람이다. 알면서 행하지 못한 시간이 부끄럽지만 이웃과 나의 공동체를 위하고 이 땅의 모든 이들의 행복을 위한 세상을 꿈꾸고 기도하는 이들이 더 많아지면 좋을 것이다. 많은 사람이 자신으로 인하여 기쁘고 희망을 가질 수 있다면 더 좋을 것이다. 그런 축복이 우리 삶의 현장에 확장되어 간다면 얼마나 좋을까. 그런 삶을 살지 못해서 아쉬움 투성이인 삶은 할 일도 다 못하고 구름처럼 떠돌았다. 언젠가 떠나야 하는 그날이 오면 이대로 하나님의 얼굴을 차마 볼 수 있을까?

우리가 다 알지 못하여도 누군가의 선한 기도가 있어 세상을 살린다. 이전의 세상도 이후의 세상도 한 사람의 자신을 넘어선 기도가 세상을 지킨다. 소외되고 상한 마음이 한숨짓는 소리를 듣지 못한 채 감히 세상을 비웃었던가. 오만과 무지로 세상을 조소하고 탄식하였던가. 내가 한낮 한밤을 부질없는 근심으로 지새울 때 어느 한 마을 어디선가 이름 모를 사람의 무릎 꿇은 기도가 세상을 살린 것을…

■■
■

사랑의 신비

사랑은 알 수 없는 것이다. 어떤 요구나 의도 없이 그냥 일어나는 것이다. 누군가를 사랑하는 즐거움을 통해 자신의 완성됨을 느끼고 기뻐할 수 있는 것이다. 그 어떤 충동보다 강하며 함께 하고자 하는 정열이다. 그것은 생각만 으로는 알 수 없는 하나님의 모습과도 같다. 그래서 사랑은 힘이 있다.
사랑의 힘은 여러 모양과 방식으로 우리에게 다가선다. 인간의 삶과 목적 모두에 꼭 필요한 존재로 위력을 발휘한다. 때로는 열정으로, 때로는 희생으로 우리에게 다가선다. 요구하지도 않았는데 세상에서 가장 아름다운 모습을 하고서 우리에게 다가선다. 사랑이 세상을 창조하였다. 그의 형상을 따라 지어진 우리는 사랑할 수 있어서 사랑을 그리워한다. 사랑은 세상 모든 존재의 의미를 밝혀준다. 꼭 필요한 그것은 기다리는 자에게 선물처럼 다가온다. 사랑은 믿음이다. 이성도 감성도 아닌 초월이며 믿음으로 다가오는 헌신이다. 말로 형용하기 어렵고 형태를 말하기에는 너무 작고 너무나 큰 것, 홀로 존재하는 것이다. 사랑은 사랑 그 자신이다. 어떤 것으로도 가늠할 수 없다. 마치 하나님께서 존재 그 자체인 것처럼 사랑 스스로 존재한다.

사랑은 존귀한 사람들의 안에서 일어나는 따뜻한 감정이다. 그것은 선하다. 가까이 가고 싶으니 그립고 소중해서 아프다. 사랑하는 이가 너무 안타깝고 불쌍해서 많이 울기도 한다. 하나님이 우리를 불쌍히 여기고 안타까워하듯이. 그러고 보니 그것은 정말 하나님을 닮았다.

사랑은 언제나 당신과 함께 할 수 있는 영원이다. 그러나 사랑은 때로 고독하다. 그 자체로 혼자서 무엇의 간섭도 받지 않는 외로운 것이다. 스스로 자신의 아름다움을 지켜내야 하기에 외롭다. 때로는 분리되지 않기 위해 떨어지지 않으려고 몸부림친다. 사랑은 고독한 순례자다. 사랑은 또 시간이 필요하다. 오래 기다리고 견디는 것이다. 바라는 것 없이, 원하는 것 없이, 그냥 참아주며 기다리는 것이다. 그것의 도착점은 흔들림 없는 평화다. 한없는 행복의 극치다.

분별하는 사랑

모두가 사랑을 말하지만 사랑은 무엇일까? 사람들은 아는 것 같지만 알수 없는 사랑을 여전히 만나고 싶어 한다. 행복하지 못하고 허무해서 실망하지만 다시 찾아 나선다. 영원한 사랑을 찾지만 일시적이고 공허하게 끝나고 마는 사랑을 슬퍼하는 우리는 무엇이 잘못된 걸까?

사랑이라는 이름은 듣기만 해도 마음이 따뜻해져 오고 행복한 이름이다. 하지만 우리가 사랑을 너무 수사적이고 논리적으로만 기억해온 것은 아닐까? 달콤한 솜사탕이나 꽃처럼 아름답기만 한 사랑을 그리는 것은 당연한지 모른다. 모든 걸 감싸주고 용서하며 인내하는 사랑도 옳다. 그러나 사랑은 인형이 아니라 살아 움직이는 생명처럼 요동치고 흐르는 것이다. 꽃이 물과 햇볕과 바람이 필요하듯 사랑도 양분이 필요하다.

사랑에 빠졌던 친구가 자신의 마음을 털어놓은 적이 있었다. 이제 사랑은 끝났고 생각해보니 그 사랑은 잘못된 사랑이었고 가짜 행복에 취해 있었다고…. 돌아보니 필시 자신의 사랑은 허무하고 슬프게 끝날 수밖에 없었던 무분별한 사랑이었다고 했다. 또 다른 한 사람은 젊을 때 남편을 만나 열렬한 사랑을 했는데 너무 많은 에너지가 소모되더라고 했다. 이 사람이라면 사랑할 수 있고 사랑할 수밖에 없다고 생각해서 빠져들었던 사랑이다. 그래서 행복했지만 두번 다시 그와 같이 온 힘을 다하는 사랑은 할 수 없을 거라고 했다. 그렇다! 사랑이라는 것은 마음으로 시작되지만 행동이 수반되고 수고와 노력이 따르기에 힘든 것도 사실이다.

생각해보면 우리가 생각하는 익숙한 사랑은 그냥 솜털처럼 부드럽고 감성적이기만 한 사랑인지 모른다. 하지만 그런 사랑은 형태만 있고 실체가 없는 것은 아닐까? 아름다운 사랑은 선과 악, 바른 것과 바르지 않은 것을 분별할 줄 안다. 자신만의 유익을 구하지 않는 사랑은 조건이 없다. 사랑은 마음이지만 행동하는 즐거움이고 거짓과 진실을 구별한다. 그 그리움을 참지 못해 다시 찾아 나서 이곳저곳 피어난다.

사랑은 희미하지 않다. 함께 얼굴을 맞대고 눈을 바라보며 진실을 알아가는 과정이다. 아름다운 자신을 지키기 위해 날마다 흰옷을 고쳐 입는다. 사랑은 소중한 순간에 일어나 시작된 선물이다. 그것의 도착지점은 흔들림 없는 평화다. 한없는 행복의 극치다. 영원을 찾아 눈물 흘리며 헤어지지 않으려고 몸 부림친다.

제비꽃 친구

마음이 통하는 대화 상대를 찾을 수 있다는 것은 좋은 일이다. 이해하려 하지 않아도 이야기를 그대로 들어 줄 수 있으면 좋을 것이다. 무지하다 생각하여 가르치려 하지 않고 자신의 앎을 뽐내지 않으며 기력 없는 팔을 잡아줄 수 있는 것으로 족할 것이다. 그는 자신을 거짓되게 내보이지 않으며 선한 것과 공의를 구별할 줄 아는 사랑이다. 강하려 했지만 약하였고, 선하려 했지만 악하였으며 용감하려 했으나 굴복해 버린 순간을 한탄할 때 흠집 나고 훼손된 날개를 호호 불어주고 싸매주는 사랑이다.

그는 봄이 오면 세상이 예쁘다고 가슴 설레며 꽃향기 맡으라고 나를 부른다. 산길을 함께 할 때 흐르는 맑은 물에 경탄하고 가볍게 몸을 떨어 인사할 줄 안다. 반가움에 어쩔 줄 모르다가 석양 노을에 얼굴 붉어지며 고개 숙인다.

그는 불어오는 바람에 맞서지 않으려 자신을 흔들어 숙일 줄 안다. 산과 들을 지나는 바람의 수군거림에 동의하지 않으며 소박한 사람들에게 겸손히 다가서서 친구가 된다. 허허로운 들판이 외롭다고 비켜서지 않으며 정원에 핀 꽃들과 같은 척하지 않는다. 그는 외로운 길가 한 모퉁이를 지키는 성실한 사랑이 되었다. 오늘 자줏빛 제비꽃이 내게로 다가와 세상을 눈부시게 하였다.

사랑은 힘이다

어머니는 나를 내가 되게 하였고 지금도 스스로를 지키게 하는 강력한 힘이다.

곱던 얼굴 중 더 기억되는 것은 희생과 사랑으로 빛나는 어머니의 눈이다. 등대 같은 사랑, 그 눈빛이 한 번도 자신의 자녀로부터 초점이 흐려지는 것을 나는 본 적이 없다. 항상 바삐 움직이는 그 어떤 몸짓보다 강하고 힘이 넘쳤다. 눈을 감고 잠을 잘 때 외에는 당신의 자식들을 지켜내야 하는 사랑의 사명자로….

모두가 알고 있는 것처럼 어머니는 헌신이다. 처음부터 끝까지 자신을 넘어서고 모든 것을 이겨낸 희생으로 그만 숭고해져 버린 이름이 어머니다. 그런 어머니가 언제부터인가 몸보다 기억이 먼저 쇠잔해져 버린 것 같다. 기억이 분명하지 않은 가운데도 창조주가 누구인지 자신이 누구를 위해서 이 땅에 태어났는지를 절대 잊지 않으려고 기억을 더듬고 되새기는 모습이 너무 처연하다.

아직 어머니는 자녀들과 그리운 얼굴들, 손자 손녀들의 얼굴과 이름 모두를 기억한다. 가끔 헷갈리기도 하지만 방문 때마다 우리를 맞는 반가움은 점점 배가 된다. 이제는 손을 꼭 붙잡고 아예 놓아주지를 않으려고 한다. 나는 이런 저런 이유로 어머니를 다른 형제들보다 많이 찾아뵙지 못했다. 그래서 표현 하지 않았지만 마음이 더 아프다. 보고 싶어도 참았고 가 뵈어야 할 일이 있을 때도 꾹 마음을 눌러야 했다. 그런 내가 이제는 어머니가 살아계실 날이 얼마 남지 않았을 것 같은 생각이 들어 요새는 앞뒤 재지 않고 자주 찾아뵙는다. 집 비우는 것을 싫어하는 남편에게, 아직도 내 손길이 필요한 성인이 다 된 애들 한테도 요새는 당당하게 말한다. "나 울 엄니 보러 간다(어쩔 거야!)." 당당히 말하고 몇 밤씩 자고 오기도 하지만 어머니는 내가 그것을 잊고 또 "오늘 밤 자고 가거래이." 하신다.

어릴 때나 성인이 되어서나 어머니는 강인한 힘이지만 눈물 같은, 자꾸만 애 달픈 사랑이다. 어머니를 강하게 하는 힘은 자신을 넘어선 사랑이다. 몸은 점 점 작아져도 슬픈 사랑은 자꾸만 넘친다. 상황에 상관없이 한결같던 사랑이 역사의 소용돌이 속에서 세상을 건졌다.

사랑을 포기하지 못해

오늘도 새로운 사랑을 엿본다. 세상이 아닌 절대자의 사랑이다. 변하는 사 랑이 아니라 변함없는 사랑이다. 증오와 미움을 낳는 사랑이 아니라 꿈을 낳 는 사랑이다.

사랑은 해함도 상함도 없는 치유의 약이다. 거짓과 증오를 쇠하게 하고 긍휼 과 관용을 흥하게 하는 생명의 원천이다. 고통 속에서도 평안을 느끼게 하는 자유다. 그에게 고통은 더 이상 문제가 되지 않는다. 사라져야 할 것들이 그 빛 아래서 이내 소멸되고 만다.

두려움과 경계심을 물리치게 하는 사랑은 믿음이다. 어떤 것으로도 대체할 수 없는 절대적이고 모든 것의 결과이다. 사랑은 생명을 살리는 햇빛이다. 병적 현상과 어둠을 물리치고 곡식을 영글게 하는 성숙한 힘이다. 사랑은 세상의 분주함과는 무관한 시작이고 새로운 출발이다. 희망을 안고 달리는 출발이고 인생의 현존을 경험하게 하는 영원한 평화다.

사랑은 비굴하지 않으며 바위에 새긴 글처럼 지워지지 않는다. 절체절명의 순간에서도 반짝이는 힘이며 모든 것의 이전이고 모든 것이 이후이다. 사랑은 응답을 바라는 것이 아닌 영혼의 노래이며 신실한 고백이다. 사랑은 예언자적 상상력이며 인생에 대한 경외심이다. 참된 것을 더 참되게 하고 신성한 것을 더 신성하게 한다. 사랑은 더 이상 말을 필요로 하지 않는 언어이다. 사랑은 초월적인 실체이나 외로워서 눈물 흘리고 까닭 없이 슬퍼할 줄 아는 진실이다. 그 언어는 눈물로 인하여 자라난 생명샘이다.

사랑은 이전에도 있었듯이 이후에도 있을 하나뿐인 진리이다. 그의 다른 이름은 선이며 그의 성품은 긍휼이다. 사랑은 동편에서 해가 뜨는 것과 서편에 해가 지는 것에 대한 경탄이며 어느 한 길 외로이 서서 피는 풀꽃들에 대한 감사이다. 사랑은 그분의 옷깃 한 자락 기다림이다. 창조주가 인간에게 바치는 애절한 노래이며 절망의 소용돌이 속에서 떠오르는 고요한 희망이다. 사랑은 고독한 순례자에게 바치는 형형색색 한 다발의 꽃이다.

좋은 대상 경험과 어머니

그날은 마침 내가 잘 가는 상점이 휴일이어서 집 가까이 있는 편의점에 들러 필요한 물건을 사기 위해 줄을 섰다. 편의점은 사람이 별로 많지는 않지만 그래도 늘 분주하게 움직이는 곳이고 이런 날이면 좀 더 많은 사람이 줄을 선다. 별생각 없이 물건을 계산하려는데 등 뒤에서 시선이 느껴져 돌아보게 되었다. 하얗고 얌전해 보이는 아가씨가 작은 목소리로 무어라 말을 하고 있었다. 첫인상도 아주 소심하게 느껴지는 그런 아가씨였다. "저기 혹시 저한테 무슨 말을 했나요?" 물었더니 "저기… 내… 차례인데… 요." 정말 모깃소리 만큼 나지막하게 말하는 것이었다. "아 저런 내가 잘 모르고 그만, 정말 미안해요." 하고 뒤로 물러섰다. 그녀는 아주 미안하고 쑥스러운 표정을 하며 계산을 마치고 돌아갔다. 내 생각에 그녀가 조금 멀찍이 간격을 두고 서니까 누군가 자꾸만 앞서 계산을 하게 되었던 것 같다. 할 말은 하는 요즘 젊은이답지 않은 소심한 모습이 귀엽기도 했지만 문득 여러 성격 유형에 관한 생각을 했다. 한 사람의 성품은 그가 속한 가정이나 혹은 공동체 등 여러 측면에서 다양하게 드러나면서 삶에 중요한 영향을 준다.

서로 비슷하나 다른 사람들끼리 같은 사회 안에서 살아가고 있다. 누군가는 쟁취하고 누군가는 잃어버리고, 누군가는 자기 생각을 표현하는데 주저함이 없으나 누군가는 주저하고 망설인다. 성격은 운명을 좌우할 만큼 삶에 미치는 영향이 크고 심지어 한 인간의 생존을 결정짓기도 한다. 흔히 말하는 성격은 인간의 본질적인 것을 말하고 인품은 성장 과정이나 교육 환경 등의 영향에 의하여 형성되는 것이다. 어떤 경우 우리의 앎이나 지성은 인품과는 상관이 없다. 어제와 오늘을 뜨겁게 달구는 뉴스는 비정한 엄마와 이모의 자녀 학대나 유기에 관한 이야기, 팔순 노인인 아버지를 살해한 중년 아들의 이야기다. 가족들과 함께 보기 민망하여 채널을 돌리거나 꺼버리고 애들이 볼까 봐 입에 올리지도 못한다. 상냥한 이웃이었다던 그들의 내면과 외면이 일치를 이루지 못한 모습이 우리를 당혹스럽게 한다.

여러 심리학자 혹은 상담자들로 구성된 패널들이 방송에 출연해 다양한 관점의 이야기와 해석을 하지만 어느 누구도 가해 당사자의 마음은 정확히 알지 못한다. 원인이 있다고 하지만 그와 비슷하거나 같은 환경에 놓인 사람은 많다. 하지만 누군가는 끔찍한 범죄자가 되고 다른 이는 역경을 딛고 꽃을 피운 감동적인 이야기를 만든다. 도대체 무엇 때문일까? 같은 구조와 상황에서도 다른 결론을 향해 치달은 삶이 우리에게 더 많은 생각을 하게 한다.

사람은 태어난 이후의 양육 과정을 거치면서 주어지는 환경과 여러 요소에 의하여 자신의 역사를 이루어간다. 아이에게는 어머니가 세상의 전부고 어머니는 아이의 양육자로서 꼭 필요한 없어서는 안 될 존재다. 혁신과 전환의 이론가면서 프로이트의 딸이기도 한 멜라니 클라인은 어머니의 존재에 대해 다음과 같이 주장한다. "어머니의 사랑은 초기 자기의 내적 세계를 형성하는 데 지대한 영향을 미친다." 이것은 유아를 충족시키는 젖가슴과 유아에게 만족감을 주지 못하는 어머니의 젖가슴의 중요성에 관한 이야기이다. 그녀는 유아기의 아이도 사랑과 증오, 만족과 좌절의 복잡한 관계들을 거치게 된다는 것을 말해준다. 모든 아이는 자라면서 다른 대상, 다른 세계와 만나고 끊임없이 변형의 과정을 거친다. 아이에게 주어지는 본능의 충족감이나 만족감이 발달과정에 영향을 주는 것도 사실이다.

특별히 클라인은 치료 관찰 중 33개월 된 한 아이의 아주 사납고 무자비한 초자아를 목격하게 되는 경험을 한다. 그는 여기서 잔인하고 무자비한 형상들과 불안을 불러일으키는 초자아의 구조에 대한 것을 그의 경험을 토대로 말하고 있다. 만족과 쾌감 혹은 거절이나 박탈이 주는 아이의 대상 경험이 좋은 것과 나쁜 것이라는 둘 중의 하나의 느낌으로 귀결된다는 것이다. 좋은 경험과 나쁜 경험은 과연 인간에게 어떤 심리적 요인으로 작용할까?

클라인의 말처럼 본능적인 에너지와 심리구조의 요소들은 분리되지 않는 것일까. 결국 인간의 본능이란 주어지는 외부 세계와 환경 사이를 강하게 연결 짓게 될 수밖에 없는 것인가. 우리는 한 사람에게서 드러나는 어떤 언행으로 그 사람의 보이지 않는 내면세계의 반영을 볼 수 있다. 그러나 드러나지 않고 내면에 숨어버리는 것 또한 외부 세계에서 주어지는 영향에 의한 것임을 알 수 있다.

> 유아의 자아 및 지각적 능력은 미성숙한 상태이다. 따라서 한 번에 한 사람의 일부분이나 일면에만 관심을 둘 수 있다. 유아에 있어서 첫 번째 부분 대상은 엄마의 젖가슴이다…. 젖가슴과의 관계 속에서 유아에게 만족을 주든지 아니면 거절을 당하든지 좋든지 나쁘든지 하는 양단간에 느낌을 갖게 된다.*

클라인이 관찰과 놀이를 통하여 발견한 것은 "아이들의 심리 세계는 유아들도 원시적이고 야만적인 갈등과 살인적이고 식인적인 경향이나 배설과 성적인 욕구로 가득 차 있다는 사실"** 이다.

어린 시기의 판타지가 정신생활을 지배한다는 것은 부인할 수 없다. 결국 내적 대상은 자기와 외적 대상의 결합물이라는 것이 클라인의 주장이다. 유아의 감정에 의하여 변형되어지는 외부세계의 모습이 실제 외부세계보다 더 많이 내적세계에 반영되어진다는 의미이다.

> 유아는 자기 자신을 방어하기 위한 기재로 자신의 세계를 외적 대상에 쏟아 놓고 이 대상을 재내면화시키는(또는 이 대상과의 관계를 계속 유지하는) 판

타지 과정이다. 유아는 분할되어 투사된 자기의 일부분과 대상 결합체를 다시 내사하여 되돌아오게 하는 좀 더 발전된 과정을 계속한다.[***]

많은 학자들은 어머니라는 존재에 대한 경험이 한 생명이 태어나고 성장하는 데 큰 영향을 주고 있다고 끊임없이 이야기한다. 우리 현실에서 직접 경험하고 목격하는 여러 사례도 충분히 그것을 증명해주고 있다. 불의의 사고가 발생했을 때 온몸으로 아기를 지키기 위해 감싸고 보호하는 어머니의 투혼이 아기를 살린다. 그것은 한 생명을 위하여 자신의 생명을 포기한 이야기로 우리가 늘 경험하는 진짜 어머니에 관한 이야기다. 전통적인 어머니의 아가페적인 사랑이 그리워진다.

어머니, 얼싸안는 사랑

아버지께서는 가끔 딸 네 명을 합해도 어머니 한 분만 못하다는 표현을 하셨다. 나는 어머니께서 나중에 지병이 생기기 전까지는 한 번도 집에서 누워계신 모습을 보지 못했다. 어머니는 쓰러져서 입원을 할 때까지 늘 바쁘게 움직이셨다. 일하는 사람이 있다 해도 출산할 때를 제외하고 어머니가 누워있다거나 편히 쉬시는 모습을 나는 결코 본 적이 없다. 그 부지런함이 내게는 일종의 선함으로 다가왔다.

당시로는 워낙 큰 살림이라 집에는 항상 일하는 사람이 여러 명씩이 있었다.

---

* Michael St. Clair, 『대상관계이론과 자기심리학』, 안석모 역, 센게이지러닝 출판, 63쪽 참조.
** 위의 책 60쪽.
*** 위의 책 65쪽.

그러나 어머니는 시부모님을 모시고 칠 남매를 건사하기에 쉴 틈이 없으셨던 탓도 있겠지만 천성이 워낙 부지런하고 깔끔하셨다. 모두가 말하는 대로 어머니는 헌신이라지만 나의 어머니는 헌신을 넘어서 자신을 뛰어넘고 그 모든 것을 넘어서 항상 우리 곁에 계셨다. 처음부터 끝까지 모든 것을 희생하고도 한 번도 자신의 공을 드러내지 않았기에 지금에야 더욱 그 숭고함이 뼈에 사무친다. 어머니는 당연히 그래야 하는 것으로 알았고 끝없는 희생의 모습에 익숙해진 우리는 그의 모든 양분을 먹으며 탈 없이 잘 자란 것이다.

여성은 생물학적으로는 분명 남성보다 연약한 몸을 가지고 있다. 그러나 세상의 무엇보다도 어머니는 강하다. 뭐든지 못 하는 것이 없고 동화 속의 요정처럼 모든 요구를 충족시켜주는 어머니는 참으로 신비한 존재라는 생각을 했다. 그런 어머니가 언제부터인가 몸과 마음이 쇠잔해가고 있다. 하지만 기억이 분명치 않을 때도 근원적인 것과 본질적인 것에 대한 것을 잊지 않는 것이 놀랍다. 헛것이 보이고 의식이 흐릿해질 때도 창조주를 향한 경외심과 인간의 도리를 말씀하신다.

특별히 방문객들에 대한 예의도 각별하고 배려심도 젊을 때 그대로이신 것 같다. 누군가 낯선 이가 찾아오면 몸가짐을 바로 하고 배려하며 겸손한 자세를 취하신다. 나는 오히려 그 모습이 눈물겨울 때가 있다. 다른 이를 위하여 몸과 마음을 다한 정신력을 보여주며 그는 이제 삶의 끝에 서 있다. 어머니가 아직 놓지 않고 있는 것, 놀라운 정신력으로 그를 지탱하게 해주는 것은 선한 사랑의 끝자락을 놓지 않아서다. 칠 남매의 자식과 손자, 손녀까지 합하면 서른 명이 훌쩍 넘는데도 혈관성 치매 판정을 받은 가운데 순서까지 외우는 놀라운 정신력을 보여주고 계신다. 기적처럼.

오늘 밤 갑자기 어머니 생각에 가슴이 아프다. 어머니는 생각하면 아픔으로

다가오는 존재이다. 그에게 행복과 불행 여부에 상관없이 자식이 늘 가슴 아
픈 존재이듯 자식에게도 어머니는 아프고 애틋한 존재다. 떨리는 다리로 지
팡이를 잡으며 휠체어를 타며 빛을 잃지 않는 눈빛을 기억한다. 사랑은 빛을
잃지 않게 한다. 사랑으로 끝까지 바라보아야 할 곳이 있어서 빛을 잃지 않
는다. 그가 원하는 만큼의 그가 주는 사랑만큼 약한 가운데서도 강하고 떨리
는 가운데서도 꼿꼿한 세워짐이 있다. 그런 어머니의 사랑은 혼돈을 잠재우
는 영원한 희망이다. 어떤 잘못도 어떤 오류도 어떤 못남까지도 끝내 감싸 안
을 사랑이다.

사랑은 봄이다

　본격적인 봄이다. 계절은 어김없이 또 바뀌고 아파트 화단에는 하얀 목련
이 가장 먼저 핀다. 창조의 전통이며 우주의 법칙인 자연의 순환이 거대한 역
사 안에 자리하고 있다. 자연을 바라보며 매번 느끼는 것은 자연은 자연 그대
로가 정말 아름답다는 것이다. 우리는 그 앞에서 자연의 한 끝자락만 잡고 있
어도 겸손해질 수밖에 없다. 인간이 만든 무수한 건축물들이 때로는 자연 앞
에 부자연스럽게 느껴진다. 나는 종종 산책을 한다. 숨 막힐 것 같은 도시 풍경
을 벗어나 한가로운 산책길을 찾는다. 때로는 강가가 되기도 하고 때로는 산
길이 되기도 하고 그냥 도로 한 켠이 되기도 한다. 푸른 하늘과 숨 쉬는 대지
안의 만물들이 정말 경탄스럽다. 개발에 지쳐가는 어느 아파트 뒷길도, 문명
의 이기들로 몸부림치는 도로의 한 켠에 쓰러질 듯 핀 꽃도 경탄스럽다. 작은
풀잎 하나라도 어떻게 소홀히 여기겠는가. 참으로 생명은 얼마나 존귀한가.

여호와께서 그 조화의 시작 곧 태초에 일하시기 전에 나를 가지셨으며 만세전
부터 태초부터 땅이 생기기 전부터 내가 세움을 받았나니 (잠언 8장 22~23절)

성경은 한 지혜자가 있었음을, 내가 그를 알기 전 그가 먼저 내게 다가왔음을
알린다. 내가 이 세상을 알기 전 이미 그가 나를 먼저 알고 있었음을 이야기한
다. 내가 다가가기 전에 그가 먼저 다가와 함께 하였다. 사랑을 알기 전에 그
사랑이 먼저 내게 다가와 나를 사랑하고 내가 다 알 수 없는 세상 안에 내가
있게 해주었다. 창조의 신비는 혼돈조차 경이로웠음을 알게 하고 산다는 것
의 경건함과 충만함을 배우게 하였다.

사랑의 유예

어느 재벌의 수십 년 동안 함께했던 부인과의 이혼에 관한 이야기, 마음
에 위로가 되어주는 한 사람과 함께하고 싶다는 그의 고백을 매스컴에서 접
했다.

어느 부부에나 함께한 시간이 있다. 비록 그들이 지금 어떤 불화 가운데 있고
건너지 못한 강을 건넜을지라도 함께한 시간은 한때 소중하고 가치 있었을
시간이다. 그렇게 가볍게 스치고 지나갈 부분은 아니다. 깨어져 함께할 수 없
더라도 어떤 형태로든 책임져야 할 시간들이다. 새로운 것들이 기대되는 만
남과 미래는 우리를 설레게 한다. 그렇다고 한때 설레었던, 지나간 그 시간이
결코 가볍게 여겨져서는 안 된다. 그들만의 이야기가 있었고 지나간 시간은
힘들고 어려웠어도 오늘을 있게 한 소중한 과정이고 흔적들이다. 물론 각자
의 삶과 이야기들을 함부로 재단하고 판단할 수는 없지만 말이다.

지나온 시간이 어떠한 형태로 변할 것인지 모르듯 새로운 사람과의 시간도 어떤 모양으로 흘러갈지 우리는 알 수가 없다. 그래서 나는 설렘과 위로만을 갈구하는 사랑 이야기가 안타깝다. 그들의 고뇌가 조금은 애처롭지만 그래도 삶은 책임이고 의리다. 우리는 이따금 찰나의 일탈을 운명으로 착각하는 경우가 있지만 우리에게는 서로에게 지켜야 할 약속이 있다.

약속은 신뢰다. 그 선함은 혼돈에 빠질 수 있는 세상을 지탱해 준다. 희미한 것들을 가늠해 주고 자신과 세상을 신뢰하게 하는 힘이다. 약속에는 책임이 따르고 그것은 서로가 좋을 때만 유지되는 것은 아니다. 오히려 어려운 상황에 더 필요하며 제 빛을 발한다. 우리는 사랑할 수 있는 사람만 사랑하지는 않는다.

한 사람을 만나 처음으로 가족이 아닌 누군가에게 사랑받는 것을 깨달을 때 가슴은 벅차고 이미 이전의 것이 아니다. 감미로운 그것은 세상에 태어나 처음 경험한 부모의 사랑과는 다른 그 무엇이다. 새로운 세상이 열린다. 그곳에서 누군가는 사랑하는 것과 사랑받는 것을 알려준 최초의 사람이 된다. 사랑은 어떤 이에게는 희미하고 정돈되지 못했던 자아를, 누군가에게는 부서져 버린 자존감을 되찾을 수 있게 해준다.

자신의 가치를 알게 해주는 것도 사랑이다. 딱 한 번으로 족한 그것은 서로를 떠나지 못하는 이유가 되며 오래된 나무처럼 서서히 깊은 나선형의 자국을 남긴다. 사랑이 그 빛깔을 잃었을 때는 마치 폭풍우에 휘말린 것처럼 삶이 전복되기도 한다.

서로가 사랑이라는 이름으로 결혼을 한다. 삶에서 똑같은 일이 두 번 반복되지는 않는다. 같은 모양, 같은 향기를 가진 사랑이 계속 이어지지는 않는다. 가끔은 처절하여 크게 신음하고 간헐적으로 끊기도 하며 그렇게 애증의 관계로 변해가기도 한다. 미치도록 사랑하던 이들이 삶의 무게에 지쳐 서로의 목을 조이기도 한다. 부부라는 게 그렇다. 삶이 그렇다.

사랑은 갈등한다. 자유로워야 할 것이기에 갈등한다. 서로의 손을 놓지 못하고 떠밀려도 떠나지 못하고 요동치며 흘러간다. 서로만이 아는 궤적들, 시간과 공간이 사랑으로 남아있기 때문이다. 황혼에 접어든 당신은 옆에서 잠든 사랑하는 이의 얼굴이 안쓰럽다. 잘해주고 싶은데 마음대로 되지 않아서 안타깝다. 당신은 내가 아니면 안 되는 것 같아서, 나는 당신이 아니면 안 되는 것 같아서 서로 함께 한 가족을 이루었다. 그렇게 서로가 서로의 시간을 지킨다.

죄, 사랑, 눈물

가야 한단 말인가
빈손으로 가야 한단 말인가
나의 사랑하는 구주를
이렇게 뵈온단 말인가
하루도 주님께 드려보지 못하고
귀한 것 하나 주님 발 앞에
드려보지 못하고
가야 한단 말인가

빈손으로 가야 한단 말인가
나의 구주를

이와 같이 뵈어야 한단 말인가

한 영혼도 주님께

인사시키지 못하고

빈손으로 가야 한단 말인가

- C. C. 루터

아름다운 한 편의 시가 눈물을 흘리게 한다. 겸허한 한탄이, 죄 고백의 숭고한 아름다움이 느껴지기 때문이다. 흐르는 눈물을 닦아주시는 선한 목자. 무슨 일을 당하든지 어디에 있든지 찾아오시는 주님의 눈빛은 가을빛일 것 같다.

더위가 지난 후의 차갑고 서늘한 바람이 불면 무척 생각이 많아진다. 어떤 계절보다도 여름과 가을 사이가 나는 정말 좋다. 이럴 때 혼자서 느끼게 되는 나만의 색깔 있는 우울을 참 좋아한다. 음악이 있으면 더 좋고 책장에 꽂아 놓은 누런 책들도 보기 좋다. 가을은 나를 정말 감성적이게 하며 이것은 해마다 반복되는 일이기도 하다. 예전에 좋아하던 음악을 듣다가 잘 안 보던 책들을 뒤적거리고 책은 보지도 않은 채 가을 속으로 들어가 보기 위해 커피 향으로 온 집을 뒤덮어 놓는다. 빵도 태워서 빵 굽는 냄새로 일상의 냄새를 지워보고 좀 더 가을과 조화로워지기를 노력해 본다.

방해꾼은 뜻밖에도 딸이다. 딸은 커피를 안 마시기 때문에 커피 냄새를 싫어한다. "아, 커피 냄새 너무 진해요. 머리 아파요." 가을도 모르고 분위기도 모르나. 청춘이 너무 바빠 그런지 자연이 변하는 모습도 그 아름다움에 대한 경탄도 모르는 것 같다. 가을이 깊어간다. 사랑도 죄도 가을 앞에선 잠시 쉬어간다. 내게 가을은 화려한 계절이다. 살아있다는 것만으로도 창조주 하나님께 영광을 올리고 싶지 않은가. 생명과 죽음, 죄와 사랑, 자신의 마음대로는 통제할 수 없고 확장할 수 없는 아쉬운 질문들을 뒤로한 채 고개 숙이는 계절이다.

죄도 사랑도 눈물 안에 있다. 죄를 고백할 수 있다는 것은 겸손한 인간이 할 수 있는 최고의 경험이다. 나는 가끔 외로워지기를 원한다. 그것이 주변의 소란과 소음으로부터 나를 멀어지게 한다. 때로는 까닭 없이 울기를 원한다. 내가 모르는 것들이 너무 많으므로 그 눈물이 까닭 없지 않음을 알기 때문이다. 눈물은 사람을 정화한다. 죄에서 멀어지게 하고 사랑에는 깊이를 더해준다. 아름다운 것을 더 아름답게, 신성한 것을 더 신성해지게 한다.

4부

삶

바다가 되고 싶었다

난 바다가 되고 싶었다
넓고 큰 바다가 되고 싶었다
바다는 노도와 풍랑을 만났다

어느 날 강을 보았다
그 강물이 모이고 흘러서
바다로 가는 것을 보았다
나는 그만 큰 소리로 웃었다

그리고 지금
시냇가에 앉아있다

흐르는 시냇물을 가만히 내려다본다
맑게 흐르는 시냇물 아래로
가라앉아 있는 것들이 보인다

마침내 나는 손을 넣어
그것들을 만져 보려 한다
시냇물은 잠시 흐려지더니
이내 그 고요함을
맑은 물빛을 되찾는다

- 2012년 3월 25일

여름밤의 산책

한낮의 더위가 참기 힘든 하루였다. 갑자기 많은 비가 쏟아졌다. 늘 하던 대로 저녁 식사 후 나선 산책길에 만난 소나기라고 말하기에는 좀 약한 비였다. 덥고 지루한 여름밤을 불식시키려고 작정이라도 한 듯 찰랑대는 시원한 빗줄기 소리가 촉촉했다. 나는 그렇다 치더라도 딸이 쏟아지는 밤비 소리가 너무 아름답게 느껴진다고 즐겨 듣던 음악마저 꺼버렸다. 늘 흙냄새 때문에 빗소리가 싫다던 그녀가 오늘 밤은 빗소리가 좋다고 했다. 목말라 보이던 나무와 이름 모를 꽃과 풀들, 모두 단비에 흠뻑 몸을 적시고 있는 것처럼 보였다. 한낮의 뜨거운 태양 열기를 그들도 견디기는 힘들었을 것이다. 나는 멍하니 서서 비가 내리는 빈 운동장을 바라보았다. 비 때문에 운동하던 아이들도 저녁 산책을 하던 사람들도 이제는 모두 들어가 버리고 없었다. 아무도 없어서 더욱 적막한 운동장을 보며 이곳이 이런 분위기를 지닌 곳이었던가를 생각했다. 텅 빈 운동장이 비로소 고즈넉하게 자신의 아름다움을 드러내고 있었다. 나무도 꽃도 메말랐던 땅도 모두 만족하고 흐뭇해 보였다. 초록의 나뭇잎 위로 굴러떨어지는 수많은 빗방울들이 조화로운 탄성을 내지르고 있었다.

그러고 보니 평소 이 도시의 건물들은 너무 건조하다. 모든 것이 강퍅해 보이고 건물 사이를 오가는 이들도 항상 목이 말라보였다. 그래서 그들은 늘 끊임없이 커피와 또 다른 음료에 탐닉하는 걸까? 엉뚱한 생각을 해보았다. 의도치 않게 밤의 산책길에서 마주한 빗줄기는 나에게 신선한 무엇을 선물했다. 후련한 빗줄기는 예기치 않은 시간에 예기치 않게 주어진 속삭임이다. 실로 자연의 섭리는 얼마나 위대하고 아름다운지…. 먼 옛날부터 인간들에게 때로는 찬탄을, 때로는 경악을 금치 못하게 하는 위대하고 오묘한 파노라마다. 무엇으로도 대체할 수도 흉내 낼 수 없는 혼돈과 조화, 여기에 우리는 알 수 없으나 신만이 아시는 또 다른 질서가 있는 것일까?

거대한 자연 앞에서 조그맣게 날갯짓 하는 가냘픈 나비들과 작은 새의 지저 귐마저도… 누군가를 사랑하던 애틋한 마음도 또 그를 잃어버린 슬픈 마음도 원망도 분노도 아무것도 아니게 된다. 삶의 힘든 시간들도 언젠가는 아무 일 도 없었던 듯 거대한 자연의 세계로 편입되어질 것이다. 마치 자신의 자리를 찾아가듯 그렇게 아주 자연스러운 시간 속으로.
내가 흔적도 없이 사라지고 난 후, 이 자리는 여전히 눈과 비가 내리고 있을 것이다. 내가 다 보지 못한 세계 안에 우리의 작은 흔적들이 쌓이고 세상은 여 전히 그 위용을 뽐내면서.

가만히 생각해보면 짧지 않은 시간을 살아왔는데도 아무것도 제대로 아는 게 없다. 사실 내가 무엇을 안다고 말할 수가 있는 것일까? 나는 아는 게 없는 사 람이다. 해보지 않은 것도 너무 많고 무엇을 해야 할지 모를 때도 많았다. 심 지어 나는 즐겁게 노는 법도 잘 모른다. 놀아보지를 않아서 그 즐거움이 어떤 것인지를 잘 모른다. 그래서 어떤 자리나 대화에서 어려움을 겪은 적도 있다. 특히 모두가 웃을 때는 한 박자 늦는 경우가 많다.

꼭 붙들어야 할 것을 잡지 못하고 흘려버린 것이 많았음을 안다. 해야 할 일이 있었는데 하지 못했던 것도 아쉽다. 매 순간 중요한 것들을 놓쳤다고 생각하 지만 새로운 것들이 또 다가오고 모두들 그렇게 살아간다고 생각했다. 내가 놓친 것을 누군가는 잡았고 누군가 놓친 것을 내가 잡은 것도 있을 것이다. 나 는 해보지 않은 것도 보지 못한 것도 많다. 이런 내가 무엇을 말할 수 있을까. 그래도 부족한 이야기와 이야기들이 만나 무엇인가 이루어간다.

꼭 무언가를 잘해야만 하는 것은 아니다. 삶은 있는 그대로 그냥 숭고한 것이다. 자격이 있어야만 이야기를 할 수 있다면 자신의 이야기는 더 이상 다른 이 야기들과 만날 수 없다. 모여지지 못하고 그렇게 우리는 끝까지 서로를 모른 채 더 어두운 세상을 살아갈지도 모른다. 오랫동안 닫혀있던 문을 열고 흐린 창문을 닦아보는 시간이 필요하다.

슬픈 리어왕

셰익스피어의 4대 비극 중 하나로 꼽히는 「리어왕」은 우리에게 너무나 잘 알려진 이야기다. 인간의 판단이 얼마나 그릇될 수 있는지, 한 인간의 분별력 없는 어리석음으로 빚어지는 일이 잘 나타나고 있다.

왕에게는 세 딸이 있었다. 애석하게도 왕은 막내딸 코델리아의 말은 듣지 않 고 두 언니의 그럴싸하고 달콤한 거짓말에 속아 넘어가고 만다. 이런 오판이 왕이 진실을 외면하게 했고 마침내 사랑스런 막내딸 코델리아를 내쫓게 한 다. 이 사건으로 인해 리어왕은 훗날 자신에게 다가올 비참한 말로를 예견하 지 못한 어리석은 왕이 되고 말았다.

아버지를 그토록 사랑한다고 말하며 진실을 가장했던 두 딸들에게 속고 버림 받은 왕은 폭풍이 휘몰아치는 거친 황야를 헤맨다. 뒤늦게 자신의 잘못을 깨 닫지만 지난 일을 돌이킬 수는 없었다. 회복할 수 없는 상황은 늙은 왕으로 하 여금 슬픈 회한의 눈물을 흘리게 했다.

책을 읽다 보면 깊은 슬픔에 빠진 힘없는 왕의 울부짖음이 들리는 것 같다. 평 안한 노후를 보내고 싶었던 리어왕은 왜 그렇게 비참한 말로를 맞이하게 되었던가. 리어왕에게 거짓과 진실을 분별하는 눈이 있었더라면 그는 자신의 욕망을 달구는 이야기에 솔깃하지는 않았을 것이다. 그 때문에 그는 왕의 자리에 있을 때는 상상도 할 수 없었던 끔찍한 최후를 맞았다. 이 이야기는 삶의 진실과 우매하고 나약했던 인간에 대한 성찰을 하게 한다.

우리는 지혜와 분별력을 구하지만 삶은 어느 순간 우리를 넘어지고 후회하게 한다. 지나간 사건과 시간은 다시는 돌이킬 수 없다. 우선 자신의 눈앞에 보이는 것들과 달콤한 것에 분별없이 동요할 때 중요한 것을 놓치고 위험한 순간을 맞게 된다. 중요한 것과 중요하지 않은 것이, 본질과 비본질이 바뀐 채 인생을 거꾸로 살게 된다. 욕심과 정욕이 보고 싶은 것만 보게 하고 듣고 싶은 것만을 듣게 하기 때문이다.

혼란 속에서 이것도 저것도 분별할 수 없을 때 우리는 과연 무엇을 해야 하는 것일까? 모든 것에는 우선순위가 있다. 해야 할 것과 놓아야 할 것이 있다. 이 모든 것을 다 꿰뚫을 수 없다. 다 알 수 없는 것에 대한 경외심을 갖고 겸손해야 한다.

∷

슬픈 당신

걸음이 불편하여 한쪽 다리를 절며 걸어오는 그를 보았다. 한때는 모든 이의 부러움의 대상이었을 수도 있는 성공 가도를 달리며 희망을 실천하던 세월을 뒤로한 그의 모습이 쓸쓸하다. 그가 온 힘을 다하여 주어진 삶을 살았음을 안다. 삶의 방향이 어디인지 가늠할 수 있었고 자신의 꿈을 실천하는 가운데 자신보다도 주변을 돌보는 그를 향하여 칭송도 많았고 그도 기뻐했다.

어느 날 자신의 의지와 상관이 없이 불어닥친 태풍에 그의 성이 무너지고 난후 주변 상황은 많이 달라졌다. 자신이 돌보던 사람들의 표변함과 기대에 미치지 못하는 반응들이 그를 절망하고 회한에 몸을 떨게 하였다. 그즈음 나는 좀 다른 이야기일 수 있지만 황야에서 자신의 혈육인 두 딸에 대한 배신감과 스스로의 그릇된 판단과 인생에 대한 회한으로 오열하며 하얀 머리 주름진 얼굴로 깊은 슬픔에 빠졌을 리어왕 이야기를 생각해보았다.

배신과 실망감으로 인한 분노가 그의 뼈를 녹이고 있었다. 그는 또 하나의 어두운 성을 만들어 스스로를 가두었다. 누군가는 그를 향하여 자신을 스스로의 틀 안에 가두어버린 사람이라고 말하기도 하였지만, 그 틀을 깰 자는 아무도 없었다. 스스로 만든 슬프고 어두운 틀은 어떤 사람의 이야기도 그 무엇의 영향력도 거부하고 있었다. 어떤 때는 신앙조차도 자신의 생각에 가두어버리고 마는 듯 느껴져서 몹시 안타깝다. 가끔 만날 때 삶의 회한으로 가득 찬 그는 자신의 언어로 또 한 번 스스로를 가두어버린다. 슬픈 마음을 다 담아낼 수 없는 언어들이 풀리지 않는 사슬이 되어 그의 영혼과 몸을 감는 것처럼 느껴진다. 스스로도 그것을 알고 있다. 자신이 얼마나 깊은 늪에 빠져 있는지를 알지만 일어설 기력이 없는 것 같다. 헤어 나올 힘조차 없으며 이제는 그것을 자신이 오래 입고 있던 옷처럼 편안하게 느끼고 있는 것 같은 그를 나는 늘 광야의 한복판에서 만나고 있는 것 같다.

이제는 자신이 그토록 위하고 도움을 주었던 사람들에게서조차 위로나 예전처럼 존중받지 못하는 것 같은 자신의 모습이 깨진 그릇과도 같아져 버린 듯해서 스스로를 바라보며 오열하고 절망하는 것일까? 수많은 회한 속에서 절대적이지 못한 것과 돌아오지 않는 대가에 대한 허물들이 그를 괴롭히고 있는가? 때로는 마치 죽은 자처럼 깊은 절망 속에서 헤어나지 못하는 것이 슬프다.

세상을 살아가면서 좋을 때나 나쁠 때나 자신의 표정과 자신의 몸짓 우리가 토해내는 모든 감정들은 결국 자기 자신에 대한 진술이다. 우리는 완전할 수 없는 인간이고 인생에는 수많은 실패와 실수가 따르기 마련이다. 여러 종류의 실패와 실수가 되풀이될 때마다 우리는 넘어지고 다시 일어선다. 넘어져 다치고 상처가 나고 피가 흐를 때 상처를 제대로 치유하기 위해서는 왜 어디서 무엇 때문에 넘어졌는지 그래서 어디가 어떻게 다치고 아픈지를 아는 것은 중요하다. 그래야 정확한 부위를 싸매주고 감싸주어 상처를 제대로 치유할 수가 있다. 또다시 똑같은 실수를 반복하지 않기 위해서 그 일을 기억해야 한다. 삶은 두 번 다시 재현할 수 없고 자신이라는 존재는 무엇으로도 대체할 수 없다. 자신이 살아온 과정을 기억하고 품으며 그래도 끝까지 사랑할 것이 남아 있다는 것을 알 때 상처의 치유를 기대할 수 있다. 그것만이 모든 애환과 통한의 슬픔을 벗어날 수 있는 출구가 된다. 실수는 또 다른 완성을 향한 아픈 몸짓이다.

삶의 자국들이 쌓여서 자신만의 독특한 색깔을 품으며 그 고유한 향기를 갖는다. 지금 자신의 정원에서 나는 향기는 자신이 품고 있는 향기이다. 세월이 가고 시간이 지나면서 그 모든 것들이 어우러져 가고 또 다른 색깔과 더 좋은 향기를 품게 될 것이다. 그것은 희망이다. 희망은 사람이 이룩할 수 있는 한계를 바라보며 자라는 성숙한 힘이다. 현명한 그도 그것을 충분히 알고 있을 것이다. 자신에게 주어진 인생의 그 많은 시간을 최선을 다했던 그가 지금은 비록 슬픔에 잠겨 있을지라도 언젠가는 모든 것을 딛고 훌훌 털고 다시 일어설 것을 나는 안다.

문제가 곧 삶이다

생활 속에서 우리는 참으로 많은 문제를 경험한다. 자신의 내면에서 발생하는 근원적인 물음 외에 다른 사람과의 관계나 어떤 상황과 연관되어 발생하는 문제들이다. 자신의 내부에서 일어나는 문제인 것 같지만 사실 주위 상황과 무관하지 않다. 문제와 봉착하여 힘들어하는 내게 누군가는 이런 말을 했다. "지구가 너를 중심으로 돌아가길 바라는 것이냐. 혹은 자신이 모든 문제를 해결할 수 있다거나 아니면 문제를 만나지 않아도 될 만큼 자신이 전지전능한 존재라고 생각하는 것이냐"고… 맞다. 지구가 나를 중심으로 돌아가는 것도 아니며 나는 전지전능한 신도 아니다. 한낱 피조물에 불과하다.

그런데 스스로가 절대적인 힘을 가진 것도 아니면서 매번 좌절하고 삶의 문제에 봉착할 때마다 마치 만나지 말아야 할 낯선 것을 만난 것 같다는 생각을 한다. 내가 스스로 창조된 것이 아니듯이 삶에서 일어나는 문제들은 내가 계획한 각본이나 계획에 의해 연출 되는 것이 결코 아니다. 우리가 오만하거나 절망하지 않고 겸손해야 하는 이유이다.

사람은 누구나 평탄한 길을 추구한다. 그것에는 행복이라는 이름표가 붙어있다. 나는 여학교 1학년 입학 후 교복을 입게 된 그때의 감흥을 잊을 수가 없다. 이제는 어린이가 아니고 성숙한 어른이 되었다는 생각이 들었다. 그래서 나름대로 찾은 곳이 시내 도서관이고 거기서 철학 에세이집을 만났다. 누가 시킨 것도 아니건만 참으로 열심히 읽었다. 마치 그것이 나를 어린아이로부터 벗어나 성숙한 사고를 할 수 있게 해줄 것 같았다. 빨리 어른이 되고 싶은 나를 성숙의 길로 인도할 것 같았다. 그래서 어렵고 잘 이해되지 않는데도 참으로 열심히 읽었다. 자신의 품격을 높여주는 묘약 같다는 생각을 했다.

지금은 그 내용을 많이 잊었으나 확실히 기억하는 문구가 있다. "당신은 돼지의 행복을 택할 것인가? 소크라테스의 불행을 택할 것인가?" 그것은 한 인간의 삶이 필연코 택해야 할 길이라고 느껴졌으며 당연히 소크라테스 불행 쪽에 마음을 두어야 할 것이라는 생각을 했다. 물론 그것은 자신의 선택과 관계가 없이 진행될 수도 있을 거라는 생각을 하면서….

만나는 사람 누구에게나 유익하고 기쁨이 되는 사람이 되고 싶었지만 현실에서는 그러지 못했다. 그리고 가끔 이런 생각을 한다. 나는 어떤 때 타인에게 불편한 존재인가? 늘 스스로가 삶의 우위에 서려고 하며 힘을 과시하고 언행의 중심에 나를 둘 때 어느새 누군가를 억압하며 불편한 자가 되어간다. 삶의 기준이 내가 되기를 바라고 행동하며 고집스럽게 자신에게 맞춘 잣대를 들이댄다. 관용을 버린 삶, 선과 악을 나누려는 이분법적인 판단이 그것이다. 잘못된 자신감과 무지에서 나오는 확신이다.

잘못된 확신은 자신을 가두고 울타리를 만든다. 삶에 스스로 불필요한 경계를 그었고 그것 때문에 비롯된 잘못과 시행착오가 얼마나 많은가. 생각해보면 자신도 알지 못하는 가운데 화해가 필요한 누군가가 옆에 있을 것이다. 쌍방의 시간과 노력이 필요하겠지만 화해의 결단은 현재의 나를 발전시키는 삶의 양분 같은 것이다. 나를 신뢰하지 못했고 사랑하지 못했던 것에 대한 자신과의 화해도 필요하다. 나에게 잘못한 일은 흔한 일이었지만 나를 용서하는 일은 특별한 일이었다. 이 모든 것을 넘어설 때 또 다른 단계의 자기 탄생이 시작된다. 문제를 더 이상 문제 삼지 않음으로써 세상과 나의 관계를 새롭게 구성할 수 있다.

생존의 힘

악착같이 살아야겠다는 생각이 들 때는 보통 몸이나 마음이 몹시 아플 때다. 온몸이 불덩이처럼 뜨겁고 입에서는 헛소리를 하면서 아무것도 먹지 못할 때다. 그럴 때 살아야겠다고 맛도 느끼지 못하면서 무엇이든 그냥 입에 마구 넣을 때가 있다. 누구나 그런 경험이 한두 번쯤은 있을 것이다. 아무것도 가진 게 없고 막막한 인생 앞에서 그냥 두 주먹만을 불끈 쥘 때도 그렇다. 근거 없는 희망을 안고 당당하고 처연하게 서 본 적이 있지 않은가!

인간에게 생존처럼 강렬한 본능도 없을 것이다. 인간의 진화도 번성도 모두 이런 생존의 몸부림으로 이루어진다. 우리는 삶의 어려운 문제에 직면했을 때 한 가지의 태도만으로 대처하지는 않는다. 한계를 뛰어넘는 생존본능, 다시 새로운 것을 이루어내는 인간의 힘이 있다. 그것은 오랫동안 인류를 지속시키고 변화시켜온 원동력이다.

생존본능의 바탕에는 끝없는 것들을 창출해 내는 정신세계가 있다. 인간의 정신세계는 여러 상황을 통하여 다양한 모양과 빛깔을 드러내며 이야기를 만들어간다. 만남이 소중하다고 여겨질 즈음 헤어질 것을 걱정하고 생명의 소중함을 알아갈 무렵 죽음을 염려하는 오묘한 이야기들은 장엄한 삶의 연주다. 힘들었던 경험들, 희망을 잃었던 좌절을 뛰어 넘어온 위대한 연주자의 힘이 새로운 빛깔의 소리를 만들어낸다.

창조의 세계와 바벨탑

더위가 지속되는 가운데 각종 범죄와 사건 사고가 연일 일어나고 자녀들과 함께 보기도 힘든 보도가 부쩍 많아진 것 같다. 생명에 대한 경외심을 잃어가는 현실이 안타깝다. 종교와 이념, 각기 다른 생각과 이야기들이 만나고 부딪친다. 국가의 이익이 개인의 이익과 대치되기도 하고 누군가의 이익과 성취를 위한 행진은 한 개인의 소중한 삶을 짓밟기도 한다. 한 젊은이는 수년간 계속된 청년들의 취업난 문제에 대해 이렇게 말했다.

"더 잃어버릴 것도 없는 상황인데 누군가의 이기심으로 그나마 젊은이들이 가진 시간마저 잃어버린 게 되었다"

극심한 취업난 속에서 허탈해진 수많은 젊은이가 힘들어하고 있는데 거기서 또 젊은이들의 박봉을 착취하는 온갖 방법들이 있다는 것이 이제는 새삼스럽지도 않다고 했다. 분노하거나 원망조차 할 수 없는 청년들의 시체가 쌓여간다. 거기서 교묘하게 자신의 뜻을 관철하고 그들의 바벨탑을 쌓아가는 것이 이제 당연한 현실이기에 그냥 받아들이고 만다고 했다. 그 음성에는 다만 현실 적응이라는 슬픈 자지러짐만이 무표정하게 드러나고 있었다. 무표정한 표정과 허탈한 몸짓이 말로는 다 토해내지 못하는 것들을 대신 진술하고 있었다.

힘들지만 창조의 세계는 우리에게 소중한 생명의 기쁨을 알고 감사할 것을 이야기한다. 뜻대로 되지 않는 가운데 자신이 통제할 수도 없고 자신이 해결할 수도 없는 삶을 향한 기쁨의 노래를 부를 것을 이야기한다. 거대한 역사의 흔적을 들여다보면 어떠한 일을 위하여 한 사람을 보내고 어떠한 세움을 위하여 한 사람의 희생과 넘어짐이 필요했다. 삶은 살아서 움직이기에 그 모양은 시시각각 변하고 달라진다. 이에 대응하는 여러 종류의 사람이 여러 반응을 보인다. 그러나 그 젊은이를 바라보는 나는 그 불편한 현실을 대신 원망하고 있었다.

절망 앞에서도 어떤 마음을 품고 살아갈지는 자신에게 당면한 과제다. 자신의 감정을 세심하게 들여다보면 주어진 시간의 행복과 불행 여부를 달리할 수도 있으리라는 말을 차마 할 수 없었다. 협소한 가운데서도 마음의 여유를 잃지 않는다면 새로운 의욕과 마주할 수 있고 절망이나 배신 같은 부정적인 것들에 지배되지 않을 것이라는 말도 하지 못했다. 그것이 삶의 자유를 잃지 않는 것이라는 말도 할 수가 없었다. 어떤 말이 그를 위로할 수가 있겠는가? 교과서를 들여다보는 것 같은 말을 차마 못 했다. 다만 돌아서는 그를 붙들고 존귀한 자신 스스로가 주인이 될 것을 잊지 말라고 말하였다.

삶이 계획대로 진행되어 왔던가?

누구나 사는 동안 장애물을 만난다. 각자가 맞이하는 방해물의 종류는 다르지만 결국 무언가에 막혀버린 삶은 불안하고 답답하다. 사람들은 앞길이 막혔을 누군가에게 질문을 하거나 말을 듣고 싶을 때가 있다. 삶을 어떻게 인식할 것인지 어떻게 해석해야 할지에 대한 물음이다. 문제없는 삶은 없다. 어제까지 살아온 날이 그렇고 미래에 진행 되어질 이야기도 그렇다. 삶의 힘은 자신에게 불필요 문제를 떨쳐버리는 것과 그것을 더는 문제시하지 않는 것이다.

이런저런 살아온 이야기들은 마치 자연의 한 부분처럼 공동체의 이야기로 흡수된다. 세계와 나 사이의 함축적인 맥락이 구성된다. 인생에 꼭 필요한 구도와 색깔들처럼 그동안 있어왔던 모든 것들이 소중하게 나열되고 채색되어서 언젠가 멋진 한 폭의 그림으로 만들어지게 될 것이다. 희망의 끈을 놓지 않고 자신이 살아온 이야기에 의미를 부여할 수 있을 때 그렇다. 그때 살아온 이야기 속에 담겨있는 개인의 아픔을 자신의 특별한 기질과 미적 세계로 인식하며 아름다운 색을 덧입혀 줄 수 있다. 우리는 삶의 나침판 같은 그것들이 빼서도 더해서도 안 되는 것이었음을 깨닫게 될 것이다.

아파하면서도 견딜 수 있는 것은 미래에 대한 희망이나 혹은 개인의 상상력 때문이다. 상상은 고통을 승화시키는 힘이 있다. 예언자적 상상력을 가진 자는 고통 후에 다가올 축복을 예감한다. 그는 인간의 정신세계를 획일화하거나 고착화 시키지 않는 승리자이다. 그의 기도는 누군가의 고통스럽고 아픈 영혼을 위한 것이다.

거짓된 신화에 매이지 않는 한 방울의 눈물과 슬픔은 자신과 세계에 대한 정화와 치유를 위한 것이다. 힘들지만 고통도 때로는 축복이 된다. 그것은 희망의 전초기지 같은 것이다. 슬픔도 희망 때문이고 우리의 아픔도 생존을 위한 처절한 몸짓이다. 우리가 고통받을 때 생겨지는 힘과 의미는 새로운 성숙의 세계로 들어가는 것을 경험하게 한다.

살아온 날들을 새롭게 조명할 수 있을 때 흔들리지 않는 세계와 자신의 이야기를 구축할 수가 있다. 고통도 살기 위한, 삶을 향한 몸부림이고 생존의 일환이다. 고통의 언덕에서 발견하는 희망은 더 달고 단단하다. 아름다운 고통의 눈물방울이 자라서 열매를 맺고 또 다른 창조를 이루어내는 삶의 신비가 있다.

관계 안의 악

살아가면서 우리가 겪는 일 중 하나가 관계의 문제이다. 어떤 의미에서는 나타내 보이고 싶지 않고 드러내놓고 말을 하자니 작은 사람이 되는 것 같아서 좀 꺼림칙하다. 하지만, 사소하게 생각한 것들이 시간이 가면서 누적되고 해소되지 않을 때 당사자가 입게 되는 정신적 물리적 타격은 작지가 않다. 그래서 사람들끼리의 상호 관계의 문제는 결코 소홀히 할 수 없는 문제다. 인간이 자기 혼자만 무인도에 들어가 살 수 있는 존재도 아니지 않은가!

관계에서 얻어지는 크고 작은 일들 때문에 그것이 가시가 되어 잠 못 이룰 때가 있다. 누구에게 차마 말할 수 없을 때가 있고 말로는 다 표현할 수도 없는 이야기들이 있다. 삶의 과정에서 주어지는 관계의 어려움이 심하여질 때 우리의 의식이나 감정은 답답함을 느낀다. 특별히 어떤 관계에서 주어지는 불의와 배신, 까닭 없는 소외의 억울한 일을 당하였을 때는 세상의 정의와 선한 것이 다 사라진 것 같은 느낌이 들기도 한다. 자신의 마음을 알아주는 이가 없다는 생각을 하다가 보면 어느새 깊은 우울감에 빠질 수도 있다.

관계의 상처는 묻어 두려 해도 날카로운 가시처럼 옷깃에 숨어서 상황이나 감정의 변화에 따라서 자신을 아프게 찌른다. 그런 힘든 상황이 명쾌하게 해결되는 것도 쉽지가 않다. 사람의 일이라는 것이 꼭 이렇다 저렇다 가릴 수도 없으며 흑백이 명확하지도 않기 때문이다. 이렇게 시작된 불명확한 것들은 오래도록 가슴에 남아서 정신세계에 타격을 입히고 삶을 훼손한다. 관계에서 주어지는 불협화음은 분명히 가해자가 있고 피해자가 있기 마련이다. 하지만 삶의 취약성 뒤에 숨은 완악함이 사악한 미소를 짓는다.

관계의 문제 뒤에 오는 낯선 일들, 뉴스에서 보는 끔찍한 사건들의 배후에는 소외의 아픔이 있다. 소외가 주는 분노와 삶의 무의미가 자신과 세상을 향한 파멸의 행위를 주저하지 않게 한다. 살려고 태어난 한 생명이 자신의 생명도 세상도 포기할 만큼 소외의 아픔과 상처는 큰 것이다. 하지만 누구나 마음 한 구석에는 따뜻한 세상을 향한 그리움이 있을 것이다. 비록 서툴고 낯설지라도 자신을 이해하고 감싸줄 따뜻한 세상을 그린다.

외로운 이는 어머니 같은 향수를 찾아 나선다. 허무의 시간을 헤매는 그를 우리는 못 본 체 외면하고, 보고도 침묵하는 방관자다. 무언의 범법자다.

부족하고 완벽하지 못한 것, 조금 다르고 독특한 것, 그리고 내 눈에 조금 거슬리고 싫어하는 것이라고 누군가를 쉽게 규정할 수는 없다. 그러나 인생의 완악함은 마치 동물의 세계와도 같은 불필요한 힘겨루기와 이해관계가 있다. 상대방보다 더 나은 나를 확인하려고 무리를 지어 자신을 보호하는 생존의 빗나간 보호 본능 또한 옳지 않은 소외를 낳게 한다.

폴 리꾀르는 『악의 상징』이라는 그의 저서를 통하여 잘못에 대한 책임은 언어를 수반한다는 것을 말하고 있다. 따뜻한 것도 차가운 것도 옳은 것도 그릇된 것도 언어로 이루어진다. 인생의 모든 것이 언어를 타고 나가는 것이다. 사랑도 미움도 아프게 하는 것도 치유하는 것도 언어로 비롯되는 것이다. 더 나은 관계를 위하여 누군가의 따뜻한 말 한마디가 그리워지는 것은 우리 모두의 공통된 마음일 것이다.

뿌리 깊은 나무

가끔 우리 인생을 사계절에 비유해보는 조금은 엉뚱한 생각을 한다. 어느 계절은 새로운 생명이 싹이 튼다. 새순이 나고 연두 빛깔의 곱고 여린 잎사귀들이 점점 진한 초록빛으로 자신의 성숙을 드러낸다. 가을을 지나서 봄은 아직 오지도 않았는데 추운 겨울에 빨갛게 피어난 꽃을 보면 감격스럽다. 그리고 겨울이 지나자마자 이른 봄 피는 꽃은 예고된 것이지만 새롭다. 계절의 변화는 가장 오래된 익숙하지만 늘 새로운 것이다.

계절마다 피는 형형색색 꽃들의 이야기는 하도 많아서 이름마다 다른 의미와 생기를 더해 보기도 한다. 나는 저 꽃을 좋아하고 너는 이 꽃을 좋아하니 우리는 서로가 이렇다 저렇다고 이야기할 내용이 많다. 인간 모두에게 값없이 주어진 이 아름다운 향연, 꽃이 내가 되고 내가 꽃이 되는 순간이다.

한 나무가 꽃을 피우거나 열매를 맺기 위해서는 계절을 몇 개씩 건너야 한다. 오랫동안 참고 수고했던 자신을 내어주는 가을 나무와 꽃들의 이야기가 있고 열매도 없이 시들어버리는 화려했지만 허무한 꽃 이야기가 있다. 자연은 허무한 이야기조차 우리가 알지 못하는 의미를 안고 있는 신비다. 아무도 없는 이름 모를 산속 깊이 숨어진 채 피고 지는 꽃의 이야기가 세상의 아름다움을 지켜냈다. 외로운 벌판에 서서 온몸으로 모진 비바람을 맞으며 자신을 끝까지 견디어내는 나무가 저 산을 저리도 굳건히 지켜 냈다.

여름이면 산책하기를 좋아하는 나는 가급적 나무가 많은 곳을 찾아서 걷는다. 잎이 무성할수록 나무가 클수록 그늘이 커서 더 시원하다. 저 나무는 어찌 저리 잘 자랐을까 싶고 어떤 나무는 잎도 줄기도 빈약하여 그늘이 되어주지 못한 채 더 많은 양분과 빛의 공급이 필요하다는 생각을 한다. 한 나무가 있어 잘 자라면 그들이 주는 유익함은 인간에게나 자연에게 더할 나위가 없는 선물이다. 나무가 자라서 좋은 열매가 맺어지는 결실을 얻기 위해서는 우선 나무는 뿌리가 잘 내려지고 또 잘 박혀야 있어야 한다. 어떤 나무든 좋은 결실을 이루기 위해서는 뿌리가 좀 더 깊고 넓게 내려져야 한다.

중국 극동지역에서 자라는 모소라는 대나무가 있다. 이 나무는 1년 2년 4년이 지나도 겨우 3센티 정도밖에는 자라지 않다가 5년 후에는 하루 한 30센티 정도 자라고 육 주 만에 15미터까지 자라서 울창한 숲을 이룬다고 한다. 이 나무가 그토록 잘 자랄 수 있는 것은 처음 사오 년 동안은 위로 자라지 않고 깊이 뿌리를 내리는 기간이었다가, 이윽고 사방 수십 미터까지 뿌리가 퍼져가면서 갑자기 수 없는 가지들이 땅에서 올라와서 아주 번성하며 높이 자라기 시작한다는 것이다. 처음에는 잘 자라지 않는 듯 보이지만 나무는 그동안 큰 나무로 자라기 위하여 끈질기게 자신의 뿌리를 내리는 작업을 한다. 모소 나무는 그러한 자신의 가치를 충분히 지녔기에 사람들에게 인정을 받으며 아주 고가에 팔리는 양질의 나무가 된 것이다.

오 년 째가 되어서야 갑자기 어떻게 그렇게 잘 자랄 수가 있는 것일까? 모든 생명이 품고 있는 이야기가 그렇다. 뿌리가 잘 자라면 언제든지 줄기 또한 잘 자라고 아름다운 꽃을 피울 수 있다. 그런데 꽃이 피고 열매가 맺는 것은 우리의 눈에 잘 보이지만 땅속 깊이 뿌리내리는 것은 눈에 잘 보이지 않는다. 이것은 모든 것이 인내가 필요하고 수고가 필요하다는 것을 보여준다. "후일에 이렇게 될 것이다."라는 것은 삶이 그만큼 기다림과 수고가 필요한 것을 말한다. 오래도록 뿌리내리는 인내와 수고가 지면을 채워 흔들리지 않게 된다.

어려움 없는 삶만을 축복이라 할 것인가?

참으로 인생은 녹록하지가 않다. 삶이라는 여정에는 의례 고난이 따르고 고통이 주어지며 침체의 늪에 빠지게 될 때가 있다. 그것은 어느 날 예기치 않게 절절히 다가온다. 준비하지 못해서 아프고 그것을 뛰어넘을 수 있는 방법을 몰라서 몸부림친다. 인생의 정점에서 순식간에 모든 것이 사라진다고 느끼는 경우 어떤 사람들은 그 생명을 버리기도 한다. 나의 친구가 그랬고 내 아들의 친구가 그랬다. 인간의 한계 끝에서 그 벼랑 끝에서 힘들었을 그들을 기억해본다.

생각해보면 내 마음대로 내 계획대로 된 일들보다 그렇지 않은 경우가 더 많다. 언젠가 보이지 않는 손길이, 알 수 없는 삶의 신비가 나에게 주셨던 그 축복을 기억해내는 것도 고갈된 삶을 회복하는 방법이 될 것이다. 예기치 않은 기회와 축복은 내가 생각했던 것보다 훨씬 더 많았음을 알 수가 있다. 삶은 자신이 원하는 대로 이루어질 때만이 정점은 아니다. 내 인생의 가장 비참하다고 여겨지는 밑바닥에서도 삶은 존귀하고 절대자의 주관 아래 있다는 것이 희망이다. 삶의 기적은 내 생각 안에 갇혀있는 것이 아니며 언제 일어날지 모르는 신비. 병들어 아픈 자녀 곁에서 밤을 새우며 혼신을 다해 간호하며 아픔을 함께 경험하는 어머니의 손길을 경험한 적이 있을 것이다. 그때는 잘 알지 못했던 지극한 손길은 병들어 가망이 없게 된 자녀를 자신보다 더 사랑하여 눈물 같은 땀방울이 뒤범벅된 이야기다. 그 눈물방울이 떨어져 기적처럼 다시 일어서게 한 어머니의 사랑이다.

세상의 부귀영화만이 행복은 아니다. 어려운 인생길에서 토해내는 애통하는 자의 눈물방울은 사라지지 않는다. 그 눈물이 땅을 적시고 대지를 부드럽히며 새로운 싹을 틔운다. 삶이 우리에게 보여주는 것은 인생의 가장 낮은 자리라고 여겨졌으며 힘들었던 그 자리가 훨씬 더 깊고 넓은 가치를 경험 하는 자리가 된다는 것이다. 힘들 때 우리는 이전에 듣지 못했던 것을 듣고 보지 못하였던 것을 보게 된다. 풍요와 평안에 젖어 생각지 못하였던 것을 생각할 수 있게 되고 더 큰 것을 알게 된다. 깊고 더 넓어져서 이제부터는 더 단단하고 평면적이 아닌 입체적인 삶을 살게 되는 것이다.

고은의 시에 이런 시구가 있다.
"노를 젓다가 노를 놓쳐버렸다. 비로소 넓은 물을 돌아다보았다."

성서의 욥이 보여준 것처럼 고난의 끝은 더 강한 것이다. 정금처럼 빛나는 것이다. 그것은 내 인생의 가장 비참하고 힘든 그 자리에서도 위대한 세상을 노래하는 것이다. 피조물로서의 유한성과 해결할 수 없는 인간의 고통과 삶의 무게를 감당하는 것이다.

나는 없고 다른 사람들만 있는 삶

자신에게 자기는 없고 다른 사람들만 있었던 삶을 살아온 이야기를 들어볼 때가 있다. 자라면서 혹은 살아오는 동안 충족보다는 더 많은 결핍을 겪어야 했고 치열한 생존경쟁을 겪어온 삶을 살아온 자들이다. 박탈감 속에서 출발했으며 변화하는 환경의 요구에 묵묵히 순응해야 했던 사람들의 이야기들이다. 현실은 스스로를 돌보지도 못하게 한 채 철저하게 자신의 내면 욕구와 바람을 은폐시키며 내가 아닌 환경적 요인과 다른 누군가의 요구만을 위하며 살게 하였다.

그러다가 문득 정작 자신이 무엇을 위해 살아왔는지를 탄식하게 되며 스스로를 위한 삶이 아니었음을 아파한다. 우리는 창조될 때부터 이미 단 하나뿐인 유일무이한 존재이다. 각자의 기질과 향기와 색깔이 다르기에 세상에 단 하나뿐인 존재이다. 그러므로 자신의 가치는 다른 무엇보다 소중하고 독보적인 존재로서 스스로를 기뻐하고 즐거워하는 삶을 살아야한다. 내가 아닌 그 무엇도 자신의 영역을 침범할 수는 없다. 삶의 여러 환경적인 요인들과 상황적 실패가 자신을 훼손시키기고 혼란스러운 경우가 있을지라도 스스로의 중심을 지켜나가는 것은 중요한 일이다.

오십 년 대를 전후한 나와 같은 시대를 공유한 사람들을 만나서 자신의 내면에 관한 이야기를 할 때가 있다. 그들은 누구를 위한 삶이었는지 정작 자기가 빠져버린 인생이었다며 허망함을 토로한다. 자신이 주인공임에도 불구하고 자신이 아닌 다른 이를 배려하며 살아야 하는 것이 미덕으로 생각되었고 삶의 우선순위가 뒤바뀌어버린 인생을 살았다는 것을 이야기한다. 상황은 척박하고 너무 바빴으며 어느새 협소한 공간에서 그냥 자신을 밀어 내버리고 만 것이다. 그냥 자신과 함께 하는 이들을 위하여 혹은 주변인들을 바라보며, 그들이 웃을 때를 위하여 그들이 기뻐할 때를 위하여, 그들이 만족하는 것을 보기 위해 살아오고 그것으로 자신의 존재 가치와 인생의 즐거움을 느껴온 삶이었음을 고백한다.

내면의 소리에 귀 기울이면서 그동안의 삶이 헛되게 느껴진다고 회한에 차서 푸념하듯 말하지만 스스로도 자신이 최선을 다했음을 안다. 다시 일어선 그들의 희생은 자신을 넘어선 숭고함이다. 삶의 조건은 자신의 것만이 아닌 더 확대된 것이었다. 그들이 있으므로 누군가 상하고 좌초될 뻔한 삶에서 다시 일어선 이들이 있다. 헌신과 양보와 배려의 노력이 필요한 시간을 넘고 넘어서 여기까지 왔다. 허망한 삶이라고 생각되어도 하나의 의미를 창출해낸 그들에게 박수를 보내고 싶다. 자신의 삶이 주어진 상황 속에서 누군가의 생존을 위하여 최선을 다한 가치 있는 것이었다고 고백할 수 있기를 바란다. 자신을 넘어선 삶은 약하지 않고 강하였으며 허무가 아닌 관대함으로 빚어진 참 자기였다.

우리는 무엇에 갇히는가?

한 사람이 잘못된 확신에 갇힐 때 파국으로 치닫게 되는 것을 보게 된다. 자신도 모르는 사이에 갇히고 메여서 무엇 때문인지도 모를 답답함과 불안감으로 힘들어할 때가 있다. 잘못된 생각의 오류에 갇힌 채 스스로가 확신하는 바와 다른 것들로 인해 극심한 고통 가운데 빠지기도 한다.

해결할 수 없는 것들이 우리를 불편하게 하고 이해 불가한 것들이 삶을 어려움 가운데 빠뜨린다. 잘못된 신념이나 깊은 확신에 관한 흔들림은 우리를 분노하게 하고 파괴적이게 한다. 그동안 자신이 쌓아온 지식과 지성, 인간의 이성과 감정에 대한 앎을 송두리째 흔들고 우리를 혼돈 가운데 빠뜨리는 것은 무엇인가? 혼돈은 어둠이다. 그것은 우리의 진짜 모습도 우리의 진짜 주인도 아니다. 내가 주체가 되어야 하는데 잘못된 것에 의해 진짜가 아닌 가짜– 즉 혼돈이 우리를 억압하는 것이다. 본질적인 것이 아닌 비본질적인 것이 주체가 되어버리는 것이다. 그것은 신과 나, 세계와 나의 균형이 깨어지게 한다.

창조가 아닌 파괴나 불편한 억압이 자신을 제끼고 스스로의 주인이 될 수는 없다. 자유야말로 인간에게 있어 무엇보다 소중한 것이고 가장 본질적인 것이 아니겠는가?

얼마 전에 〈카운테스〉라는 영화를 본 적이 있다. 자신의 젊음을 위하여 피를 마시고 목욕을 하는 전설적인 루마니아의 백작 부인 엘리자베스 바토리의 실화 이야기다. 충격적이고 잔인한 장면이 있으나 호기심을 가지고 끝까지 보았던 영화다. 그녀에게 죽임을 당하는 사람들은 모두가 어린 소녀이거나 힘 없는 여자들인데 그 이유는 남자는 하나님의 형상을 따라 만들어졌으므로 해를 가할 수 없다고 믿었기 때문이다. 16세기 중세의 이야기인 점을 감안하더라도 잔인한 살상을 하면서 자신의 잘못된 생각에 대한 확신과 그릇된 신념을 버리지 않는 점이 이해하기 어려웠다. 그녀는 그릇된 신념과 확신에 철저히 갇혀있었다. 영화의 마지막 무렵 그녀가 그토록 사랑했고 절절한 사랑으로 인해 상처를 받을 수밖에 없었던 과거의 연인이 사건을 밝히는 주요 인물로 등장한다. 모든 사실이 입증되는 가운데 그녀를 체포할 수밖에 없던 남자는 극 중에서 이런 말을 한다.

"그녀가 그녀의 사랑에 대한 상처를 받지 않았더라면 저렇게 되지는 않았을 것이다." 젊은 남자로부터 버림받은 것이 자신의 늙어감 때문이라는 잘못된 생각이 그녀가 피의 집착을 갖게 했다. 어느 날 그녀가 하녀를 체벌하는 가운데 하녀의 피가 튀어서 자신의 얼굴에 묻게 되었고, 때마침 자신의 얼굴에 비취인 옆 광선의 효과로 피부가 평소보다 예뻐 보이는 착각을 하게 된 것이 사건의 시작이었다. 그녀를 살상의 길로 접어들게 한 것은 피가 자신을 젊어지게 하고 아름다움을 유지해 준다는 잘못된 확신이다. 그 가운데서도 그녀는 하나님의 형상을 따라 만든 남자에 대한 훼손을 금기시하는 자신만의 신념 같은 것을 보여주기도 한다.

한 인간의 그릇된 확신과 갇혀버린 생각, 초기 환경의 실패와 상처가 불러온 이야기이다. 우리는 때로 길을 잃어버리고 방황하게 될 때가 있다. 내가 여기 왜 서 있으며 나의 실존이 무엇인지 참된 것과 참되지 않은 것 가운데 방황하게 된다. 가치적인 것과 비 가치적인 것, 우선순위에 두어야 할 것과 나중에 하여야 할 것과 과감히 버려야 할 것을 결단하지 못한 채 우왕좌왕하며 삶의 언저리를 배회하게 된다.

두려움과 억압으로부터의 해방은 삶을 주도적으로 살아야 할 우리가 자유를 향해서 가는 한 사람 주인공 된 인간이기 때문이다. 인간은 부여된 시간들과 축복의 역사를 주도권을 가지고 살아야 하는 존귀한 존재다. 삶은 스스로 진실을 향할 수 있어야 하며 끊임없이 창조하고 책임져야 할 자유롭지만 숭고한 영역이다. 입체적인 것을 생각하지 못하고 평면적인 부분만을 보며 한 부분에만 얽매이게 된다는 것은 자신을 가두고 훼손하며 자유함을 잃게 한다.

문제는 강인함을 만들고

어떤 사람들은 결핍이 문제를 만든다고 말한다. 하지만 결핍이 없는 사람이 있겠는가? 문제는 곧 삶을 의미한다. 인간은 여러 상황과 문제들을 거치면서 사고하고 성숙한다. 삶의 양식과 습관은 환경적 요인에 의해 만들어지고 길들여지는 것이다.

인간의 탄생과 성장 과정에는 필연적으로 타고난 성품이나 기질 외에 후천적인 요인이 영향을 미치기 마련이다. 때문에 한 사람을 이해하기 위해서는 그 사람의 과거를 깊이 들여다볼 필요가 있다. 개인을 이해하고 공감하기 위해서는 그 가문의 뿌리까지 거슬러 올라가 보는 과정이 필요하다. 과거를 알게 되면 상대방의 더 많은 부분을 섬세하게 생각하지 않을 수 없다.

개인이 처한 환경적 요인에 의해 그 성품이 형성되고 성품은 개인의 생애에 중요한 요소로 작용한다. 결핍이 없는 환경에서도 인간은 불완전한 존재다. 삶의 틀은 일정하지 않고 문제투성이지만 그 덕분에 사고하고 성숙하며 강인해질 수 있다. 해결되지 않는 문제로 인한 경험은 아픈 것이지만 인간의 자유와 존립을 훼손시키지는 못한다.

성장기에 꼭 필요한 양육자에 대한 상실이나 사랑의 부재를 경험하는 것은 깊은 슬픔이고 상처. 하지만 그 상처가 반드시 운명을 불가항력적인 불행으로 몰고 가지는 않는다. 상실이나 고통 가운데서도 자신을 보호하고 성숙시키는 신비한 힘이 우리에게 잠재되어 있기 때문이다.

신비한 힘을 이해하면 창조주와 인간의 존엄성에 대한 경외심을 갖게 된다. 자신과 세상에 대한 경외심을 가진 사람은 보다 높은 곳 더 큰 사랑을 아는 사람이다. 인간의 고통과 지나온 경험들은 우주 만물의 참된 의미를 이해하고 겸허하게 요소가 된다.

삶의 여정은 많은 문제들과 함께하는 길이며 항상 원하는 대로 되지는 않는다. 누구나 부족한 것을 채우기 위해 노력하지만 그것으로 충분치 않다는 것을 곧 깨닫게 된다. 자유인은 더 많은 상상으로 채워질 삶의 여백을 남겨놓을 줄 안다. 동양화에서의 여백이 기의 표상인 것처럼 빈자리는 놀라운 힘의 분출구가 될 것이다. 문제는 인간에게 위대한 생명력과 강인함을 주는 원동력이다.

보이지 않아도 소중한 것

나에게 소중한 어떤 분의 이야기다. 계단에서 넘어져서 열다섯 바늘을 꿰 맸다고 했다. 결코 상처가 작지 않았고 피도 많이 흘렸다고 했다. 흐르는 피를 감싸 쥔 채로 한참을 걸어도 아무도 물어봐 주는 이도 도와주는 이도 없었던 것 같다. 그분에게는 자신의 찢어진 얼굴의 상처보다 사람들의 외면과 그 상황들이 더 씁쓸하고 아팠을 것이다. 인파가 적지 않은 번화한 길이었고 모든 사람이 다 보지 못하지는 않았을 것이다. 그들은 바쁘고 영문도 모르는 채 어찌할 바를 잘 몰라서 그랬을 수도 있다. 쓸데없이 남의 일에 끼어들기가 겁이 나고, 그리고 또 무관심하며… 모두가 그들만의 이런저런 이유가 있었을 것이다. 그래도 그건 좀 아니라는 생각이 들며 세상인심이 야속하다는 생각이 들었다. 더욱이 성형외과 서너 군데 모두가 거절을 했다는 사실은 좀 심한 것 아닌가! 분명히 피를 흘리는 사람을 눈앞에 두고 어떻게 그럴 수가 있었는지 잘 이해할 수가 없다. 모두가 출타 중이며 혹은 수술 중이라는 등의 이유를 대며 거절을 했다는 얘기다. 넘어져서 찢어진 상처를 꿰매는 것은 고가의 수술이 아니고 수고하는 시간에 비해 돈이 되지 않으니 핑계를 대면서 거절했을 것이라는 생각이 내 오해라면 좋겠다. 물론 모든 의사들에게 적용이 되는 얘기는 아니어서 일선에서 선량하게 의술을 펼치는 분들에게는 무척 억울한 이야기가 될 수도 있다.

사실 나도 큰아이가 중학교에 다닐 때 그와 같은 일을 경험했던 적이 있고 그러니 그런 현상은 비단 요즘의 일만은 아닐 것이다. 병원을 여러 군데를 다녔으나 거의 비슷한 이유로 상처를 봐주지 않았다. 그래서 결국은 친분이 있는 내과 의사를 통해서 다른 성형외과 의사를 소개 받고 나서야 비로소 찢어진 상처를 꿰맬 수가 있었다. 뭐 이런저런 비판을 하겠다는 것이 아니다. 그냥 일어난 일을 이야기할 뿐이다. 우리가 사는 세상의 이런저런 이야기를 하는 것이다. 개인 대 개인으로 만나면 각자는 너무나 좋은 사람들이다. 정의로우며 사회 여러 저변의 타락상을 염려하는 올곧은 사람들인데 우리는 무심한 길거리의 한 사람이 되거나 혹은 어느 순간 대중이 되고 어떤 한 무리가 되어 질 때는 왜 달라지는 것일까?

혼자서 내는 목소리와 여럿이 함께 내는 목소리가 다르다. 혼자서 만날 때 몸짓과 여러 명 중의 하나일 때의 몸짓이 다르다. 마치 과거의 나와 현재의 내가 다른 것처럼 미래를 예측할 수 없는 것처럼 그렇다. 우리는 너무 바빠서 그렇게 상처가 심하여 피를 흘리는 이를 보고도 동요하지 않고 자신의 길을 가는 것일까? 각박한 현실이 우리를 이기적이고 무감각하게 만든다고 변명을 하는 것은 옳은 것일까?

나만을 생각하고 나의 가치만을 생각하기보다는 먼저 세상을 가치 있게 바라보는 눈을 가질 때 비로소 나도 가치 있는 존재가 된다. 타인을 존귀하게 바라볼 수 있을 때 자신도 존귀해지며 상대에게 좋은 사람이 된다는 것은 나도 좋은 사람이 되는 것이다.

우리는 우선 당면한 일들이 있고 다른 것들이 더 중요해서 우리가 가진 가치와 첫 마음을 잃어버리고 살아갈 때가 많다. 잘 알지 못하더라도 우리는 자신이 생각하는 것보다 더 많은 일을 해낼 수 있는 사람들이다. 그 이야기 안에는 더 많은 것을 베풀고 감사하는 가운데 흘러온 삶의 묘약이 있다. 수많은 어려움 가운데서도 인간을 지탱시켜준 많은 것들을 품어 낸 이야기들이 그것이다. 보이지 않으나 무엇보다 크고 소중해서 우리를 설레게 하는 마음 이야기가 그립다.

어떤 부부 이야기

그날은 아는 지인의 집에 갔다가 10시가 넘어서야 귀가하는 중이었다. 나는 택시를 큰길가에서 내리는 습성이 있다. 그날도 집 앞 사거리 큰길에서 차를 내려 단지 안의 아파트 길을 따라서 걸어 들어가고 있었다. 저만치서 둔탁한 소리가 들리고 멀리서 보기에도 분위기가 심상치 않아 보이는 몇 명의 사람들이 보였고 그들에게 둘러싸인 채 한 남자가 또 한 남자를 심하게 때리고 있었다. 나는 처음에는 본능적인 호기심이 동해서 빠른 걸음으로 그곳에 점점 다가가고 있었다. 가까이 갔을 때 내가 본 건 삼십 대 중반으로 보이는 건장한 한 남자가 비슷한 나이로 보이는 또 한 사람을 정신없이 손으로 때리고 발로 걷어차고 무자비하게 짓밟고 있는 장면이었다. 분노를 주체하지 못하는 남자는 마침 가까이 수퍼가 있어서 주변에 가득 쌓인 코카콜라라고 쓰인 빨간 플라스틱 박스를 집어서 닥치는 대로 상대방의 신체의 그 어느 부위를 가리지 않고 가격했고 단단해 보이는 플라스틱 박스들은 산산조각이 나서 부서지고 있었다. 맞는 사람은 옷이 찢기고 흩어진 가운데도 정갈하게 차려입은 신사복 차림으로 말쑥하고 키가 커 보였다. 속수무책으로 맞는 동안 거의 정신을 차리지 못하여 눈은 초점이 없었고 처절할 정도로 터지고 부은 얼굴이 안쓰러웠다. 넋이 나간 채로 아무런 방어를 하지 못하고 맞고 또 비틀거리다가 일어서면 계속 맞고 쓰러지기를 반복하는 것이 나는 일찍이 그렇게 심하게 폭행을 당하는 현장을 본 적이 없다. 내가 가슴이 벌렁거려 차마 볼 수가 없을 정도로 비틀대다 쓰러지며 머리를 부딪치고 찢기고 다치는 참담한 모습이 그대로 놔두면 그냥 죽을 것만 같았다.

놀라고 두근대는 가슴을 만지며 나는 휴대폰을 꺼내어 신고를 하고 난 후에야 그곳에 이미 경찰이 와 있다는 것을 알게 되었다. 그냥 사람들 가운데서 가만히 서서 보는 경찰에게 용감하게 다가가서 왜 가만히 있느냐고 따지듯 물었다. 경찰의 대답인즉 가족의 문제이니 간섭하지 말라고 해서 자신도 어쩔 수가 없다는 것이다. 그래도 나는 저 사람이 죽으면 어떻게 하냐고 따지듯 물었지만, 주변의 사람들도 그냥 가만히 있는 걸 보니 그런 내가 좀 창피하다는 생각이 들었다. 아마도 그때는 지금처럼 가족 간의 싸움에 경찰이 적극적으로 개입을 하지 않았던 시절이었을지 모른다. 유심히 보니 둘러싼 사람 중에는 부인이라고 하는 매우 세련된 모습의 여성이 팔짱을 낀 채로 담담히 보고만 있는 것을 사람들의 말을 통해서 알게 되었다. 맞는 남자의 부인조차도 가만히 서서 오히려 그냥 내버려 두라고 하는 상황이고 아무도 말리지 못하는 것이 필시 가족 간에 어떤 이유가 있으며 그가 몹시 잘못하여 그토록 맞아야 할 사람이었는지는 모르겠다. 때리는 자는 부인의 오빠인 것 같았고 맞는 사람은 그녀의 남편이고 그냥 사람들이 수군거리는 가운데 아무도 말릴 수 없는 상황은 참으로 안타까웠다. 예전에 사람들이 '법보다는 주먹'이라는 말을 하는 걸 종종 듣곤 했지만 어떤 경우로도 어떤 정당함으로도 폭력이 당연시 될 수는 없다. 분노의 한 돌파구일 뿐 그것이 해결책이 될 수는 없다. 폭력을 가하는 자에게도 당하는 자에게도 결국은 모두에게 깊은 상처를 남기고 말뿐이다. 내가 신경이 쓰이는 부분은 그들에게서 일어나고 있는 폭력적인 사태보다도 거기서 일어나고 있는 사람들의 관계가 현실적으로 너무나 냉정하여 잔인하게 느껴지는 것이다. 참담한 상황에도 서로 구경밖에는 할 수 없는 타인들.

아무것도 할 수 없는 나는 주제넘을지 모르는 여러 걱정과 생각들로 마음이 몹시 복잡해진 상태여서 집에 들어와서는 한참 동안을 떨리는 가슴을 진정할 수가 없었다. 남의 일인데 왜 그렇게 내가 가슴이 아프고 안타까운지 그날 밤 정말인지 아무것도 할 수가 없었다. 지나치게 감정이입이 되어있는 나를 바라보는 가족들에게 대충 사실을 이야기한 후 나는 아들 녀석을 불러서 나름대로 미래의 가족 간에 빚어질 수 있고 혹여 예상 되어지는 불미한 상황들에 대한 것들과 여러 삶의 지혜에 대해서 긴 시간을 이야기했다. 가족 간에 그것도 집이 아닌 아파트 앞 대로에서 일어난 그 사건은 오랫동안 가슴에 남아 지워지지 않았고 알지 못할 염려와 슬픔이 되어 나를 짓눌러 왔다. 그 사건을 목격한 다른 이들도 나와 같은 생각을 할지 모른다. 세상이 참 많이 변하고 있다는 생각이 들었다. 내가 알고 생각하고 예상하는 세상이 미래는 아닐지 모른다는 생각이 삶의 두려움으로 다가왔다. 훗날 내 아들에게 어떤 실수가 주어질 때 저런 일을 당할 수도 있을지 모른다는 생각과 걱정이 나를 쓸데없는 상상으로 힘들게 했다. 아무것도 할 수 없는 상황에서, 있어서는 안 될 일이 벌어지고 있을 때 우리는 무엇을 하여야 하는 걸까? 우리들의 삶이 때로는 정당하나 때로는 불의하고 한편으로는 따뜻하나 한편으로는 차가워서 가슴이 아프다.

우리가 모든 것을 다 알고 있을까?

우리가 안다고 하는 것은 어떤 것일까? 사람이 지혜를 갖게 된다는 것은 결국 잘 들을 줄 아는 귀를 가지는 것이라고 한다. 성서도 인간의 믿음이 듣는 것으로부터 시작된다는 것을 알려주고 있다. 모든 앎은 분별력 있는 경청에서 시작된다.

마음에 여러 가지 아픔과 문제적인 요소들이 있어서 힘들 때가 있다. 그럴 때면 자신의 말을 들어주는 누군가가 곁에 있어 주는 것만으로도 위로를 느낀다. 나는 비교적 속마음을 쉽게 이야기하는 편이고 감정이 잘 드러나기 때문에 곤란을 겪을 때가 있다. 좋고 싫은 것과 옳고 그른 것에 대한 알량한 견해를 쉽게 표현하고 마는 경우가 그랬다. 그럴 때 주위 사람들의 반응도 개인이 처한 상황이나 관계의 친밀도에 따라서 다르다. 형제의 반응이 다르고 친구가 다르다. 많은 지인들이 언어로 각기 다른 표정으로 여러 형태의 반응들을 보인다. 감정의 반응이나 견해 표명 정도가 나를 기쁘게도 하고 힘들게도 한다. 어느 날 모든 것이 부질없다고 느껴지고 세월이 지난 후 좀 더 무감각해지려고 노력하는 내가 아닌 나를 발견하게 되었다. 자신의 감정을 너무 드러내거나 옳고 그름에 대한 빠른 견해 표명이 모두에게 유익하지 않다는 것을 알게 되었기 때문이다.

힘들 때는 기도를 한다. 기도는 간구懇求지만 반드시 회개가 선행되어야 하는 것이어서 자신의 허물을 생각하고 기도할 때마다 스스로 경악할 때가 있다. 모든 회개의 내용은 내가 알면서 제대로 행동하지 못하고 제대로 말하지 못하였던 부분들이다. 신앙이 아니라도 자신의 양심과 배움, 도덕과 윤리적인 기준만으로도 그렇다. 내가 모르고 행하였던 잘못이나 허물보다는 거의 모두 알면서도 그냥 쉽게 행하였던 것들의 반복이다. 예를 들어 미워하지 않아야 하는데 이유가 있어 미워했고 이유 아닌 이유가 미움을 불렀다. 사랑이라는 단어에 익숙했지만 사랑해야 할 사람조차 사랑하지 못하고 분노했다. 자신의 허물에는 관대하였고 상대방의 허물에는 너그럽지 못하였던 다 열거할 수 없는 크고 작은 일들이 있다.

그릇된 행위와 잘못들은 몰라서가 아니라 알아도 통제할 수 없는 이기심이 주는 감정과 자신만 정의로운 것 같은 교만한 마음이 있어서다. 자신이 생각하는 기준에서조차 어긋나는 삶을 살고 있음은 부끄러운 일이다. 삶의 모순은 내가 알고도 아는 것만큼 행하지 못하고 그것을 깨닫지도 못한다는 것이다. 우리가 아는 것들이 앎 자체로만 그칠 뿐 세상에 유익한 것이 되지 못한다면 자신을 위한 도구로 전락할 뿐이다.

과연 안다는 것은 무엇일까?

나와 세상을 살리는 근원, 희미하지 않은 것, 그것을 알기 전까지는 부분적이고 파편적인 것들이 우리를 지배했다. 그때 우리는 어린아이처럼 미성숙하여 혼란했고 분별력이 없었다. 이기심과 교만함이 광막한 세상을 끝없는 분쟁터로 만들었다. 삶의 두려움이 진실을 막아서도 그것을 만나고픈 핏빛 눈물과 상처가 뒤엉켰다. 그 눈물이 없이 어찌 온전할 수가 있을까? 예수의 제자였던 유다의 배신, 십자가의 고통과 상처를 알지 못하고는 세상도, 사랑도 다 알 수가 없다.

삶은 오늘의 부족함이 내일은 감사를 말하게 하는 것이다. 언제 죽을지 모르는 우리가 매일같이 수많은 생명 이야기를 만들고 걸으며 꿈을 꾼다. 그것이 우리를 견실하게 하고 우리의 생명을 붙들며 끝나지 않는 이야기를 만들어 낸다. 생명은 자라고 그 양분이 있어 자신을 지탱한다. 안다는 것은 나의 감성과 영혼이 풍부와 빈곤 사이를 오가면서도, 밝음과 어둠 사이를 왕래하면서도, 긴장과 이완을 반복하며 강해지는 것이다. 혼돈이 질서가 되었다. 지혜 없는 자가 지혜를 얻고 무지에서 벗어났다. 지혜가 오늘 힘없는 자의 팔을 붙들어 준다.

5부

생명

나무 이야기

한 나무가 구름 아래 서 있었다
솜털 같은 그가 너무 예뻐서
나무가 그에게 인사를 건넸다

구름도 나무를 보았다
그도 나무에게 손을 흔들며
인사를 하였다
나무는 구름의 손을 잡으려고
자꾸만 손을 뻗어 높이 치달았고

구름도 떠나기 싫어
흐르는 몸을 멈추려 하였다
자꾸만 팔을 뻗어
온몸을 흐트러뜨리며
그의 손을 잡으려 했다

나무는 자꾸만 위로 치솟았으나
구름의 손을 잡지는 못하였다

구름도 안타까워 어두운 얼굴을 하고
그만 눈물을 뚝뚝 흘려버렸다
흐르는 눈물을 주체할 수 없어서
엉엉 울어버렸다

눈물이 나무에게로 와서
잎사귀에 앉았다
그의 얼굴을 부드럽게 만지고
얼싸안고 춤을 추었다

환희에 찬 나무는 더 초록이 되었다
초록빛 잔치가 시작되었다

하얀 목련꽃

나는 종종 산책을 한다. 숨 막힐 것 같은 도시 풍경을 벗어나 한가로운 산책길을 찾는다. 때 따라 그곳은 강가가 되기도 하고 오솔길이나 산길이 되기도 하며 그냥 차도 한쪽의 좁은 길이 될 때도 있다. 그렇게 답답함을 벗어버린 후 바라보는 푸른 하늘과 땅, 숨 쉬는 대지 안의 만물들이 정말 경탄스럽다. 개발에 지쳐가는 어느 아파트 뒷길, 그리고 문명의 이기로 몸부림치는 도로의 한편의 쓰러질 듯 핀 꽃이 경탄스럽다. 어느 풀잎 하나도 어느 꽃잎 하나도 마침내 땅으로 떨어지고야 마는 어느 잎사귀 하나를 소홀히 여길 수 있겠는가? 참으로 창조의 전통은 위대하고 살아 숨 쉬는 모든 생명이 얼마나 신비스럽고 존귀한지 모른다.

계절은 어김없이 또 바뀐다. 우주의 법칙에 따른 자연의 순환이 거대한 역사 안에 자리하고 있다. 매번 느끼는 것은 자연은 자연 그대로가 정말 아름답다는 것이다. 그 자연의 한 끝자락만 붙들고도 우리는 경탄을 금할 수가 없다.

"여호와께서 그 조화의 시작 …(중략)… 만세 전부터 곧 태초부터 땅이 생기기 전부터 내가 세움을 받았나니…" "이 세상의 모든 만물이 있기 전부터 '내가' 있었다" 여기서 '나'는 지혜이다. (창세기 1장 1절 참조) 만물이 모든 것이 있기 전에 먼저 이 지혜가 있었다고 말한다.

한 세상이 있었고 내가 그를 알기 전 그가 먼저 내게 다가왔다. 내가 그 세상을 알기 전, 그가 나를 먼저 알고 있었다. 수많은 생명의 이야기는 신비라는 이름으로 숨어서 세상의 이치와 조화를 속삭여준다. 순환되는 질서의 아름다움과 그것을 깨뜨리는 혼돈 속의 경이로움을 일깨워준다. 우리가 이 모든 것들을 알기 전 그 모든 것들이 이미 우리를 알고 있었다고.

생명, 이른 봄에 피는 한 송이 하얀 목련 꽃이 계절의 시작과 삶의 경건함을 알게 한다. 창조와 질서와 순환, 혼돈의 주권은 누구에게서 오는가? 우리네 인생이 어떠하든지 살아있다는 것만으로도 겸허할 수밖에 없다.

가끔씩 한 인간의 영혼에 관하여 근원적인 것을 생각해 본다. 어떤 이들에게는 그런 종류의 이야기가 흥미롭지도 않고 관심이 가지 않을지도 모른다. 지루하고 답답하고 매우 소모적인 것이라고 느낄 수 있다. 그러나 우리가 아무리 외면해도 인간의 본연의 존재론적인 문제는 기필코 어느 시점에선가 다가오고야 만다. 철학이나 종교는 인간의 삶이 근원적인 문제들을 결코 외면할 수 없다는 것을 보여준다.

어려운 생각과 복잡한 이야기들이 너무 진지해서 머리가 아픈 것은 쳇바퀴 같은 일상과 힘든 문제들이 얽혀 있기 때문이다. 그래서인지 단순하고 쉬운 것들이 복잡한 현실을 사는 우리의 출구처럼 느껴지기도 한다. 누군가 '고구마보다는 사이다'라고 했던가? 그러한 것들은 주변 어느 곳을 막론하고 우리에게 만연된 생각들이다. 어떤 때는 표피적이고 찰나적인 삶의 이야기들이 마치 승리한 인간의 표상처럼 왜곡되며 우리를 가두게 한다.

우리가 보여지는 것, 땅의 이야기에만 갇힌다는 것은 마치 빛을 보지 않고 어둠 속의 쉼터에 안주하는 것과 같은 것은 아닐까? 우리가 변화할 수 있는 기반과 감각을 상실하게 되는 것도 이 때문은 아닐까?

피조물인 인간이 통제할 수 없는 삶과 죽음, 불안, 쇠퇴 등 유한성의 문제가 우리를 두려움에 휩싸이게 한다. 그런 의미에서 어느 지인은 인간의 근원 자체가 슬픔인 것 같다고 탄식하였다. 실존에 관계되는 여러 문제들이 우리를 뒤흔든다. 하지만 인생의 불안과 퇴락이 주는 두려움이 우리를 넘어뜨리지 못하는 것은 다음 세대가 오는 생명의 경이로움이 있어서다. 지나간 일은 끊임없이 반복되고 새로운 생명의 탄생이 무의미가 의미가 되게 한다. 존재의 근원이 되는 생명, 다 기억되지 못하나 삶은 새로운 생명의 탄생에 관한 이야기다.

생명의 신비

어느 날 참으로 속상한 일이 있을 때다. 마음이 아프고 눈물이 자꾸 쏟아질 때는 침대에 눕는다. 내 침대는 큰 창문 옆에 바짝 붙어있다. 무심히 창밖의 풍경을 바라보다 보면 잊어야 할 것을 잊게 된다. 창밖 풍경은 자신을 내려놓게 하는 힘이 있다. 화창한 어느 날 아침이 그렇고 비가 쏟아지는 흐린 저녁날도 창밖 풍경은 다만 살아있다는 것을 감사할 수 있게 한다. 갑자기 파리 한 마리가 나타나 창문에 몸을 부딪치며 몸부림을 쳤다. 나갈 수 없는데도 계속 포기하지 않고 부딪치며 몸부림을 쳤다. 이제까지의 모든 생각을 멈추고 나도 모르게 파리에게 정신이 팔렸다.

요동친다. 살기 위해서 몸부림친다. 생명은 존귀한 것이지만 그 존귀함을 지켜내기가 녹록지 않고 버거울 때가 많다. 기쁨과 슬픔, 환희와 절망이 오가는 교차로 같은 곳, 한낮은 그리도 밝고 찬란해서 다가오는 어둠을 미처 생각지 못할 만큼 태양은 굳건하고 눈이 부셨었는데.

절망스러운 상황이나 당혹스러운 문제에 직면했을 때 우리는 여러 대처 방법으로 그것을 넘어왔다. 세상에는 인간이 극복할 수 없는 한계가 많았지만 그것을 넘어서는 인간의 생존력도 끝 모르게 진화되어왔다. 거슬러 올라가 보면 수많은 역사적인 이야기들이 인간이 한계성을 뛰어넘는 놀라운 힘을 보여준다. 생명의 탄생은 미래가 두렵고 불안한 것만이 아니라는 것을 보여주었다.

생명의 창조는 삶과 죽음, 만남과 이별의 문제와 연결된다. 태어날 때 이미 이별과 쇠락을 염려하는 인간에게 무엇보다 두려운 것은 존재의 무의미가 되는 죽음이다.

생명은 유기체로 서로 연결 지어졌지만 각기 다른 이야기를 만들어가는 과정이다. 같은 생명의 이야기지만 서로 기질이 다르고 과정이 다르다. 태어나는 것과 사라지는 것이 같지 않고, 기쁨과 슬픔의 모양이 다르다. 서로 비켜 가야 하는 운명처럼 같지만 다른 공간 다른 시간을 산다.

사랑하는 사람을 만나지만 어느 순간 헤어질 것을 염려한다. 다르게 처한 환경에서 다르게 주어진 삶 안에서 자신만의 독특한 관점으로 생명의 이야기를 만들어간다. 이런 저런 이야기가 세계 안에서 모여지고 공동체의 이야기로 합류된다. 살기 위한 이야기고 삶을 사랑한 이야기며 한계에 부딪힐 때 몸부림친 이야기들이다. 미워하지만 사랑하지 않으면 살 수 없었던 이야기다. 함께하지 않으면 살 수가 없었던 이야기다. 살고 싶은 사람들의 이야기 서로 같은 것을 사랑할 수밖에 없었던 이야기다.

파리의 유리창

그곳이 이곳인 줄 알았더냐
이곳이 그곳인 줄 알았더냐
못 가는 줄 모르고 가슴 답답하여
온몸을 부딪치는구나

막막하여 막힌 줄도 모르고
훨훨 날아갈 수 있을 것만 같아서
멈추지를 못하는구나
돌아서지를 못하는구나

현실인 줄 알았더냐 꿈인 줄 몰랐더냐
비추이는 그곳이 전부인 줄 알았더냐
아픈 줄 모르고 온몸을 부딪치며
멍든 가슴 부둥켜안고 이제는 어디로 갈거나

하늘도 거기 있고 바람도 거기 있고
찰랑이는 강물도 거기 있는데
이제야 아파 오는 그 몸으로
어떻게 돌아가야 하는 갈거나

애틋한 몸짓

역설의 사용을 말하는 폴 리꾀르에 의하면 사람들의 일반적 모순은 해결을 위해 뭐든지 하겠다고 강력한 의지를 표명하지만, 실제로는 이를 유지하려 한다는 것에 있다고 한다. 이것은 인간은 이미 어릴 때 변하지 않으려는 결심을 하게 된다는 이야기와 비슷한 맥락이 될지 모르겠다.

이러한 것들은 인간의 고통스러워하는 문제들이 단순히 해결 대상이 아니라 하나의 생존전략일 가능성을 보여준다는 것이다. 인간은 아직 정돈되지 않은 문서와 같다고 말을 하는 신학자 안톤 보이슨은 정신 질환조차도 직면한 어려움을 극복하기 위한 개인의 필사적인 노력이라고 얘기하고 있다. 그는 삶이 주는 여러 가지 고통과 생존의 몸부림으로 오는 극한의 것들조차 삶 자체이고 자신의 삶을 재구성하려는 안타까운 시도임을 말해주고 있다. 목회상담학자인 안톤 보이슨의 인간의 생명과 생존을 향한 몸부림에 대한 애틋한 시선을 나타내주는 말이다.

우리가 겪는 슬픔이나 고통은 살기 위한, 살고 싶은 사람들의 극한점, 생명의 애틋한 몸짓이고 몸부림이 아닌가? 주어진 삶의 여정은 저마다 그 치명성을 안고 있다는 얘기다.

"우리는 삶의 치명성을 인정하고 곡에 하는 삶을 살기를 배우도록 하며 삶의 웅장함을 형성하는 역설적 신비를 이해해야 한다."*

생명은 희망이다. 삶은 희망을 포기할 수 없어서 고통스럽고 힘이든지 모른

---

* 브라이언 차일즈, 『인간이란 무엇인가』, 장성식 역, 한국장로교 출판사, 2004, p. 281 참조

다. 한 생명의 탄생과 더불어 주어지는 인간의 고통은 또 다른 소망을 잉태하기에 그것이 갖는 특별한 신비가 있다. 생명은 신비다. 존엄하며 말로는 다할 수 없는 삶의 신비를 안고 태어난다. 생명은 인간 한계 너머의 경이로움이고 삶은 완벽하지 않아서 자신에게 설 틈을 제공해 주는 너그러운 곳이다.

아버지 1

가끔 '외롭다'는 생각을 할 때 가 있다. 그럴 때 "성경을 읽어라."는 마지막 말씀을 남기시고 떠나신 아버지가 생각난다. 단순하고 명확한 것을 좋아하시던 아버지는 아무리 힘든 상황에서도 구차한 것을 싫어하시는 분이셨다. 때로 나에게 그런 아버지의 삶 자체가 신앙이고 신학이며 철학이 되어 교훈으로 남았다.

생신 다음 날 아침이었다. 자신이 그렇게 좋아하시던 녹음 짙푸른 그곳에서 큰 창문으로 아름다운 꽃들과 나비를 볼 수 있었던 그곳에서 꿈꾸듯 주무시듯 갑자기 돌아가신 친정아버지가 생각난다. 그 해 또한 1997년 7월이다. 아버지는 평소 열정적인 신앙인으로 비쳐지는 분은 아니셨다. 아버지는 권사로 신실한 믿음의 일꾼으로 활동하시는 어머니를 향해 "하나님을 사랑하듯 나도 좀 그렇게 사랑해 주소" 하고 놀리시곤 했다. 그런 아버지께서는 마지막 떠나실 때 "성경을 읽으라." 오직 그 한 말씀만을 남기시고 잠자듯 조용히 고개를 떨구셨다. 불쌍한 사람들을 남모르게 도우셨던 아버지의 통장에는 잘 나가는 회사의 회장님이 남기신 금액이라고는 도저히 믿을 수 없는 적은 금액의 돈이 남아있었다. "여호와는 나의 목자시니 내게 부족함이 없으리로다." 시편 23장을 즐겨 암송하시던 아버지가 지금도 그립다. 그 손, 그 살갗을 다시 만져 볼 수 없음이, 지그시 웃던 그 얼굴을 다시 볼 수 없음이 아프다. 죽음은 내게 사랑하는 사람과 피해갈 수 없는 이별을 주었고 나는 다시는 웃을 수가 없을 것 같았다.

아버지는 이 땅에서의 허락된 생명의 기간이 다하여서 자신의 생신 다음 날 아침 그렇게 가슴이 먹먹한 아쉬움을 남긴 채 떠났다. 소중한 존재와의 이별은 그를 다시 볼 수 없다는 아쉬움으로 말할 수 없는 슬픔을 남긴다. 그래도 우리는 다음의 또 다른 생명을 생각하며 슬픔을 삭이며 내일을 기약한다. 아우구스티누스는 신은 '최고의 생명' 임을 이야기하였다. 그가 말하는 최고의 선이 생명체가 된다는 것은 최고의 선이야말로 단순한 이념이 아닌 인간과 살아있는 관계를 맺게 되었다는 것을 의미한다. 살아있음은 축복이다. 살아서 함께 사랑할 수 있어서 우리는 비로소 선하고 아름다운 존재일 수 있다. 그중에서, 세상 모든 관계 중에 부모와 자녀의 관계처럼 축복 된 관계가 있을까?

부모의 자녀에 대한 사랑과 염원은 축복이 된다. 어떤 허물도 어떤 죄악도 뛰어넘을 수 있는 그 사랑은 신이 인간에게 주신 최고의 은총이다. 살아있는 모든 것은 선하여서 생명은 존귀하고 그 생명은 사랑의 결정체로 비롯되어진다. 신의 피조물로서 인간은 흙으로 빚어지고 다시 창조하신 그분의 세계로 돌아갈 때 비로소 죄로부터 자유롭고 다시 살아나 사망에서 생명의 길로 나가게 되는가?

가장 신을 닮은 사랑인 부모의 사랑은 자녀를 어떤 어려운 상황에서도 살아남을 수 있게 하는 생명을 보호하고 살찌게 하는 수호자의 역할을 한다. 그러한 사랑이야말로 인간을 온갖 위험과 악의 현장에서도 살아남을 수 있게 하는 신비한 힘이다. 인간을 다시 살 수 있게 하는 하나님이 주신 최고의 선물이다.

이른 아침 한강은 아름답다. 잔물결 하나 없이 맑은 물속에 강 건너 도시 풍경이 고스란히 들어가 있다. 맑고 신선한 아침이다. 어느 여름날은 새벽안개가 뿌옇게 낀 한강이 신비로울 만큼 아름다워 정신을 놓고 바라본 적이 있다. 모든 것이 명료하게 보이지 않아도 안개 낀 아침은 또 다른 아름다움으로 다가와 꿈꾸는 아침을 만들어준다. 각기 다른 아침, 다른 모습으로 아름다움을 선물한다.

이런 날은 감상에 젖는다. 주마등처럼 모든 것들이 스쳐 지나가고 어떤 것들은 뒤엉킨다. 사랑해야지, 이 세상의 모든 것들을 사랑해야지. 살아있음이 축복이다. 하얀 교복 상의에 검정 스커트를 입고 들판 길을 가로질러 학교로 향하던 어린 시간, 바쁘지만 상쾌했던 아침들을 지나왔다. 풀잎에 맺힌 작은 이슬과 그 옆을 흐르던 냇물과 수많은 풀잎들 사이로 피어 있던 인위적이지 않은 색깔도 모양도 다르던 이름 없는 풀꽃들의 아름다움을 나는 지금도 생생히 기억한다. 그들에겐 무엇을 소유하고 싶은 피곤한 욕망도 소유한 것에 대한 뽐냄도 없이 다만 그 자리에 있어서 행복한 것 같은 미소와 향기가 있어 아름다웠다. 문득 그들이 그렇게 아름다울 수 있었던 것은 아침 같은 행복을 이루며 살고 있었기 때문은 아닐까 생각해본다. 꿈처럼 가만히 흐르는 강물을 보면서.

아버지와 함께 강변로를 달리던 그때도 한강은 저런 모습이었고 아버지는 술 한잔하시면 운전하시는 분에게 "이봐, 한강 물은 왜 마르지 않는가?" 늘 엉뚱한 질문을 하신 뒤 곧장 차 안에서 잠들어 버리셨다. 그가 떠난 지금도 한강은, 그리고 모든 것들은 변함없는 모습으로 내 앞에 펼쳐져 있다. 아! 그때 내

아버지도 한 여성의 남편이었던 것을 왜 나는 자꾸만 잊는가?

남편과의 사랑도 어느 날 아침 벅찬 설렘과 감동으로 내게 다가오지 않았던 가? 가슴이 터질 것 같은 그런 행복이 이 세상에 있음을 나는 미처 몰랐던 것 같다. 그러나 세월 속에서 그것들은 낡고 퇴색해져 간다. 자연스러움을 거부 한 채 각자의 아집과 욕망, 소유욕 그런 것들이 어느 날 삶 속에 스며들 때 그 것은 변질되어 간다. 지금, 현관문을 열고 세상으로 나가는 아버지가 된 남편 의 뒷모습에 나의 희생과 사랑 교만하지 않음이 묻어있는가?!

곡보다 연주

누군가 말하기를 삶을 어떻게 살았는지도 중요하지만 어떻게 이야기하는 지가 더 중요하다고 했다. 이 얘기는 음악에서 "곡보다는 연주가 중요하다."라 는 비유이기도 하다. 바꾸어 말하면 인생에서 자신의 이야기가 '풍성한 이야 기'가 될 것인지 '빈약한 이야기'일 것인지의 차이는 실제적인 경험이나 사건 의 차이가 아니라는 뜻이다. 삶의 의미를 만들어 갈 때는 무엇보다 생각의 전 환이 중요하다. 언젠가 기억나는 데로 '나의 이야기'라는 제목으로 글을 써보 았다. 글을 쓰고 난 후 나는 과연 풍성해졌는지 혹은 초라해졌는지를 생각해 보니 그냥 부끄러움이 앞섰다. 그것은 초라한 느낌이었을까? 생각해보니 이 전보다는 더 나은 자신의 재구성이었다.

살아온 이야기를 새롭게 구성해본다는 것은 현재의 관점에서 과거를 회상하 는 일이다. 자신의 정체성을 형성해 나가는 과정에서 방법이나 관점의 차이 는 무엇보다 중요한 일이 된다. 과연 빈약한 이야기를 풍성한 이야기로 재구 성한다는 것은 어떤 의미일까?

그것은 살아온 이야기 속에 구조화되어 있는 의미가 자신을 해석하고 이해하는 데 도움이 되어서다. 다시 이야기를 써 내려가면서 삶이란 어떤 경우도 부정적인 이야기들과 부정적인 의미만이 존재하는 것이 아니라는 것을 알게 된다. 자신의 삶을 여러 관점에서 재해석하는 과정은 삶의 주도권이 곧 자기 자신에게 있다는 것이다.

우리는 좋은 일과 나쁜 일을 모두 경험할 수밖에 없는 세상을 살아간다. 하지만 인간의 위대함은 부정적인 것들이 삶에 주는 영향력을 축소시킬 수 있는 능력을 갖고 있다. 더 나은 삶을 살기 위해서 힘든 여정을 최선을 다해 넘어서야 하기 때문이다. 삶은 아브라함처럼 안락한 곳을 떠나 이름조차 알지 못하는 어느 땅 어느 곳을 향해 떠나는 여행 같은 것이다. 자신이 경험한 이야기들이 고정적인 해석의 틀을 벗어나 다양한 관점과 해석의 전환을 이루게 된다면 미래에 대한 불안과 두려움도 사라질 것이다. 기왕이면 부정적인 경험보다 좋은 경험을 꺼내는 것도 중요하다. 나쁜 기억들을 좋은 방법으로 해석할 수 있을 때 생각이 바뀌고 삶이 바뀌기 때문이다. 좋은 기억은 미래를 긍정적인 관점의 상상력을 가지고 나아갈 수 있게 한다. 자신의 의미를 만들어 가는 새로운 구성을 알아가는 것이다. 이런 연습은 남은 한 줄만으로 독특하고 위대한 삶의 연주를 할 수 있게 한다.

생명, 힘의 균형

올해는 유난히 덥다. 지구 온난화로 우리나라가 봄과 가을이 짧아지고 이제 아열대 지방같이 되었다고 아우성이다. 하필 한 여름인 오늘 운동이 잡혀 있고 나는 더운 것도 불사하고 운동을 가야 했다. 약속 때문이다. 골프는 스포츠 중에 예의를 가장 중요시하고 부모나 혹은 당사자가 죽기 전까지는 한번 한 약속은 반드시 지켜야 한다고들 말한다. 나는 때로 이 약속을 어겨서 소위 말하는 민폐를 끼친 적이 있다. 내 삶이 유난히 스펙타클한 것인가? 하필 당일이나 전날 중요한 이슈가 생기고 갈 수 없게 될 때는 꼭 핑계처럼 여겨지는 경우가 있어서 난감했다. 그래서 이후로 나는 아예 골프를 치지 않기로 마음 먹었다. 정확하지는 않지만 골프라는 운동을 중단 한지가 벌써 이십 년 가까이 된 것 같다. 가끔 어떤 모임에서 나만 빠져야 하는 경우가 있는 것이 아쉽기는 하지만 운동을 안 해서 굳이 내 삶의 가치가 하락하는 것도 아닌데 하는 핑계 같은 생각이 들었고 어떤 관계의 끊김도 나는 개의치 않았다. 골프는 좌우 대칭이 맞지 않으며 욕심을 부리게 하는 운동이라고 골프를 하지 않는 자신을 합리화했다.

그런데 어느 날 우연히 골프장 안에 있는 주택에서 몇 날을 묶으면서 자연스럽게 다시 골프를 하게 되었다. 첫 타가 '탕'하는 맑은 소리와 함께 공이 아주 멀리 나가고 내 처지로는 매우 흡족할 만한 성과를 내어주었다. 나는 오랜만에 치는 공 소리에 흠뻑 빠져들었다. 내 몸은 마치 공치던 그 옛날을 기억하고 그리워하는 것 같았다. 하지만 그 흡족함도 오래가지 않았다. 주위 분들의 한껏 기를 살려주는 과찬이 내가 욕심을 부리게 하였고 몸에 힘이 잔뜩 들어가게 되면서 공이 땅바닥을 구르거나 마음대로 나가주지를 않았다. 공은 어느 때는 하늘을 나르다가 어느 때는 바닥을 굴렀다.

모든 것이 그렇다. 힘을 뺄 때 우리 몸도 비로소 적절한 조화와 균형을 이루게 된다. 기울어지거나 쏠리지 않게 되는 것, 힘을 빼야 한다는 것은 마음을 비운다는 것이다. 살아가는 요소요소에 힘 빼기가 중요하다는 것은 힘을 뺄 때 비로소 모든 것이 제대로 되어지는 것을 알게 되기 때문이다. 우리는 그것을 평정심을 갖는 것이라고 조금 다른 표현을 하기도 한다. 그냥 자연스럽게 특별한 욕심을 부리지 않고 매사에 임하는 조화와 균형을 이룬 마음이다. 과학이 많이 발전한 시대라고 하지만 인간은 아직도 무궁무진한 자연의 비밀을 다 알지 못한다. 모든 생명체들이 저마다 자신만의 독특성을 가지고 끈질기게 이어져 오는 신비도 아직은 다 알 수가 없다. 우리는 그것을 창조주의 지혜와 창조의 신비, 우주의 조화라고 말하지 않는가.

우리에게 보여지는 것은 늘 중요하고 우리가 얻고 싶고 성취하고 싶은 것에 대한 욕심을 부리게 한다. 그러다 보면 자연스럽게 모든 부분에 힘이 들어갈 수밖에 없다. 물론 현실의 욕망을 소홀히 하거나 무시할 수는 없다. 그러나 우선 눈앞의 것이 소중하고 집착하는 것이 중요해서 그냥 거기에 멈추어 서다 보면 불필요한 부분에 힘이 들어가게 된다. 내가 아닌 것이 나보다 중요한 주인공이 되고 만다.

선의 힘, 악의 힘

세계를 충격과 경악으로 몰아넣고도 남을 만한 사건이 아침마다 매스컴을 통해 보도되는 일이 잦아졌다. 각 개인의 영역을 넘어선 종교, 이념. 그로 말미암은 무수한 분쟁과 참상이 보도된다. 인간이 지향해야 될 바를 넘어선

이기심과 잘못된 신념이 세상을 극도의 공포심으로 몰아넣으며 분쟁을 유도한다. 사람이 이렇게까지 잔혹해야만 하는 것일까? 개인의 이익을 위해 혹은 집단의 이해관계 때문에 왜곡되고 잘못되어진 현상들을 보며 과연 우리가 선과 악을 제대로 알기나 하는 건지 모른다는 생각을 하게 된다. 인간의 선과 악, 궁극적으로 선을 지향해야 할 인간이 오늘 맞이하는 이 참담한 이야기들은 과연 무엇을 말하는 것일까?

과연 죄가 인간의 발달과정에서 혹은 타고난 내재된 기질적인 것이라고 한다면 인간의 근원이 되어야 할 선한 덕목은 무엇이란 말인가? 성취를 향한 삶의 방향을 올바르게 해줄 수 있는 것이 인간이 갖추어야 할 덕목이지만 죄는 어느새 우리에게 다가오고 깊이 숨어서 삶을 흔들어놓으려 한다.

오늘 신문 기사는 종교의 이름으로 끊임없이 반복되어온 보복에 관한 납치범들의 끔찍한 참수에 관한 이야기였다. 존귀한 한 사람의 생명을 빼앗는 방법이 참혹하다. 이것은 분명 인간 세상에 존재하는 죄에 관한 이야기다. 비단 어제와 오늘만의 일은 아니며 역사의 수레바퀴 속에 끊임없이 재생되고 반복되는 일들이다. 나의 종교가 너의 종교일 수 없고 너의 종교를 나는 도저히 이해할 수 없으며 내가 너일 수 없어서 함께 할 수 없다는 이야기다. 안타깝게도 잘못된 신념과 이데올로기에 매이고 갇혀버린 이야기이다.

인간의 종교는 대부분 선을 지향한다. 내세의 축복을 지향하지만 현실에서도 자신의 간절한 염원이 위대한 신에게 전달되어져서 소망을 이루고 축복받기를 원한다. 그것은 인간의 두려움을 뛰어넘을 수 있는 출구다. 세상에는 인간의 한계를 뛰어넘은 신화적인 존재들의 이야기가 있고 수많은 철학자와 종교인과 현인들의 사상과 지혜가 있다. 그것이 쌓여지고 전통처럼 전해져온 세상의 질서와 도덕은 세월을 거듭하면서 올려진 위대한 업적들이다. 종교와 신앙은 현실의 안주 내지는 쾌락만을 추구할 수 있는 인간을 이기심과 싸움에서 평화를 지향할 수 있게 해주는 구원의 통로이다. 종교와 신앙을 제외한 문명적인 인류를 상상하기 힘들 만큼 인간이 갖는 신앙과 종교의 영향력은 지대하다고 할 수가 있을 것이다.

인간은 영적이다. 인간이 다 알 수 없는 신비한 세계가 있음을 안다. 그러므로 종교는 죄로부터 벗어나려는 선한 싸움이 있었고 악을 미워하는 용기로 살아남았다. 피조물로서의 유한성에 대한 두려움과 신에 대한 경외심은 인간이 서로를 존귀하게 하는 힘이 되었다. 지금 우리의 현실에서 의도치 않게 전개되어가는 어느 한 생명의 희생이나 파괴는 인간이 스스로를 가두어 버리고 출구 없는 문을 만드는 것이다. 결국, 모두가 원치 않는 창살의 덫 안에 함께 갇혀 버리는 슬픈 이야기가 될 것이다.

우리는 많은 것들을 경험한다

큰아이가 태어날 때 울음소리가 매우 우렁찼다고 한다. 나는 지금도 그 말을 들을 때면 참 기분이 좋다. 세상의 모든 건강한 아이는 처음 태어날 때 울음을 터트리는 경험을 한다. 갓 태어난 아기가 울지 않는다거나 울음소리가 약하면 몸에 이상이 있는 것이며 우렁차면 건강한 아이고 장군의 울음소리라고 하였다. 자라면서 아이는 어머니의 돌봄의 손길을 경험한다. 그 도움 없이는 자랄 수 없어서 아이는 전능자와도 같은 어머니의 사랑을 경험한다. 그 시절은 어머니가 없으면 죽을 것 같은 세계이고 아이에게 어머니는 세상 전부가 되는 경험이다. 처음 유치원이나 학교에 다니게 되면서 낯선 사람들과 만남을 경험하고 새로운 것을 알아가는 경험을 한다. 장성하면서 자신의 정체성과 본질적 감성의 인식을 하고 만남과 이별 성공과 좌절을 경험한다. 사랑받지 못해서 몸부림치고 어떤 때는 단절로부터 오는 깊은 소외를 경험하기도 하지만 삶의 신비가 그를 더욱 강하게 한다.

인간의 한계와 피조물로서 유한성을 깨닫지만 겸허함으로 다가온다. 여러 생존의 경험들이 습득되고 축적되어가며 자신의 일부로 체화되는 삶을 경험한다. 한 세상에 있지만 똑같을 수 없고 다양한 모습으로 각자에게 부여된 삶을 살아간다. 자신의 경험과 생각만으로 알 수 없는 신비의 세계가 있음에 고개를 숙이는 시절이 주어진다. 인생이 어떤 것인가 하는 깊은 사유에 몸과 마음을 쏟아붓던 시절이 있었을 것이다. 의심하고 이해하고 상상하고 부정한 삶조차 자유로운 것이었다. 나이가 들면서 면면한 역사는 수많은 죽음과 멸망이 있었음에도 또 다른 생명으로 지속될 수 있음을 경탄한다. 끝인가 생각하였으나 새로운 시작이었고 싸움과 미움과 증오가 되풀이되는 가운데서도 새로운 사랑과 창조가 이루어졌다. 자신의 계획과는 무관한 어려움 가운데서 그것을 뛰어넘고 다시 일어서는 힘이 있었다. 해결되지 않는 인간의 유한성이 새로운 창조를 이루었다.

오늘 내가 겪는 일들은 과거 누군가의 재현이다. 내가 새롭게 경험하는 이 일들 또한 미래의 누군가에 의해서 경험될 것이다. 지나간 시간이 있어 다가오는 시간을 맞이할 수 있고 삶의 허무를 지울 수 있다. 낯선 것과 불편한 것이 있지만 경험으로 체득된 것들이다. 그것들이 변형되고 재구성되어 지식으로 전통이라는 이름으로 전해질 것이다. 그동안의 경험은 존중해야 하는 것이지만 새로운 것에 대한 거부는 아니다. 형식과 틀에 고착화되고 문을 닫게 되면 삶의 계시에 대한 문도 닫히게 된다. 흐르는 물을 역행할 수는 없다. 하지만 인생은 예상을 뛰어넘는 반전이 있어 놀랍고 희망은 열려진 문을 통해 들어오는 손님이다.

미래보다 중요한 것

가슴속에 그려지는 미래는 우리에게 희망을 안겨주고 이따금씩 그 환상에 젖게 한다. 삶의 많은 시간을 더 나은 미래를 위하여 희생했던 것 같다. 마치 오늘은 어찌 되든 상관없는 것처럼 살기도 했다. 우리가 기도하는 가운데 수많은 바람이 담긴 간구를 쏟아놓는 것도 그중의 하나다. 내 뜻과 상관없이 운행 되어지는 세상을 다 알지 못하여 답답할 때가 얼마나 많은가? 해결과 바람을 전제로 기도하지만 삶의 전체적인 맥락을 꿰뚫을 수가 없어서 혹은 자신에게 무엇이 유익하고 어떤 것이 좋을지를 다 알지 못해서 힘들 때도 있다. 문득 땅이 혼돈하고 공허하며 흑암이 깊음 위에 있을 때, 빛과 어둠을 나누시며 혼돈이 질서가 되게 하신, 창조주만이 모든 것을 알고 계획하신다는 성경을 떠올리기도 한다.

지나온 과거가 그랬듯이 현재도 미래도 꼭 자신이 계획하고 원하는 대로 진행되지는 않는다. 신앙의 실체를 알지 못하여 믿음이 실망하고 비뚤어지고 떼를 쓰고 방황할 때가 있다. 알지 못할 불안이 엄습하고 비틀거릴 때 그 무엇보다 강력한 신의 침묵이 나를 붙들었다. 인간을 신뢰하고 참고 기다리는 분이시기에 그렇다. 내가 좀 더 잘하기를, 돌아와 주기를, 깨달아 알기를, 성숙해지기를 기다리는 은총이다.

어제의 쉼 없는 인내와 노력이, 그토록 갈망했던 바람이 무너지는 오늘의 현실이 너무 힘들어 미래조차 사라진 것 같은 실망을 겪는다. 희망은 오늘을 넘어설 수 있는 지치지 않는 동력이지만 불확실성은 여전히 나를 안심시키지를 못한다.

알 수 없는 미래를 마치 미리 해결이라도 해야 하는 것처럼 생각하며 살아갈 때가 있다. 내가 살아온 어제나 지금보다도 나은 미래를 위하여 현재를 희생하는 것이 당연한 일처럼 여겨질 때가 그렇다. 조화로운 삶을 위해서 과거와 현재와 미래를 함께 생각할 수 있는 통합적 인식이 필요하다. 개인이나 공동체나 어느 민족에게도 지금보다 나은 미래의 희망 이야기는 필요하다. 그런 희망의 이야기와 치열한 오늘의 이야기가 다시 지나간 이야기로 남겨질 것이다. 미래에 대한 상상은 언제나 현재로부터 비롯되는 것이다.

삶의 덧없음을 이야기하지만

세월이 너무 빠르다는 것을 절감할 때가 있다. 자손들이 커가고 갓난아이였던 누군가의 손자 손녀가 어느덧 초등학교 중학교에 입학하고 결혼한다는 소리를 들을 때다. 우리는 멈춰서 있는 것 같은데 저들은 저리도 빠르게 변하고 있다는 것을 알 때이다. 그제서야 자신이 나이를 먹고 늙어가는 것을 알게 된다. 몸이 예전 같지 않고 신체 각 기관들의 보는 것과 듣는 것 말하는 것도 예전 같지가 않다. 그래서 "거기 그 사람 있지. 그래 맞아 거기 거시기 그 사람…." 그렇게 서로는 정확히 장소도 이름도 잘 기억나지 않아서 "거시기 그거." 하는 데도 신기하게 모두 잘 알아듣는다. 마치 거시기들의 모임 같다. 서로 신체 조건이 비슷해지는 사람끼리 측은한 마음으로 서로를 바라보고 서로에게 집중을 해서일까? 정확한 명명과 호칭이 없이도 모두들 참 잘 알아듣는다. 그렇게 세월의 덧없음 앞에 더욱 친숙해지고 격려하고 위로하며 함께 같은 시간 같은 길을 가나 보다.

사람이 마냥 건강하고 젊다면 우리가 죽음을 순순히 받아들일 수가 있을까? 육신이 쇠약해감에도 불구하고 죽음은 항상 인간에게 익숙하지만 낯선 것이다. 한 사람의 육신이 늘 그렇게 봄처럼 생기가 돋고 한여름처럼 울창하여 그 힘을 잃지 않는다면 우리는 그런 창창한 육신을 떠나기가 지금보다 훨씬 더 힘들어질 것이다. 그래서 죽음을 향해 가는 인간에게 늙어 감은 자연스러운 일이다. 육신은 쇠약해져 가지만 인간의 지혜는 확장 되어가고 마음은 부드러워진다. 삶의 어려움은 고난 속에서도 신을 만날 수 있게 해주었다. 벅차오르는 희열로 신 앞에 서기도 하고 숨쉬기가 힘들어지고 심장의 박동소리가 꺼질 것만 같을 때 비로소 신을 만나기도 한다. 창조주를 만나 그를 향하여 묻기도 한다. 나의 궁극성은 무엇입니까? 과연 나는 어디로 가는 것입니까?

인간은 인간이 해결할 수 없는 유한성을 통해 겸손을 알아간다. 유한한 가운데 자신들의 후손으로 인한 생명의 기쁨과 새로운 사랑을 알아가며 떠나는 것을 배운다. 결국 인생의 궁극성이라는 것도 생명과 죽음을 주관하고 나를 창조하신 그분 하나님과의 만남이 되는 것인지를 질문하면서 눈을 감게 될 것이다. 한 생명이 사라지고 또 다른 생명이 잉태되며 우리는 새로운 회복과 영원을 기대하며 살아간다. 나를 있게 하신 창조주께서 내가 떠난 자리를 은밀하게 다시 채우실 것이다. 희망은 내가 떠난 자리가 또 다른 생명으로 채워지고 회복이 될 것을 기대하며 떠나는 연습을 한다. 오늘 내가 허무에 걸려 넘어져도 누군가의 세상을 살리는 간절한 기도가 끝나지 않을 것을 알기에 준비할 수 있는 것들이다.

6부

상처

무지개가 되다

어느 날 영문도 모르는 채 강을 건넜다
시퍼런 물빛에 질려 발걸음을 재촉하였다
강 건너 보이는 불빛이 따스한데 여기는 차가웠다
강 건너 소리는 떠들썩한데 여기는 고요했다

거기서 웃던 웃음소리를 그리워하고
그날들이 그리운 시간이 흘렀다
물빛보다 차가워진 가슴에 강물이 흘렀다
사랑보다 뜨거운 눈물이 흘렀다

아름다운 무지개가 되었다
일곱 빛에 둘을 더한 무지개가 되었다
하나는 상처
하나는 치유를 더한 사랑

점이 되어 없어지고 싶다

점이 되어 없어지고 싶다. 두 번째 서랍 속에서 훔쳐보고 싶다. 사람들이 나를 찾는 모습을 나한테 미안해하면서 보고 싶어 하면서 우는 사람들이 보고 싶다. 그럼 나는 서랍 속에서 또르르 흘러나와 쑥쑥 커서 내가 된다. 사람들이 울면서 나를 안아주었으면 좋겠다. 네가 이렇게 소중한 존재인지 몰랐다고 와락 달려들어 꼬옥 안아주었으면 좋겠다. 하지만 나는 점이 될 수 없으니까 그런 일은 없을 것이다. 사람들이 나를 안아주면서 네가 너무 소중하다고 사랑한다고도 말해주지 않을 것이다 한편으로는 무섭다 내가 진짜 점이 되어 두 번째 서랍에서 지켜볼 때 아무도 나를 찾지 않을까 봐. 그 자기밖에 모르고 투정 부리고 울기만 하는 쓸모없는 년 없어졌다고 다들 손뼉을 치며 좋아 할까 봐.

작아져서 작아져서 하나의 점이 되어 버렸으면 좋겠다. 점이 되어버려서 아무도 날 못 찾게 이불 속으로 꽁꽁 숨고 싶다.
아무도 없는 이불을 엄마가 창밖으로 털어내면 나는 그냥 10층 아래로 또르르 떨어져 씨앗이 되어 버렸으면 좋겠다. 나무가 되는 게, 꽃이 되는 게 지금의 내 가치보다 훨씬 값진 것 같다.

위 글은 딸이 대학생 때 쓴 일기에서 발췌했다. 나는 딸이 그렇게 아파하는지를 정말 몰랐다. 모든 것이 충족했고 행복할 것이라는 생각을 했다. 이 글을 보고 난 후 남편의 얼굴이 어두워졌지만 나는 그때도 심각하게 받아들이지를 못했다. 늘 내가 하던 말은 "넌 아무것도 부족한 게 없잖아. 너만 잘하면 돼." 지금 생각해보면 마음이 몹시 아프고 참으로 생각이 깊지 못했던 부끄러운 어머니였다.

가족 간에도 안팎을 구분하는 경계선이 있어야 하며 경계선은 인간의 정체성을 확립을 위해 중요한 부분이다. 친구 같은 부모를 말하지만 기능적인 가족이라면 부모와 자녀는 각자가 분화된 권위를 가져야 한다. 부모는 그 위계구조가 자녀보다 위에 있는 것이 안정적인 가족의 형태가 된다고 한다. 균형과 조화를 잃어버린 위계구조는 오히려 가족 간에 갈등의 소지를 많아지게 하기 때문이다. 가족이 서로의 경계를 존중하지 못하고 선을 넘는다거나 구성원 각자가 독립된 인격체임을 부정하는 잘못된 집착이나 주인 의식은 상처를 낳는다. 자기중심적인 사고나 원활하지 못한 의사소통은 가족 구성원을 해 할 수 있다. 인간은 타인과 친밀하고자 하나 동시에 자율적이고 독립적이고자 하는 욕구를 지니고 있다. 분리와 개별화에 대한 욕구가 잘못되었을 경우는 가족끼리의 소속감이 부족해지고 신뢰와 애정도 결여될 수밖에 없다. 가족이야말로 삶의 과정에서 주어지는 문제 해결에 있어 상호 교환이나 타인이 대신할 수 없는 친밀한 교류감을 갖고 서로 지지하고 신뢰해야 하는 공동체이다.

다수의 사람들이 가족제도 속에서의 삶을 영위하고 있으며 자신의 가족으로부터 건강한 사랑을 받고 자란 사람은 행복한 사람이라고 할 수가 있을 것이다. 하지만 가족단위의 삶 가운데서도 서로가 누리는 사랑의 온도 차이는 잊기 마련이다. 어떤 부모는 정말 자식을 사랑했는데 자식이 부모의 사랑을 그대로 받아들이지를 못해서 섭섭함을 토로하고 자식은 또 잘못된 사랑으로 인한 상처를 이야기한다. 자식과 부모의 사랑이야말로 인간의 역사 중 가장 고전적이며 가장 신뢰할 수 있는 사랑이지만 거기에도 갈등의 소지는 있기 마련이다. 사람들과 이야기를 나눌 때 뜻밖에도 자신의 부모나 형제로부터 받은 상처가 너무 큰 것을 이야기하는 경우를 접하게 된다. 성인이 되어 각자가 결혼이라는 과정을 거쳐 새로운 가족을 형성하고 난 후에도 그 이야기는 끝나지 않고 해소되지 않은 채로 자신의 삶에 유형무형의 영향을 미치고 있는 것이다.

원가족으로 인한 상처가 오히려 더 깊고 오랫동안 방치되어버리는 경우가 많다. 원가족으로부터 인정받지 못했다는 것과 소외되고 사랑받지 못한 경험은 자아를 자라지 못하게 하고 삶의 위축을 가져오는 것이다. 어느 경우든 치유되지 못한 상처는 피해자를 상처의 포로가 되게 한다. 자신이 삶의 주인공이 되지 못하고 상처의 노예가 되어버린다는 것은 또 다시 삶을 망가뜨리는 일이다. 마치 다시는 건너지 못할 강이라도 건넌 것처럼 해결하지 못하는 상처가 있다.

치유는 스스로 능동적으로 상처의 아픔을 재경험하는 데서 일어날 수 있다. 자신의 아픈 기억을 이야기하고 상처의 포로가 되어버린 채 망가진 자신을 향해 울어주는 것이다. 가해자에게 분노해도 되며 자신의 좌절을 표현함으로써 스스로가 주체적으로 상처를 재 경험하며 상처를 다스리는 능력을 키우는 것이다. 부당하고 억울한 상처를 입힌 가해자를 원망하고 보복하기에 앞서 우선 자신이 치유 될 수 있도록 자아의 회복을 돕는 것이다. 낯선 이의 따스한 보살핌이 있다면 더 좋을 것이다. 방치할 경우 상처가 점점 깊어져 피해자를 더 고통스럽게 할 것이기 때문이다. 그때 상대방의 슬픔을 함께 애도 해주는 것은 상대방에 대한 최대의 지지이고 공감이며 치유가 될 것이다.

::

엄마가 생각해본 딸의 마음

엄마는 나에게 도대체 뭐가 부족한 건지 이해를 못 하겠다는 표정이다. 안 해준 것도 없고 못해 준 것도 없는데 세상을 너무 모르고 고생을 안 해봐서 그러는 거라고 입버릇처럼 말씀하신다. 예전에 부모님 세대는 부모가 별 관심 가져주지 않고 모든 게 열악하고 부족해도 잘만 컸고 불평하지 않고 열심히 노력하고 잘 해왔다고 말씀하셨다. 내가 우는 이유도 속상해하는 이유도 묻지 않고 "너는 모든 것을 가진 좋은 여건인데 너만 잘하면 되는 것을 왜?"라고 의아해 하셨다. 나는 먼지처럼 흩어지고 점점 작아지고 있다. 작아져서 아주 작아져서 내가 어디에 있는지도 모르겠다.

나는 많이 부족하고 괜히 부모님을 걱정시키고 괴롭히기만 하는 몹쓸 사람 같다. 이만하면 괜찮고 행복한 거라는데 그걸 알지도 못하고 제대로 해내지도 못하니 엄마 말대로 나는 무엇일까 내가 나빠. 나는 정말 부족하고 나쁜 애인가 보다. 엄마도 아빠도 내가 형편없는 아이라고 생각하나 봐. 나는 아무것도 몰라서 부족한 게 무엇인지 몰라서 철이 없어서…. 책가방을 메고 오가는 발걸음이 가볍지가 않고 무섭도록 감시하고 채찍질하는 엄마는 훈련생을 길들이는 훈련대장 같다. 흡족한 결과가 마음에 들면 웃었고 마음에 들지 않으면 한숨을 쉬고 심란한 눈빛으로 바라보셨다. 그런데 나는 내가 하는 그 모든 것의 결과에 상관없이 엄마에게 가장 소중하고 사랑받는 존재이고 싶다. 엄마가 항상 쓰다듬어주고 꼭 안아주고 그냥 "괜찮아 모든 게 잘 될 거야. 너는 엄마의 가장 소중한 딸이야." 라고 말해주었으면 좋겠다. 따뜻해지고 싶다.

관계의 상처

상처를 잊지 않고 기억한다는 것이 너무 슬픈 일이 될 때가 있다. 기억한다는 것이 슬퍼서 아린 경우가 있다. 세상의 바깥쪽에 홀로 남겨진 것처럼 슬픔이 자꾸 부풀려지는 것은 그 상처가 아직 치유되지 못했기 때문이다. 어느 날 관계를 회복하고 용서하려고 했지만 오히려 상대가 먼저 용서의 중심에 서 있다고 생각할 때 상처 난 영혼은 탄식한다. 실로 불완전한 것이 인간의 정신세계이고 해결점도 없는 것 같다. 그래서 예수님은 긍휼로 세상을 감싸시고 원수까지도 사랑하라고 하신 걸까?

상처 입은 피해자는 선과 악의 기준마저도 상대방의 입장에 따라서 달라졌다는 생각을 하게 된다. 강한 자아가 약한 자아를 무너뜨린 것 같은 세상에서 삶의 의미는 질식해 버리고 영혼은 피폐해진다. 위험천만한 땅 광막해져 버린 세상에서 에너지는 고갈되고 명확한 것은 보이지가 않는다. 상처는 드러나야 하고 정확한 진단을 필요로 하지만 배려없는 언어와 몸짓이 난무한다. 교만하고 비뚤어진 관계가 끝내 피해자에게 모호한 상황을 연출하여 그 치유를 방해하기도 한다. 상처와 치유는 어떤 것도 명확하지 않은 가운데 가해자도 피해자도, 기준과 생각이 서로 다르다는 어려운 한계를 지니고 있다. 인간의 판단력과 정서가 모두 자기중심적인 것은 당연한지 모른다는 이해심조차 더 이상 위로가 되지 못한다. 마치 흐린 거울을 보는 것 같은 시간들 안에 갇히고 마는 것이다.

어떻게 할 것인가? 상처받은 마음과 상처 입은 눈으로 바라보는 세상은 어떤 빛깔일까? 아픈 마음을 부여안고 그냥 살아가기에는 한 인간의 지켜야 할 가치와 정신력이 한계가 있기 마련이다. 어디쯤에서 폭발할 수도 있고 어디쯤에서 그냥 훼손 되어진 채로 아사되어 버릴지도 모른다.

삶은 저마다의 고유의 가치와 의미를 알아가는 과정이다. 함께하는 가운데 나와 타인의 경계를 지키고 서로를 존중하며 자유와 책임이 따르는 것을 깨닫는 여정이다. 관계의 만족스러움과 흥미로운 삶을 원하지만, 일정한 과정이 아니어서 생각대로 되지는 않는다. 다만 많은 것을 경험하고 선택하며 혹은, 획득하고 실책 하는 가운데 자신의 가치를 만들어가고 살아가는 힘을 추구하는 제한된 시간이 있을 뿐이다.

누군가를 훼손하는 자, 삶의 가치가 힘으로 이루어지는 것은 아니며 힘이 정의가 될 수 없다는 것을 알게 된다. 어떤 권세나 물질의 크기나 교만한 용기가 정의는 더욱 아니며 인간이 추구하는 바도 아니다. 자신이 충분한 책임과 사랑을 다 하였다고 믿어서도 안 될 것이다. 자칫 어긋나고 왜곡된 자신을 제대로 알지 못한다는 것은 결국 위험으로 치닫는 일이다. 겸허하지 못하여 자신의 힘을 뽐내고 세속적인 만족감을 과시하게 될 때 누군가는 오만한 힘과 배려 없는 욕망 앞에서 상하고 아프다.

존중받지 못해서

대부분의 상처는 개인이 존중받지 못하고 자존감에 손상을 입는 것에서 시작된다. 누군가와의 관계가 동등하지 못하거나 비우호적일 때도 불편함을 넘어서 상처를 받는다. 하지만 상처를 받았다는 사실을 인정하는 것조차 부끄러워하는 정서는 상황을 더 악화시킨다. 복잡하게 얽힌 인간관계나 공동체에 대한 걱정이 앞서는 것도 치유를 더디게 하는 요인이다.

두려움은 인간이 자신의 이야기를 잃어버리게 한다. 치유가 필요한 이야기는 드러나야 하지만 이미 위축된 자아는 반복되는 상처에 대한 두려움을 떨쳐내지 못한다. 피해자는 점점 더 작아지는 자신을 받아들이기 어려울 것이다. 자신의 상처를 드러내는 것은 위험천만한 모험이 되고 만다. 이해해주는 이가 없어 문제는 자신이 아닐까 하는 혼란에 빠지는 것도 두려운 일이다. 이 경우 몇 배가 되어버린 아픔을 가슴 깊이 묻어 두어야 한다.

그런데 정말 그렇게 지나가도 되는 것일까? 진실은 힘겨루기에 의해 왜곡되고 저만치 울고 서 있는 듯하다. 우리는 생각하는 사람들이지만 모든 것을 다 해결하지는 못한다. 훼손되고 찢겨진 날개는 상하여 날지 못하고 퍼덕인다. 우리 모두는 상황과 요소에 따라서 흔들리고 실수하는 불완전한 존재들이다. 연약한 우리의 상처받은 이야기는 누군가의 이야기와 만나 또 다른 이야기가 되고 싶다. 다 털어놓을 수는 없지만 잔잔한 이야기들이 서로의 마음을 보듬어 줄 수는 있을 것이다.

창세기 3장 21절을 보면 아담과 하와가 에덴동산에서 벌거벗은 자신을 보고 수치심을 느낄 때 하나님은 그들에게 가죽옷을 지어 입혀주셔서 수치심을 면케 하셨다. 또 우리에게 잘 알려진 노아의 이야기 한 부분이 나오는 창세기 9장 20절 이하를 살펴보면

20. 노아가 농사를 시작하여 포도나무를 심었더니

21. 포도주를 마시고 취하여 그 장막 안에서 벌거벗은지라

22. 가나안의 아버지 함이 그의 아버지의 하체를 보고 밖으로 나가서 그의 두 형제에게 알리매

23. 셈과 야벳이 옷을 가져다가 자기들의 어깨에 메고 뒷걸음쳐 들어가서 그
   들의 아버지의 하체를 덮었으며 그들이 얼굴을 돌이키고 그들의 아버지의 하
   체를 보지 아니하였더라

하나님의 명령에 순종하여 홍수를 피할 배를 지었던 성서 속 노아는 포도주
에 취해 그만 자신의 하체를 드러낸 채 잠에 빠졌었다. 세 아들 중 함은 자신
이 본 아버지의 모습을 두 형들에게 말하였지만 셈과 야벳은 벗은 아버지의
부끄러운 모습을 보지 않으려고 뒷걸음으로 다가가 노아의 하체를 겉옷으로
가려주었다. 그것은 아들이 가져야 할 도리이자 아버지에 대한 존중이고 예
의였다. 삶은 종종 우리를 흔들고 나약하고 불완전한 모습을 드러내게 한다.
수치심은 우리 서로가 가려주어야 할 인간의 상처가 되는 가장 연약한 부분
이다.

입학식 날 있었던 일

이제 막 일곱 살이 되어서 초등학교에 입학하던 날이다. 학부모님들이 둘
러서 보는 가운데 입학식이 시작되고 손수건을 곱게 접어서 가슴에 이름표와
함께 달고 반듯하게 줄을 서서 처음으로 학교라는 공동체 생활을 하게 되었
다. 눈이 아주 가늘고 유난히 작은 남자아이가 나를 주시하는 것이 신경이 쓰
였다. 그 아이는 틈만 나면 내 곁으로 살짝 지나가면서 나를 툭 건드리곤 했
다. 부모님이나 선생님에게도 눈에 띄지 않게 그 아이는 자꾸만 내 곁에 와서
무언가 행동을 취하였던 것으로 기억이 된다. 처음엔 그냥 쳐다보고 건드리

다가 툭 치고 반응이 없으면 자신을 쳐다보라는 듯 작은 눈으로 나를 바라보며 꼬집었다가 어느 날부터인가는 바늘 같은 것으로 나를 살짝 찌르고 도망을 가곤 했다. 나는 영문을 알 수가 없었지만 분명 그 애는 나를 괴롭히고 있었다. 학교는 학업 이전에 새로운 것을 접하고 또 같은 또래의 새로운 친구들과도 만나서 놀 수도 있는 즐거운 공간이었지만 독특하게 여겨지는 한 아이의 행동이 내게 부담이 되었고 두려움과 공포로 다가왔다. 학교에 가면 그 아이가 어디 있는지를 살피게 되고 멀리서라도 그 아이가 눈에 띄면 가급적 피하려고 했지만 그 아이는 어느새 내 옆에 다가와서 아주 가늘고 작은 눈으로 나를 바라보든지 준비한 바늘로 살짝 찌르고 도망을 갔다. 그때 나는 왜 선생님께 그 아이가 하는 행동에 관한 이야기를 하지 않았는지 모른다. 그 아이는 내가 학교에 갈 때마다 두려움으로 다가왔으나 나는 아무에게도 그 말을 하지 않았다.

어느 날 그 아이가 나에게 "황소 눈" 이라고 부르고 도망을 갔다. 내가 사는 곳이 농경 지대라 소는 늘 눈에 띄는 동물이고 나는 황소 눈 이라고 놀리는 게 너무나 싫었다. 항상 동화책을 많이 읽던 꿈 많은 나는 그가 내 눈을 사슴의 눈도 아니고 호수 같은 눈도 아닌 "황소 눈" 이라고 말하는 게 부끄럽고 싫었다. 지금도 궁금하다. 그 아이가 왜 그랬는지 그것이 어린 내가 공동체에서 처음 받은 상처였을까? 성인이 된 후 그 이야기를 하면 사람들은 두 가지로 말한다. "어느 곳이나 그런 애들 있지. 그 애는 못된 아이고 비뚤어진 아이여서야." 라거나, 혹은 "너를 좋아해서 네게 관심이 많아서 관심을 가져달라고 그런 거야." 라고. 그렇다고 내가 지금 그 아이를 만나서 왜 그랬는지 물어볼 수도 없으나 정확한 이유를 알 수는 없다. 다만 내가 그 이야기를 지금 어떻게 추억하고 생각하는지 그것이 중요한 것이 아닐까?

여대생의 편지

　　22살 여대생의 편지를 받은 적이 있다. 대학생이 된 후에도 아파트 근처의 중학교 때 다니던 학교 근처를 옷을 벗은 채로 맴도는 꿈을 반복해서 꾼다고 했다. 그 상황에서 빨리 벗어나고 싶은데 벗어날 수가 없는 그 꿈은 늘 무섭고 두렵다고 했다. 대학생이 된 후에도 너무 자주 반복되는 그 꿈이 무슨 의미인지를 알고 싶다는 내용이었다. 꿈이 항상 너무나 생생하고 가끔은 찢어진 옷을 입은 채 서성이기도 하는 것이 당혹스럽다고 했다. 잊혀지지 않고 반복되는 꿈 때문에 그녀는 한편으로는 자신이 너무 꿈에 집착하는 것 같아 혼란스러웠다.

　　그녀 인생의 초반부이었을 유년시절의 잊지 못할 상처가 그녀를 많이 아프게 했을 것이다. 속 시원히 드러내놓고 말하지 못하였고 그냥 치유되지 못한 채로 안고 가는 그 은밀한 상처, 상처받은 그녀의 내면의 거울 같은 꿈이 안쓰러웠다.

　　테레즈 더켓은 그의 책 『꿈은 말한다』에서 "꿈이란 주로 상징을 통해 나타나는데 상징은 단순히 무의식의 언어가 아니라 에너지로 보아야 한다"고 했다. 만일 우리가 상징이 무엇인지를 알아내면 그 상징이 나타내는 문제의 장벽을 무너뜨려 초월할 수 있다는 얘기다. 이 책 속에서는 특히 인물이 등장하는 꿈을 꾸었던 사람들은 그 꿈을 통해 다른 사람과 그리고 자신과 어떤 관계를 맺고 있는지를 볼 수 있었다고 한다. 무의식이 적절한 사람을 골라 꿈에 출현시켜 내가 알아야 하는 내 자아의 한 부분을 일깨워 자신들이 참모습으로 살지 못하고 있음을 깨달은 후 근본적으로 다른 삶을 살았다는 사례도 있다. 다른 사례를 통해서는 꿈속에서 의복에 대한 꿈을 통해 페르소나의 큰 변화를 겪을 것이라는 조짐을 발견하고 정체성의 변화가 일어났던 이야기와 함께.

그 시절 따돌림으로 인한 상처가 그녀의 꿈을 통하여 부끄럽고 수치스러운 모습으로 나타나고 더 자신을 초라한 자아상으로 바라보게 하는 것 같았다. 아무리 과거의 상처를 묻어두고 잊었다고 해도 의식 못하는 사이 자신에게 끊임없는 부정적인 영향력을 행사할 수도 있을 것이다. 그러나 그 반복되는 꿈을 통해 건강하게 살고 있는 현재의 자신을 인정하고 건강한 모습으로 살기를 강렬히 염원하는 자신의 목소리가 말하는 것은 아닐까. 이제 그녀가 수치스럽고 초라한 기억에서 벗어나 새로운 자신의 정체성을 만드는 것이 중요하다. 더 이상 기억하고 싶지 않은 감정으로부터 뛰쳐나와 지금의 자신에게 변화가 필요한 모습이 무엇일지 점검해보는 것이다.

현재를 잘 살아내고 있는 자신을 바라보고 얼마든지 긍정적 변화가 가능한 아름다운 시기를 지나고 있는 자신을 들여다보며 자신에게 변화를 필요로 하고 희망한다면 과거의 아픈 상처도 지나간 시간과 사건으로서 객관적으로 바라볼 수 있는 힘도 생길 것이다. 자아상의 변화는 기억하고 싶지 않은 지난 시간의 아픔에 대해서조차 더 이상 상처로 영향을 주지 않을 것이며 마음도 차차 평안해질 것이다.

꿈은 예시적이고 교훈적인 기능 등 여러 기능을 지니고 있기 때문에 꿈에 대한 관심을 미신으로 여기는 걱정은 하지 않아도 될 것이다. 마음속에 자리하던 불안과 염려들이 건강하게 정리가 된다면 꿈 역시도 다른 언어로 변할 것이다. 그녀의 마음이 평안해질 수 있기를 바란다.

- 내담자와 상담자의 동의를 받고 올린 글입니다.

상처는 새로운 시작이다

진달래꽃이 산을 불태우고 하늘까지 붉게 물들이는 삼월의 마지막 때였다. 갑자기 폭풍이 몰아치고 번개가 치는 굉음을 들어야 했다. 그리고 그 회오리바람 속으로 휘말려 들어갔다. 온 가슴이 천둥 번개에 무너지고 영혼은 거센 바람에 찢기고 울음소리가 우레소리보다 더 크게 울려 나갔다. 슬픔으로 찢겨진 날개가 아주 가엾게 퍼덕이고 있었다.

분노가 사람의 뼈를 녹인다고 했던가? 맨 처음 자신을 괴롭히는 것은 감당할 수 없는 분노였다. 생각도 할 수 없고 용납할 수도 없는 일이 생겼을 때 사람들은 어떻게 하는 것일까? 우리는 희망을 안고 사는 사람들이다. 오늘보다 나은 내일에 대한 기대 때문이다. 자신이 기다리고 원하는 상황에 대한 기대도 희망이다. 사랑하는 사람에 대한 확신에 찬 믿음이 주는 신뢰도 희망이다. 신뢰가 주는 희망은 삶의 에너지를 고동치게 하지만 사람이 사람을 믿는다는 것은 한편으로는 쉽지가 않은 일이다. 설령 그렇다 해도 그 믿음이 영원할 수도 없다. 누구나 한 번은 믿음과 배신의 골짜기를 넘는다. 희망을 잃어버린 차디찬 분노, 모든 것을 삼킬 것 같은 어둠의 골짜기를 어떻게 빠져나올 수 있었는가?

상처는 새로운 시작이다. 상처의 치유는 모든 좌절을 넘어서고 승화된 후 깨닫게 되는 삶의 신비다. 그 마지막 구원의 티켓이 예술이든 종교이든 또 다른 종류의 미학적 접근이든지 승화된 상처는 아름답다. 새로워진 건강한 자아는 그 모든 과정이 지금의 자신을 위해서 준비해진 것들이었다는 것을 깨닫는다. 욕망이든, 좌절이든, 분노든지, 사랑이든지, 미움이든지…. 나로부터 시작이 되고 결국은 나로 해서 끝나게 된 새로운 시작과 변화를 위한 과정이다.

그것은 마치 폭풍이 휩쓸고 간 허허로운 벌판에 이름 모를 꽃들이 피어나고 마침내 물이 흐르게 되는 것과 같다. 재앙으로 무너져버린 도시의 어느 땅에 새로운 건축물들이 생기는 것과 같다. 상처는 더 나은 것을 향한 자신의 행로에 주어지는 삶의 파편 같은 것들이다. 하지만 그 파편들을 쓸어내고 분노를 떨쳐버린 슬픔은 아름답다. 불완전한 인간의 삶 속에 나타나는 불가항력적인 사건들이고 유한한 인간의 한계적인 상황들이 주는 불협화음들이다. 이윽고 이 모든 것들이 마치 자연의 한 현상과 같은 것이었다는 것을 알게 된다. 이제 더욱 힘찬 발걸음을 내딛게 될 것이다. 상처받은 자에서 치유자가 된 사람은 세상에서 가장 아름다운 사람이다. 무더운 날 나무 그늘처럼 많은 사람을 쉬어갈 수 있게 해주는 느티나무가 된 아름다운 사람이다.

포로 된 상처

오래된 상처가 자신을 얽매지 않는다면 다행스럽고 유익한 일이다. 상처의 포로가 되고 상처가 주인이 되어서 그대로 쓰러질 수는 없지 않은가? 우리가 말하는 상처와 회복은 성서 속에서의 또 다른 이름의 죄와 구원이다. 죄와 구원의 이야기는 인간이 받은 상처와 치유에 관한 훼손되기 이전의 회복과 자유를 향한 길고 긴 여정의 이야기다.

상처에 계속 매몰되어 있다면 치유에 이르기가 힘들다. 상처는 어떻게 치유하느냐에 따라서 이전보다 더 강해지며 더 곱고 부드러운 새살이 돋는다. 스스로 약을 바르고 붕대를 매고 일어서 보자. 자신을 막아서는 불필요한 장애를 극복할 수 있을 때 우리는 비로소 진정한 자유를 만끽하는 힘을 갖게 된다.

자유인으로서의 회복이다. 이제 그만 찢어진 누더기 옷을 벗어던지고 새로운 옷으로 갈아입자. 창문을 열면 하늘이 보이고 상쾌한 바람을 맞을 수가 있다. 창밖으로 열려진 수많은 길이 보인다. 이제 자유인으로서의 길을 가보자.

누군가 가지 않은 길을 걸어온 당신은 매우 특별하고 용기 있는 사람이다. 멀고 먼 길을 돌아서 어제의 자신을 뛰어넘었다. 자유! 깊어진 당신의 인생에 박수를 보내며 울타리를 넘어선 예술적 상처의 승화, 그윽해진 당신의 인생, 그 새로운 시작을 축하한다.

믿음이 깨어졌나요?

누구나 사랑을 꿈꾼다. 영원한 사랑을 꿈꾼다. 나의 형제와 이웃과 친구들이 꿈꾸는 그것은 행복한 삶의 빼놓을 수 없는 소망이다. 그러나 누구라도 만남 후의 실망과 사랑의 배신을 경험한다. 영원한 사랑을 꿈꾸었지만 어느새 변질이 되어버린 인생 앞에 서게 되는 것이다.

소중한 보석이라고 꼭 쥐고 살아온 그것이 어느 날 펼쳐진 자신의 손안에서 보석이 아닌 돌멩이가 되어 나를 바라보고 있을 때의 참담한 경험을 한다. 감당할 수 없는 실망도 상처다. 사랑은 믿음이고 사랑의 결과인 결혼은 서로의 신뢰를 전제로 한 것이다. 믿음이 깨지고 신뢰가 깨진 삶은 흔들리게 된다. 자신을 지탱해 주던 정체성과 건강했던 자아도 병들고 흔들린다. TV에서 혹은 삶의 현장인 자신과 이웃들의 이야기 속에서 사랑과 배신이 상처가 된 이야기가 있다.

누구나 경험할 수 있는 잘못된 일들의 원인과 이유가 내가 아니었다는 사실을 알아야 한다. 아픈 당신, 그것이 당신의 잘못이 아니라는 것이다. 그 이야기들은 수 세기 동안 지속되어온 인간의 이야기이며 신들조차 그러했다는 신화 속의 이야기이기도 하다. 혼돈은 상대방인 그가 만들어낸 그의 이야기로 결코 내가 피 흘릴 필요는 없는 것이다. 아픈 당신, 이제 스스로 그것을 깨달을 때 당신의 상처가 더 이상 상처 되지 않을 수 있을 것이다.

■■

상처받은 당신에게

상처받지 않은 사람이 다른 사람의 상처를 껴안을 수가 있는 것일까? 자기 안에 이야기가 없는 사람이 다른 사람의 이야기를 만날 수가 있는 것일까? 사랑해보지 않고서야 어찌 사랑을 말할 수가 있고 아파보지 않은 이가 어찌 다른 이의 아픔을 실감할 수가 있는 것일까?

서로의 상처가 서로의 이야기가 만나서 서로를 품어 줄 수가 있게 된다. 그래서 나는 자신을 넘어선 치유와 회복의 이야기들이 더 많은 다른 이야기를 만날 수 있기를 희망한다. 서로가 서로를 껴안고 모든 것을 다 이해할 수는 없지만 그래도 그냥 들어주고 사랑할 수는 있지 않을까? 그의 아픔과 나의 아픔이 만나서 진정한 위로와 치유가 일어날 수 있지 않을까? 나의 아픈 경험이 누군가의 어떤 부분이 어떻게 왜 아픈지를 알아차릴 수 있는 힘을 가지게 한다. 손을 붙잡고 함께 치유의 통로를 향하여 나갈 수가 있게 한다.

누군가 사랑해보지 않은 사람은 감히 미워하지도 말아야 한다. 사랑이 어떠한지를 미움이 무엇인지를 말하지도 말 것이다. 어느 날 어느 세월, 상처의 치유를 경험해보지 않고서야 다른 사람의 치유를 말할 수도 없다. 우리의 상처도 치유도 미움조차도 사랑 이후의 이야기여야 한다. 상처받은 마음이 하고 싶은 그 이야기를 좀 더 따뜻한 눈빛을 하고, 그냥 보듬어 주고 있는 그대로 들어 줄 것이다. 만나서 서로를 그냥 그대로 받아들일 것이다. 우리는 그렇게 만나서 위로를 얻고 서로의 희망을 확인하며 살아갈 용기를 얻을 것이다. 아프고 흔들린 후 바라보는 삶의 무지개는 더 아름답다. 우리의 이야기가 서로의 연약함을 품어주며 함께 역사를 이루어 간 따뜻하고 용기 있는 이야기로 남겨지기를 희망한다. 상처와 회복, 죄와 구원의 이야기로 그렇게 전해질 수 있기를 희망한다.

당신의 영혼이 줄곧 찾아보았고 지금도 찾고 있을 그것을 아직 찾지 못하였는가? 당신은 언젠가 힘들고 가슴 아팠던 기억을 그대로 안고 가는가? 그 마음의 그물, 그 손의 굴레에 잡혀있는가? 이제라도 벗어 버려야 할 것이다. 아직 기억 속을 떠도는 그때의 자신을 다시 만나서 이제는 사랑해 줄 수 있어야 한다. 아픔에서 멀어지지 못하고 아직 상처를 떠나지 못한 그때의 당신을 더 안아주고 쓰다듬어 주어야 한다. 당신이 원하는 것들은 이미 당신 앞에서 당신이 되려고 서 있다. 당신이 되고 싶어서 당신에게 가고 싶어서 간절한 눈빛을 하고 서 있다.

어느 날은 하지 말아야 할 일을 했고 하여야 할 일을 하지 않아서 회한에 젖은 당신은 그때의 자신을 좀 더 이해해 주어야 할 것이다. 먼 길을 지나온 당신은 이제 자신에게 좀 더 너그러워질 수 있어야 한다. 과거의 당신을 쓰다듬어주고 지금의 당신을 좀 더 사랑하기를 바란다. 이제 누군가를 조금 더 사랑하고 더 이해하며 너그러워지게 된 당신을 축하한다. 사랑의 깊이와 크기를 알게 된 당신, 더 사랑하기 위하여 자기 자신을 더욱 사랑스러운 눈으로 바라보아라. 당신은 존귀하고 아름답다.

추락하는 것일까?

하늘을 보면 무리를 지어 날아가는 새들이 보인다. 잠시 지켜보게 되는 것은 그들 중 한두 마리는 꼭 맨 뒤에 날아가고 있어서다. 새의 무리가 시야에서 사라진 한참 뒤까지도 무리 지어 날아가는 새떼를 생각하게 되는 것은 뒤를 힘겹게 따라가는 새 한두 마리의 목적지까지의 도착이나 생존 여부가 궁금하기 때문이다. 그 새는 끝까지 잘 따라갈 수 있는 것일까? 도중에 자기 무리를 잃고 어디서 인가 헤매다가 추락하는 건 아닌지 하는 쓸데없는 걱정을 한다. 가끔 TV로 산속의 동물의 세계를 볼 때도 언제나 무리에서 처지거나 낙오된 동물은 다른 짐승의 먹이가 되는 것을 본다. 돌보는 무리도 없이 그저 버둥대다가 숨이 끊어지는 것을 차마 볼 수 없어 고개를 돌리기도 하고 채널을 바꾸기도 한다. 우리가 아는 생명체들 거의가 무리를 지어 자신들을 방어하고 생존하는 것을 알 수 있다. 사람도 예외는 아니어서 고립되어서는 정상적인 삶을 영위할 수 없다. 그가 속한 가정과 공동체 그리고 사회에 필요한 구성원으로서 존재하며 자신의 의미와 가치를 알아가는 것이다.

조금 더 앞서가는 자가 있고 조금은 뒤에 가는 자가 있으며 아예 낙오되어버린 자들의 이야기가 있다. 우리가 겪는 상처는 관계 안에서 사람과 사람 사이에서 일어나는 것이다. 거기에 가해자가 있고 피해자가 있다. 한 사람의 인격을 훼손하고 폄하하는 데서 일어나는 그것은 인간관계의 상호성을 그릇되게 하며 훼손시키는 침해 행위이다. 인간이 가진 치열한 생존의 이야기인 힘겨루기와 교만과 시기와 질투라는 여러 악이 그것을 부추긴다. 과연 우리는 무엇을 악이라고 생각하는 것일까? 어떨 때 내가 가장 불의한 존재가 되었으며 상대방의 인격을 훼손하거나 그의 영역에 위해를 가하는 해악적인 존재였을까? 우리는 자신이 가진 단점이나 어떤 흠을 악이라고 생각하지는 않는 경향이 있다. 마음 한 켠에서 그것이 자신이 인정받아야 할 한 부분으로 생각하는 익숙한 안일함이 자리하고 있기 때문이다.

자신이 아닌 세계와 상대방의 입장을 고려하지 않은 한마디의 잘못된 언어와 작은 몸짓 하나가 그가 속한 세상과 개인의 삶의 질을 떨어뜨린다. 타인과 나와의 경계를 존중할 줄 아는 사람은 인간을 존중하는 것이 신에 대한 경외심이고 인류애라는 것을 안다. 그는 좀 더 신의 뜻에 합당한 자리에서 서 있는 사람이다. 삶은 만남이다. 성숙해진다는 것은 상호 간의 존중이 쌓여 함께 풍성해지고 유익해지는 것이다. 앞을 내다볼 수 없는 우리가 두려움 없는 삶을 산다는 것은 인간에 대한 배려와 존중이 함께 할 때다.

우리가 화합할 수 있을까?

자신과의 화합이나 사람들끼리의 화합을 이루지 못한 안타까운 이야기들이 있다. 한 개인이 존재를 인정받지 못하고 무참히 짓밟혀졌다고 생각될 때 주어지는 것이 수치심이고 상처이다. 우리가 과연 그 상처로부터 빨리 벗어날 수는 없는 것일까? 상처를 받았다는 것은 한 인간의 마음이 부상을 당했다는 것이다. 우리가 몸에 부상을 당했을 때는 여러 진단과 처방에 따른 치유를 하게 된다. 상처가 아무는 과정에서 새살이 돋고 그 새살이 상처를 채운다. 무엇보다 아픈 마음을 위로할 수 있는 것은 사건에 대한 공감과 격려 지지다. 때로는 용서와 긍휼이라는 약을 바르며 새살이 돋기를 기다린다. 쉬운 얘기는 아니다. 우리가 다치고 깊게 베인 상처에 약을 바를 때 얼마나 쓰리고 아픈가. 그래서 후후 불고 온갖 방법들을 동원해도 약이 닿는 순간은 참 아프다.

그러나 시간이 흐르면서 아픔의 강도가 점점 약해지고 상처는 안정이 되어간다. 그리고 치유가 시작된다. 우리는 하루에도 몇 번씩 그 부위를 바라보며 변해가는 상처의 크기와 빛깔을 본다. 새살이 돋아서 이전의 상태가 되기를 기다린다. 정말 아무런 흠도 없이 본래의 모습을 찾는 경우도 있고 크고 작은 여러 유형의 자국을 남기며 삶의 강한 흔적이 되기도 한다.

상처는 그 크기와 깊이에 따라 각자 다른 모양 다른 빛깔의 자국을 남긴다. 상처의 정도에 따라 여러 모양의 자국이 되어 자신의 여정을 그린 삶의 지도가 되고 인생의 나침판이 되어서 남는다. 그 지도를 새롭게 채색시킬 자는 바로 자신이다. 그것은 세상에 하나밖에 없는 소중한 자신의 지도이고 이정표다.

이제 당신은 누군가를 위로할 수 있고 도울 수 있는 사람이 되었을 것이다. 나를 아프게 한 사람의 심연을 잠잠히 들여다보고 그를 위해 기도하고 아파해 줄 수 있는 시간이 더디게 흘러갈 수도 있다. 힘든 시간은 누군가의 도움이 필요하거나 신앙의 힘이 필요할 수도 있지만 더 건강하고 확장된 자아를 가지기 위한 시간이다. 이제 내가 사랑할 수 있는 사람 말고 내가 사랑할 수 없는 사람까지를 사랑할 수 있다. 용서할 수 있는 사람 말고 용서할 수 없는 사람까지를 용서할 수 있다.

 우리는 함께 아파하며 함께 용서하고 '사랑해야 될 사람'이라고 운명 지어진 공동체다. 과연 어떻게 치유의 이야기, 용서의 이야기, 사랑과 평화의 이야기를 만들어 갈 것인가? 상처는 상처를 보듬을 줄 안다. 아픔은 다른 아픔을 대면할 줄 안다. 가슴속에 많은 이야기를 담겨둔 사람은 다른 이야기들을 만나서 서로의 이야기를 껴안을 줄 안다. 상처는 인간의 죄와 구원에 대한 이야기며 치열한 생존의 이야기다.

거절의 아픔과 두려움

그날 나는 신바람이 났다. 요즘 들어 유난히 좋지 않던 시험 결과가 오늘은 괜찮았고 만족스러웠다. 아마도 나는 "어디 어디 보자. 아유, 우리 딸 잘 했어요. 이리 와 안아보자. 나는 활짝 웃는 엄마의 모습을 생각하며 칭찬을 기대했던 것 같다. 엄마가 나를 끌어안는 상상과 더불어.

뛰는 듯 달려와서 "엄마 나 오늘은 두 개밖에 안 틀렸어." "그게 뭐 그리 잘 한거라고 두 개 씩이나 틀렸잖아 반의 다른 아이들은 어떤데?" 갑자기 나는 수치스러움을 느꼈다. 마치 내가 저능아가 된 것 같았고 엄마의 마음은 하나도 모르는 부족한 아이 같았다. 부끄러워서 숨고 싶었고 너무 슬펐다. 슬프고 초라하고 수치스러웠다. 그날 엄마는 왜 그랬을까?

삶의 틀이 분명하지가 않아서 우리가 더 혼미해지는 것일까? 한 사람의 상처에 수반되는 수치심이 개인의 정체성으로 자리 잡게 되면 삶은 의미가 없어지고 소외를 겪게 된다. 한 개인이 상처로부터 자신을 보호할 때 갖게 되는 것은 '참 자기'를 '거짓 자기'와 분리시키는 이중 구조다. 성서에도 가인과 아벨, 야곱의 이야기가 파편화된 인간 정신의 예를 보여주고 있다. 정신세계의 파편화는 인격 장애나 감정 장애 신경증 나아가서는 영혼의 파괴를 말한다.

상처는 개인과 가족 구성원 사회 문화 전체에 부정적인 영향을 준다. 각각 다른 이야기들이 내면의 이야기로 치부되고 현장에서는 물론 신앙 공동체 안에서조차 안타깝게 외면 되어왔다. 보여지는 것과 인내만을 미덕으로 여겨온 우리의 문화의 체면치레 때문에 빚어진 현상이다. 상처는 피해 당사자의 존재론적 문제이기도 하다. 결코 외면할 수 없는 생존의 문제여서 반드시 온전한 치유가 이루어져야 한다.

온전한 상처의 치유는 개인을 변화시키고 성장시키는 요소로 작용한다. 하지만 치유에 이르지 못할 때 다른 경험들마저 병들게 하는 경향이 있음은 상처가 주는 부정적인 요소이다. 또다시 받게 될 거절의 아픔과 두려움 때문에 진실을 외면하고 삶의 용기를 잃어버리게 하는 것이 그것이다. 상처는 개인이 가져야 할 새로운 도전을 멈추게 하며 소극적인 삶을 살게 한다. 우리가 상처 때문에 자유롭지 못한 적이 얼마나 많은가? 상처는 소독하지 않으면 곪게 되고 시간이 지나면 싸맨 것을 통하여 고름이 흘러나온다. 치유되지 않은 상처가 현재의 삶에 영향을 끼치는 것은 당연하다.

아물지 않는 상처 때문에 잠 못 이루는 밤을 보내다가도 아침이면 아무렇지도 않은 듯 웃어야 하는 우리 문화의 속성은 그 골을 점점 깊어지게 한다. 흔적도 없이 사라지는 상처도 있지만 깊은 흉터처럼 개인의 가슴 깊이 한의 정서로 남게 된다.

하지만 아프지 않고 상처 없는 삶만을 행복하다고 말할 수 있는가? 상처라는 부정적인 경험의 흔적을 긍정적인 의미로 재구성해보는 과정이 필요하다. 상처 치유의 대안은 건강한 자아의 회복과 유익한 경험으로의 전환이며 재생력이 무엇보다 중요하다. 그 지향점을 향하여 가는데 회복할 수 없는 폐허 더미와도 같은 상처는 현재의 상황을 타개하는 기반이 될 수 없다.*

::

---

* 폴 틸리히, 『평화 신학』, 신상길/정성욱 역, 한국장로교 출판사, 2000, 86~87쪽.

치유

삶이 주는 갈등과 고통은 대다수가 인간관계에서 오는 것이다. 사람들은 관계 속에서 끊임없이 비교하며 열등감과 우월감을 만들어내기도 한다. 우리는 서로 다른 삶의 다양성을 인정해야 하는 유일무이한 존재지만 더불어 사는 공동체적인 운명을 타고난 사람들이다. 각자가 타고난 기질 속에서도 개인과 공동체의 조화를 지향해야 하는 것이다.

삶이라는 현장은 서로가 타인의 평가를 통해 자신이 규정지어지는 것 때문에 고민할 때가 많다. 타인의 가치 평가에 의해 자신의 가치와 살아갈 용기를 얻기도 하고 잃기도 하며 타인의 평가 정서에 의한 상처를 받는다. 체면 때문에 타인의 시선을 의식하며 상처를 숨기지만 치유는 숨어있는 상처를 드러나게 하는 것으로부터 시작이 된다.

아직 치유되지 않은 상처는 한 인간을 송두리째 흔들어 놓기도 하며 깊숙한 곳에 숨어서 삶의 흐름을 방해한다. 새로운 차원으로의 도약과 창조성을 억압하고 정체시키고 마는 것이다. 숨겨진 상처의 치유가 부분적이고 일시적인 치유에 그친다면 근본적인 해결이 될 수는 없다. 치유란 고통당하는 인간의 각 부분을 아우르며 정밀하게 연결 되어진 그 전체를 온전히 회복시키는 것이기 때문이다.

삶의 흐름을 막고 우리를 당혹스럽게 하는 주제인 상처와 치유 이야기는 창세기에 나오는 요셉의 이야기에서도 잘 나타나고 있다. 요셉은 형들의 시기와 분노에 의해 노예로 이집트 대상에게 팔아 넘겨졌다. 자신의 의지와 아무런 상관없이 형제들에게 버림받은 후 고달픈 여정에 오른 요셉의 상처는 컸을 것이다. 갖은 고생 후 요셉은 가난하고 굶주린 백성을 돌보는 위치에 오르게 되고, 기근에 힘들어진 형들은 끝내 요셉의 도움이 필요해지는 생과 사의 기로에 서게 된다. 죽음의 웅덩이에서 살아난 요셉이 해결해야 할 많은 원한과 분노는 그를 사랑과 증오에 따라 움직이게 할 수도 있었을 것이다.

그러나 요셉은 자신이 통제할 수 없는 자신의 삶을 향한 하나님의 숨겨진, 이해할 수 없는 해결되지 않은 목적을 기꺼이 수용한다.* 그는 그렇게 자신의 상처를 받아들이고 수용하므로 치유와 회복에 이르렀다고 볼 수 있다. 오히려 이전에는 자신도 상상할 수 없었던 강건해진 모습으로 이제 요셉 스스로가 치유자가 된 것이다. 고린도 전서 1장 4절에는 다음과 같은 구절이 있다. "우리의 모든 환난 중에서 우리를 위로하사 우리로 하여금 하나님의 위로로서 모든 환난 중에 있는 자들을 능히 위로하게 하시는 자로다." 인류는 끊임없이 상처와 회복의 이야기를 반복하지만 십자가의 상처는 자신을 버리고 아버지께 순종한 표징의 상처이자 부활을 위한 상처다. 스스로 삶의 문제속으로 들어가 대신 상처입음으로 인류를 구원한 거룩한 상처와 치유의 이야기다.

::

---

* 월터 브루그만, 『삶의 두려움』, 이윤경 역, 대한 기독교 서회, 2013, 36쪽.

성격

한 사람은 핑크색 원피스를 입고 앉아 있었고 또 한 사람은 검정색 투피스를 입고 마주하고 있었다. 멀리서 바라보는 두 사람은 매우 다정한 가운데 있었지만 내가 가까이 다가갔을 때 그들의 표정과 작은 소리로 하는 이야기들 가운데 간간이 한숨과 투정이 배어 나왔다. 한 사람은 그런 뜻이 아니었다고 말하고 다른 한 사람은 그 말을 수긍하지 못하고 있었다. 자세한 이야기의 내용인즉 한 여성이 다른 여성에게 하는 대화의 내용이다.

"그런 말이 어떻게 해서 상처가 되는 거냐? 정말 말이 안 되잖아 이해할 수가 없다." 는 말이었다. "그냥 내가 보기에 괜찮아서 괜찮다고 하는 건데 뭐가 문제냐고?"

그러나 반대편의 여성이 말하였다. 당신 딸은 그렇게 날씬하면서도 매일 살을 빼야 한다고 하면서 뚱뚱한 내 딸은 괜찮다고 하는 것은 무슨 이유냐고. 그럴 때마다 내 딸은 뚱뚱해도 된다는 이야기 같아서 상처를 받았다고 솔직히 기분이 나빴다고 말하고 있었다. 이전에 두 사람 사이에 또 다른 어떤 이야기가 있었는지는 모르고 웃어버릴 수도 있는 사소한 이야기이지만 그 시간 그 자리에서 두 사람에게는 감정적으로 날카롭게 작용하고 있는 이야기였다.

너 나 할 것 없이 외모를 중시하는 세상에 살고 있다. 모두들 다이어트 열풍이고 피부과와 성형외과는 근래에 없는 성황을 이룬다. 이러한 세태 가운데 어떤 연유로 시작된 이야기인지 처음과 끝을 모르는 아무것도 아닌 이야기 가운데서 필시 두 사람이 오랜 교류나 접촉 끝에 작은 갈등이 서로 있었던 것은 분명하다는 생각을 하였다. 한 사람은 "그래 네 딸은 예뻐야 되고 내 딸은 안

예뻐도 된다는 생각 아니냐." 그래서 무시당하는 것처럼 왠지 기분이 나쁘다는 얘기고, 또 상대방은 "그럼 내가 정말 네 딸이 뚱뚱하니 너에게 네 딸 살 좀 빼라고 말해야 된다는 얘기냐? 그럼 살 빼라고 하는 그 말 때문에 너는 또 기분이 나쁘고 상처받았다고 할 것 아니냐." 어쩌란 말이냐고 말한다. 한 사람은 상대방에 대해서 뚱뚱한 딸을 둔 자신에 대한 배려심 없고 성의 없는 말이어서 기분이 나쁘다는 생각을 하고 또 한 사람은 그것이 위로이고 배려였으며 서로 그냥 대화 끝에 별생각 없이 그냥 나눈 말을 가지고 트집을 잡는 것 같아서 억울하다는 것이다. 그는 그것이 스스로가 자신의 딸에 대해 어떤 자존감을 갖고 있는지의 문제이지 상대방을 공격할 사항은 아니라고 생각하고 있었다. 이것은 아주 작고 사소한 이야기지만 우리는 그냥 넘어서면 될 사사로운 일에서부터 혹은 상대방을 해하는 중차대한 일에 이르기까지 여러 가지 유형별 관계의 어려움을 겪고 있음을 나타내고 있다.

노부부 이야기

70대의 할머니가 전등을 교체하다가 떨어져 의식이 없는 자신의 70대 남편을 살해한 사건이 보도되었다. 두 사람 다 나이도 고령인 데다가 할머니가 의식이 없는 가운데 떨어져 누워있는 할아버지를 둔기로 쳐 숨지게 한 사건은 충격적이다. 보도된 바에 따르면 오랫동안 가정폭력에 시달리던 할머니가 둔기를 이용해 할아버지의 머리와 얼굴 등을 수차례 쳐서 숨지게 했다는 내용이었다. 할머니는 평생 남편의 폭행과 욕설에 시달리고 무시당하고 괴롭힘을 당해 할아버지가 바닥에 떨어져서 누워 약해졌다고 느끼게 된 순간 자신도 모르는 사이에 둔기를 들었다고 주장했다. 물론 그 이외의 이유도 있을지 모르나 할머니가 자신의 반려인 남편에게 사랑과 존중을 조금이나마 느꼈다면 그런 사태까지 가지는 않았을 것이다. 수많은 사례들을 접하면서 알게 되는 것은 한 사람이 존중받지 못하고 무시당했다고 느낄 때의 아픔이야말로 비교할 수 없는 큰 상처가 된다는 것이다. 자존감이 짓밟히고 유형무형의 가해를 당한 후 상처받은 삶의 반응이 여러 양상으로 나타나는 것을 볼 수가 있다. 피해자가 가해자가 되어 버리고 마는 경우가 그렇다.

가족체계에서는 누군가를 가해자나 피해자로 규정짓는 것이 아무런 의미가 없으며 오히려 해로울 수 있다는 주장이 제기되기도 한다. 가족 구성원은 체계적으로 연관되어 있는 가운데 서로 상호 작용을 하며 성장하는 존재이기 때문이다. 그러나 가족끼리의 방치되고 소홀히 여기는 상처가 오랫동안 지속될 때 상처는 더욱 깊어지고 회복이 힘들어지게 된다. 우리 문화와 정서가 가족 간에 일어나는 불상사나 체면이 손상되는 일에 대한 노출을 극히 꺼려하고 있기 때문이다. 이런 현상들은 유교문화로 더욱 굳어져서 오랫동안 이어져 온 가부장적인 구조의 피해자를 더 많이 양산 시켜온 셈이다. 주로 약한 여성과 어린아이일 경우가 더 많은 것도 우리의 문화적인 특성 때문이다. 특히 경제적으로 취약한 아내는 남편에게 의존적인 생활을 하기 때문에 어떤 부당한 대우에 대하여 자신의 목소리를 내지 못하게 된다. 이러한 일이 지속 되다가 끝내 피해 당사자가 스스로 감당할 수 없는 처지가 되고 결국 가해자가 되고 마는 것이다. 안타깝게도 피해자가 어느 순간 가해자가 되어버리고 마는 경우다.

정신적으로든 신체적으로든 어떤 유형무형의 폭력을 당한 사람이 오랫동안 함께하는 것은 사실 많은 위험성을 내포한다. 이것은 깨어진 가족관계의 치료와 갈등의 해소가 무엇보다 필요한 이유다. 가정에서의 오랫동안 억압이나 부당한 대우를 받아온 당사자는 자신의 가정이 안전하지 못하다는 생각을 함과 동시에 정신세계의 안정감을 갖지 못하게 된다. 개인의 정신세계의 혼돈이 인지와 정서 행동의 혼란을 초래하게 되고 어느 순간 스스로가 통제할 수 없는 지경에 이르게 되는 것이다. 분노와 불안감을 벗어날 수 있도록 자신의 가정과 삶이 안전하며 자신의 배우자나 가족이 신뢰할만한 사람이라는 것을 느낄 수 있는 환경의 재구성이 필요하게 된다.

가족이라는 구조 안에서 상호 작용을 하는 가족관계는 모두가 피해자이면서 동시에 가해자일 수 있다. 가족 구성원이라는 체계 속에서 누가 피해자인지 가해자인지를 구별한다는 것은 쉽지 않을뿐더러 의미가 없을 수 있는 상황이 될 때도 있다. 그러나 가족 간의 서열이나 상황 여부에 따라서 구성원 중 누군가 책임 정도가 크고 작음은 있기 마련이다. 구성원 중 약하거나 피해를 입은 당사자에 대한 이해와 치유가 뒤따르지 않을 때의 상처는 매우 커지게 된다. 민감한 상황을 서로가 자각하지 못하게 될 때 자존감의 상처를 입게 된 한 사람의 분노가 가족 전체의 삶을 뒤흔들어 놓는 경우가 그렇다. 피해자는 자신이 입은 상처를 최소화하고 참고 은폐하는 것만이 능사가 아니라는 것을 알아야 한다. 상처를 확인하며 무엇 때문인지를 정확히 아는 것이야말로 가족 관계의 회복을 위하고 스스로의 자존감의 회복을 위해 꼭 필요한 일이다. 한 가정이 갖는 가족끼리의 건강한 관계의 회복과 치유의 경험은 그 구성원들로 이루어진 사회에서의 신뢰를 이루게 한다. 체계적이고 건강한 가족구성원은 건강한 사회체계의 보호를 위해 매우 중요한 일이다.

상처와 자아

얼마 전 서울 시내의 한 고급 주상 복합 아파트에서 술에 취한 남편을 목 졸라 살해한 이야기가 뉴스에 보도된 적이 있다. 어떤 이유를 막론하고 생명을 빼앗는 것이 정당화될 수는 없다. 하지만 그러한 결과를 초래하게 된 사건 조사 후의 보도에 따르면 피해자의 아내가 살면서 지속적인 폭행과 모멸 등 매우 부당한 대우를 받아왔다는 것이다. 신체적으로 나약하며 경제적으로도 의존적인 가정의 구조에서 여러 아픔을 억지로 참고 견디어온 아내가 어느 순간 가해자가 되어버린 안타까운 이야기다.

한 사람에 대한 억압이나 부당한 대우가 자아의 구조에 손상을 주어 그를 다른 모습으로 변질시킬 수 있다. 인간이 사는 동안 얻게 되는 유형무형의 상처는 건강했던 사람을 가해자로 만들 수 있다. 어떤 사람이 상처를 입었다는 것은 누군가에 의해서 그가 왜곡 되어졌다는 의미이기도 하다.

어떤 형태로든 한 사람을 향한 부당한 대우나 억압은 인간의 존엄성이나 자아에 대한 공격이다. 종종 부모에게 오랫동안 폭행을 당해온 아이나 남편으로부터 상습적으로 매 맞는 아내의 이야기를 듣곤 한다. 그러나 시간이 지난 후 피해자였던 당사자가 어느 순간 가해자가 되어버리는 경우는 안타깝다.

그들은 가해자에게 대항하거나 비난도 하지만 억압과 폭행이 자신의 생활로 굳어질 때 무력해지고 자아는 상실되고 만다. 마침내 가해자가 아닌 피해자인 스스로를 비난하게 되는데 이것은 무너진 자아의 탄식이며 절망감의 표현이다. 상처가 주는 부정적인 가치관이 생존 의욕을 좌절시키고 절망에 빠지게 하는 경우다.

존귀한 인간의 위상은 찢겨지고, 박탈감이 주는 낮은 자존감과 불필요한 죄책감이 그의 모든 것을 흔들어 놓는다. 깨어진 관계들이 주는 상처 난 자아의 치유는 새로운 경험과 재경험을 통한 새로운 관점을 갖는데서 시작된다. 새로운 경험을 수용하고 인정하는 경험은 억압의 경험을 존중받는 경험으로 대체하는 것이다. 존귀한 자신에 대한 통합적이고 수정된 가치관을 갖는 것은 큰 힘이다.

상처로 인해 누군가는 더 연약해지고 누군가는 더 강해진다. 누군가는 창문을 닫고 누군가는 창문을 연다. 보다 온전한 치유란 흐려진 창문을 스스로 닦아내고 새로운 의미를 알아가는 것이다.

마지막 한 줄의 연주

모든 줄이 끊어지고 마지막 한 줄만이 남게 된 바이올리니스트의 연주 이야기가 있다. 남은 한 줄의 연주는 끝까지 놓지 않은 위대한 인생의 이야기로 남았다. 과연 모든 줄이 끊어지고 난 후 한 줄의 연주가 가능한 것일까?

연주자는 행복한 연주를 할 수 있는 요소들이 모두 끊어져 나갔을 때 절망하여 남은 한 줄을 끊어 버리려 했다. 그러나 줄은 끊어지지 않았다. 남은 한 줄을 하나님께서 붙들고 있었기 때문이다. 연주자는 자신에게 아직도 연주해야 할 부분이 남아 있음을 깨닫고 연주를 이어간다. 그리고 한 줄의 연주는 네 줄과는 다른 영혼의 소리 아픔과 슬픔, 절망과 좌절을 녹여낸 아름다운 소리가 되었다.

한 줄의 연주는 절망이나 상처 때문에 삶을 포기하지 않은 이야기다. 모든 요소들이 사라진 것처럼 느껴졌지만 마지막 한 줄의 연주는 그만이 낼 수 있는 독특하고 아름다운 소리가 되었다. 마치 성서 속의 주인공 욥이 이유도 모른 채 절망을 당한 후 다른 경지에서 스스로 주체가 된 소리이다. 상처투성이가 된 후 오히려 이전보다 이후의 삶이 더 깊은 것을 잉태한 이야기다. 그 이야기는 속된 축복의 표상을 지워버린 소리다. 당혹스럽고 흔들렸지만 깊은 삶을 잉태한 이야기다. 오직 그만이 낼 수 있는 한 줄의 연주가 세상에서 가장 독특하고 아름다운 소리가 된 이야기다.

느티나무 그늘이 되다

주변의 가까운 한 지인이 가끔씩 군데군데 상처 난 얼굴을 하고 나타나곤 하는 것을 보았다. 실례가 될까 봐서 조심스러워하고 모르는척하다가 주기적으로 나타나는 상처가 궁금하여 어느 날은 용기를 내어 물어보게 되었다. 그가 말하기를 "상상하시는 부부 싸움 같은 건 절대 아닙니다. 이건 제가 스스로 낸 상처예요. 자가 셀프 요법, 새로운 살이 돋아나는 치료를 하기 위해서죠."라고 하였다. 순간 나도 모르게 이 사람이 스스로를 쥐어뜯는 자학 증세가 있는 것은 아닌지 하는 정신 분석학적인 진단을 마음속으로 하고 있었다. 그러나 좀 더 자세히 그의 이야기를 들은 후 한편으로 그 이야기의 내용을 제법 수긍하고 있었다. 그가 말하기를 무슨 이유에선지 가끔씩 얼굴 피부 일부의 색깔이 침착된다든지 딱딱하게 굳어 뭔가 나게 된다든지 할 때 스스로 상처를 내어 약을 바르는 과정을 거쳐서 원하는 치료의 효과를 본다고 했다. 즉 다시 말해서 마음에 들지 않는 부분을 제거하고 새살을 유도한다는 이야기였다. 그 이야기가 의학적으로 맞는지는 잘 모르겠다. 그런데 피부과는 나이가 많으신 분이라 익숙하지가 않고 이전에도 그런 방법으로 자가 치유를 해왔고 아직도 자신의 방법을 계속 유지해 나가고 있다는 것이다. 나는 "차라리 피부과를 가서 치유를 받는 게 어떠세요?" 라고 권유하니까. 괜히 비싸기만 하고 또 이 방법을 그동안 사용해 본 결과 치유의 효과가 있다고 잘라 말하는 것이었다.

세상을 사는 동안 어려움에 처하지 않고 상처를 받지 않을 수 있다면 좋을 것이다. 하지만 삶에는 인간 스스로가 해결하고 통제할 수 없는 문제들이 너무 많으며 우리는 그것에 대한 이유를 다 알지 못한다. 삶이 주는 난제와 고통으로 인한 상처는 우리에게 어두운 그늘을 드리우게 하고 거기서 헤어 나오지 못할 때 깊은 절망의 늪에 빠지기도 한다.

우리가 절실하게 치유를 필요로 하는 이유는 고통을 넘어서지 못한 채 내재되어진 상처가 유익하지 않은 흉터로만 남는 것을 염려하기 때문이다. 신체는 어느 부위에 상처가 났을 때 정확한 진단이 있어야지 그에 따른 적절한 처방과 효율적인 치료가 이루어진다. 따라서 아픈 부위를 외면하고 감추는 것보다는 정확히 살피고 피가 흐르면 닦아야 하고 덧나지 않게 하기 위해 불필요한 균은 닦아내야 한다. 그러지 않으면 곪아서 터지고야 마는 염증이 생기고 이후로 더욱 커져서 회복 불능의 상태가 될 것이다.

권투 선수가 링 안에서 작은 잽을 계속 맞게 되면 어느 순간 아주 작은 충격에도 그냥 쓰러져 버리고 만다고 한다. 소홀이 여겨져서 쌓여가는 그것들을 치유하지 못하게 될 경우에 신체 일부의 염증이 크게 악화되어 회복하기 어렵게 되고 끝내 그 부위를 잘라내게 되는 것처럼 마음의 치유는 정상적인 삶을 영위하기 위해 절실한 것이다.

살아가면서 여러 가지의 힘든 일들을 겪는다. 자신에게 주어지는 상처나 고난이 유익이 될 수 있다는 것은 어떤 해결이나 치유를 전제로 할 수 있을 때다. 치유되었다면 상처받은 자는 무엇이 상처가 되는지를 알게 되었을 것이다. 상처받은 다른 사람의 마음까지도 헤아릴 수 있게 되어 오히려 누군가를 위로할 수 있는 위로자가 되고 함께 그 치유와 회복의 과정을 나눌 수 있는 치유자가 되었다는 뜻이다. 고통의 터널을 지나서 자신을 넘어선 자는 타인을 돌아볼 줄 알고 그 고통을 함께 나누고 돌보는 자가 된다.

고통과 슬픔 절망의 사다리를 넘어서 온 사람은 다른 사람의 절망이나 슬픔을 이해할 줄 아는 사람이 된다. 어렵고 힘들었던 일들이 그 사람의 정신세계를 더 깊어지게 하고 다른 사람들을 섬세하고 깊이 헤아릴 줄 아는 마음을 갖게 한다. 상처는 치유 후에 더욱 강해지고 어느 날 타인을 향한 돌봄으로 다시 피어나는 붉은 꽃이다. 마치 한여름 땡볕에 그늘을 드리워주는 굽이굽이 세월을 견뎌온 나무처럼.

어느 마을 어귀의 깊고 그늘진 땅에서 자라온 느티나무처럼 다른 사람의 쉼터가 되는 그늘이 되어 줄 수가 있다. 아주 커다란 나무 그늘이 된다.

7부

이별과 종교

이별의 의례

까닭 없이 눈물을 흘린 적이 있다. 슬퍼해야 할 것들을 슬퍼하지 못했기 때문일까. 깊이 침잠되어 있었고 그냥 접어둔 채 생각치 않았던 이야기들이 내 안에서 휘몰아쳤기 때문이다. 그것들은 충분히 새로운 창조를 맞이하여야 했을 이야기들이다. 잉태되었으나 태어나지 못한 슬프도록 아쉬운 이야기다. 누구라도 사라진 꿈들이 있을 것이고 그렇게 침묵해야만 했던 어느 날의 이야기는 가슴속 깊이 상처로 남겨져 있다.

언젠가 우리는 만화 속 여주인공처럼 외로워도 슬퍼도 울지 않아야 하며 씩씩해야 한다고 생각하는 삶을 살아왔다. 그때 그 시절을 살았던 이들은 말한다. 가슴에 피멍이 들고 속은 새까맣게 타 있었다고. 그래서 울기로 하면 몇 날 며칠을 울어야 하며 또 책을 쓰면 몇 권을 쓰고 또 써도 모자란 가슴속에 담긴 이야기들이 있다고 말한다. 참고 겉으로 드러내지 않도록 하는 것이 미덕이었던 시대를 살아왔다. 슬픔과 상실의 충격들이 해소되지 못한 채 지워지지 않는 어둠을 드리우고 우울증과 같은 여러 병리적인 증상에 시달리기도 한다.

어느 날 갑자기 불어닥친 이별의 슬픔이나 불행한 이야기를 해소할 수 있는 삶의 의례가 필요했다. 자신의 이야기를 만들어내지 못하거나 이야기를 들어줄 사람을 찾지 못한 사람들의 이야기는 안타까움을 자아낸다. 살아간다는 것은 이야기를 만들어가는 것이다. 감정을 해소할 의례를 찾지 못한 삶은 아직 세상에 나오지 못한 미완의 이야기로 남겨진다.

장성해서 대기업에 다니던 서른다섯 살 아들이 아침에 일어나 보니 죽어있었다는 지인의 슬픈 이야기가 있다. 그날 새 한 마리가 자꾸만 앞에 와서 지저귀던 것이 참으로 이상했다는 말이 돌았다. 죽음이라는 인간의 한계 앞에서 무언가 의미를 부여하고 또 그런 의미를 찾고 싶어서 나온 이야기일 것이다. 아직 결혼도 못 한 젊은 아들과 생이별을 경험한 어머니는 마치 넋 나간 사람처럼 멍한 눈으로 정신없이 장례를 치르고 있었다.

장례는 오랜 세월 우리 삶 깊숙이 자리 잡고 반복되어온 진실성이 요구되는 대표적인 의례다. 진실하지 못한 의례는 아픔을 더욱 가중 시킬 수 있다. 죽음이라는 풀어낼 수 없는 이야기, 끝나는 것과 끝나지 않는 것들이 뒤섞인 혼란 속에서 우리는 의례를 필요로 한다. 쉽게 드러내지 못했던 삶의 기쁨과 슬픔이 정직하고 충분히 드러나게 하기 위함이다.

자식을 잃어버린 그녀의 깊은 상실감과 슬픔은 스스로 자신을 공동체로부터 떠나게 했다. 그 후로 그녀는 더 많이 외롭고 힘들었을 것이다. 고통 받는 영혼을 위하여 고개 숙이는 진솔함이 더 필요했을까.

죽음, 미지의 세계

칼 라너는 "그것은 채워짐과 비움이 함께 일어나는 사건, 능동적으로 무엇을 성취하는 것이며 동시에 수동적으로 고통받는 종말의 순간 바로 이것이 우리가 부르는 것에 대한 올바른 서술일 것이다."라고 죽음에 대한 역설적인 견해를 밝혔다.

죽어가는 사람에게 고립되거나 버려지는 것보다 아픈 일은 없다. 죽음은 익숙하지만 낯설고, 낯설지만 익숙한 것으로 늘 우리 곁에 서 있다. 마치 우리가 가는 길 어느 부분에 서서 피해 갈 수 없도록 두 팔을 떡 벌리고 있는 것처럼 느껴지기도 한다. 죽음은 형태가 없으나 존재하지 않는 것이 아니다. 다만 예측할 수 없는 시간 안에 있고 한 번도 가보지 않은 미지의 세계지만 결국 가고야 마는 모르는 길이다.

다가오는 죽음의 그림자가 너무 어둡고 슬퍼서 우리는 죽음을 애써 잊으려 노력하는지 모른다. 죽음은 운명적인 것이지만 맞이하는 순간에도 거부하거나 피하려 하는 것이 평범한 사람들의 모습이다.

여러 유형의 죽음을 직접 혹은 간접적으로 보아왔다. 괴로운 숨을 몰아쉬며 남아있는 자식들과 손자들을 향한 부탁과 유언을 남기시던 외할머니, 그리고 놀란 듯 두 눈을 크게 뜨고 숨을 한 번 크게 들이킨 다음 내쉬지도 못한 채 돌아가신 할아버지, 생신 다음날 아침을 드신 후 "성경을 읽어라."는 한마디 말만 남기고 베개에서 조용히 머리를 떨어뜨린 아버지의 임종을 나는 옆에서 지켜보았다. 예고도 없이 떠나는 그들의 마지막 모습은 나를 오랫동안 슬픔이라는 덫에 걸려 아무 곳에서나 눈물을 글썽이고 또 울게 했다.

사랑하는 사람이 세상을 떠나는 모습을 직접 본다는 것은 큰 충격이고 슬픔이다. 준비되지 못했을 때 더욱 그렇다. 언젠가 앞날이 창창한 젊은이의 갑작스러운 죽음을 알리는 비보가 형용하기 어려운 아픔을 줬다. 최근까지 빛나던 그 눈을 보았고 힘찬 음성도 들었는데 안타까웠다. 태어날 때의 우렁찬 울음은 같았겠지만 세상과 이별하는 모습은 서로 다르고 예견할 수 없다. 아직 맞이하지 않은 죽음과의 대면을 시도해봐도 미리 알아볼 수 없는 미지의 세계로 남을 뿐이다.

특별히 사랑하는 아버지의 죽음은 나를 오랫동안 그 후유증에서 빠져나오기 힘들게 하였다. 한강변을 달릴 때, 예쁜 꽃들이 만발한 남산 길을 산책할 때 아버지와의 추억은 내 마음을 너무 아프게 하였다. 그때 나는 다시는 웃을 수 없을 것 같았다. 이 세상에서는 다시 볼 수 없게 된 혈육과의 이별이 주는 상실감과 슬픔은 경험해보지 않은 사람은 알기 힘든 것이다.

우리는 죽음의 순간을 평안하고 기쁘게 맞이하기를 원한다. 그러나 아무리 생각해봐도 내가 죽음을 기쁘게 맞이할 것 같지는 않다. 조금은 두렵고 떨릴 것이며 미완의 것들이 아쉬울 것이고 남아있는 자들과의 이별도 쉽지는 않을 것 같다. 창조주이신 하나님께로 가는 길일지언정 오랫동안 이 세상에서 추억을 만들고 남겼기에 그리운 추억은 주마등처럼 스쳐 지나갈 것이다. 더 보고 싶은 자들이 있을 것이며 그들과 오랫동안 함께 하고 싶은 이유들도 아직은 남아있을 것이다. 그렇게 서서히 혹은 갑자기 이별이 다가올 것이며 나는 그것을 슬퍼하지 않을 준비를 충분히 하고 두렵지 않으려고 한다.

언젠가 아이들에게 "엄마가 죽으면 어떻게 할꺼야?"라며 아직 닥치지도 않은 무거운 주제로 짓궂은 질문을 해봤다. 큰애나 작은 애나 똑같이 "씩씩하게 잘 살게요 엄마, 걱정하지 마세요."라고 대답했다. 따로 다른 시간에 물어봤음에도 불구하고 어쩌면 그렇게 똑같은 대답을 하는지…. 내심 "엄마가 없으면 어떻게 해요 못 살 것 같아요." 하는 대답을 기대했던 나는 좀 당황스러웠다. 그에 대한 아이들의 설명인즉 엄마가 남은 자신들을 걱정하지 않고 평안하기를 바라는 마음에서 그런 대답을 했다는 것이다.

그때야 나는 그들과 내가 다른 시간대를 살고 있으며 삶의 방법도 표현하는 법도 서로 다르다는 것을 실감하였다. 그들의 꿈도 좋은 아빠가 되는 것, 혹은 행복하게 사는 것이다. 세속적인 소망이나 목표에 붙들리지 않는 그들의 담대함과 여유로움, 빛나는 자유가 참 부럽다. 내가 살아오고 겪었고 내가 생각하는 삶의 이야기와 내 자녀가 보는 삶의 이야기는 분명 관점이 다를 것이다.

언젠가 죽음이라는 미지의 경험을 할 때 아직 끝내지 않은 것에 대한 걱정과 두려움, 버려짐과 고립에 대한 무서움 또한 떨쳐버릴 수는 없을 것이다. 처음 겪는 경험이 자제력과 통제력을 상실하는 것에 대한 두려움도 있다. 부디 남은 자들이 나의 좋은 모습을 기억해주기를 바라고 조금은 이별을 슬퍼해 줄 수 있기를 바란다. 유한성을 뛰어넘고자 하나 결코 그럴 수 없었던 인간이 사랑했던 그들에게서 너무 빨리 잊혀지지 않기를 원한다. 떠나는 이의 흔적과 이야기들이 조금이라도 유의미하게 남겨질 수 있기를 원한다. 무척 사랑했던 이가 곁에서 사라지고 마는 것은 우리네 인생 최대의 비극적인 상실의 순간이다. 떠나는 이는 남은 사람들이 기억하는 자신의 이야기가 유의미하고 창조적인 미래로 이끄는 단서로 남기를 희망할 것이다.

죽음과 대면하기

죽음은 인간 모두가 겪는 정해진 길이지만 생명의 연속성을 가지고 싶은 우리에게 어쩔 수 없이 두려움으로 다가온다. 정해진 생명의 단절 앞에서 절망할 수밖에 없는 우리가 희망을 잃지 않는 것은 다음 생명을 기약할 수 있어서다. 유한함이 무한과 영원으로 대체되며 절망이 희망으로 교체되는 인간의 역사가 있기 때문이다.

어떤 최선의 죽음이라도 이별의 슬픔으로부터 우리를 구출하지는 못한다. 남은 자들에게 이별은 슬픔일 뿐이고 슬퍼해야 하는 것은 남은 자의 당연한 이별 방식이다.

특별히 예견치 못하고 준비할 수 없었던 사람들에게는 헤어짐의 슬픔이 더 크게 다가온다. 그런 죽음은 피조물인 인간이 계획할 수 없고 남은 자가 받아들일 수 있는 모습이 아니어서다. 어떤 이들의 죽음은 살아온 시간이 너무 짧고 더 가야 할 길이 남아있는데도 애통하게 떠나서다. 아직 눈빛 초롱한 아이의 재잘거림을 뒤로하고 못 잊어서 어찌 떠날 수 있었는지 모를 젊은 엄마의 이별 이야기가 그렇다. 잘 다녀오겠다는 아침 인사 후 죽음으로 돌아온 가족의 예기치 못한 황망한 이별 이야기도 가슴이 아프다. 앞날이 구만리 같은 장성한 아들을 잃은 까닭도 모른 채 통곡하는 어머니의 마음은 세상 무엇으로도 회복할 수 없는 슬픔이다. 울지도 못하고 감각마저 마비된듯한 비탄의 눈빛을 한 채 가만히 서 있는 사람에게 죽음은 당연한 것이라고 어찌 위로할 수 있을까? 할 말을 잃어버린 채 손을 잡거나 함께 울 수 있을 뿐이다.

> 너는 청년의 때에 너의 창조주를 기억하라. 곧 곤고한 날이 이르기 전에, 나는 아무 낙이 없다고 할 해들이 가깝기 전에(전도서 12장 1절)

사람이 하나님께서 그에게 주신 바를 그 일평생에 먹고 마시며 낙을 누리는 모든 수고가 선하고 아름다우며 그의 몫임을 성경은 말하고 있다. 우리가 죽음 앞에서 탄식하는 것은 인생의 낙, 그 즐거움과 기쁨을 알기 때문이다. 그 모든 것을 다시는 함께할 수 없음을 안타까워하기 때문이다. 죽음의 순간에 마지막 인사를 나누려 하지만 그것 또한 인간이 계획할 수 없는 일이다.

삶은 어떤 의미에서 매일같이 죽는 것과 사는 것을 연습하는 과정이다. 사람들은 '산 사람은 또 살게 되어있다.'고 말한다. 극심한 슬픔도 살아가는 동안 희석이 되고 삶은 죽음보다 강한 것이 된다. 매 순간 죽음이 멀게만 느껴지는 것은 삶의 힘이 너무나 강렬하기 때문이다. 떠난 이들과의 마지막이 된 이별을 생각하면서 언젠가 다가올 죽음과의 대면을 시도해 본다.

외할머니가 찾던 절대자

어린 시절 성장기에 많은 영향을 주었던 외할머니는 당시 최고 수준의 학식과 엄격함을 갖춘 여성이었지만 무슨 이유에서인지 미신의 굴레를 벗어나지를 못하였다. 대문까지 긴 마당을 지나 정원이 넓은 외갓집은 늘 여러 종류의 나무들과 신기하고 아름다운 꽃들이 동화처럼 가득했다. 뒤뜰에는 작은 냇물이 흐르는데 빨래터가 되기도 하고 겨울이면 썰매를 타기도 하는 장소가 되었다. 외할아버지가 직접 심으신 사과, 배, 감, 복숭아 등 나무들과 여름철이면 단물을 내는 단 수수라고 하는 수수과인데 대나무처럼 길쭉하게 생긴 식물이 우리 입을 즐겁게 했다. 나는 지금도 밥은 안 먹어도 과일이 없이는 못살 정도로 과일을 좋아하고 꽃 또한 너무 좋아하는데 아마 그때부터 그토록 좋아하게 되었는지 모르겠다.

글을 쓰던 큰 외삼촌의 영향인지 많은 서적을 보유한 외갓집에서 책을 통하여 현실과 다른 여러 세계를 경험할 수 있었다. 넘치는 호기심을 자극하고 상상력과 감성이 잘 훈련되게 하는 외갓집은 꿈과 성숙의 에너지가 있는 집이었다. 특별한 기억 중 하나는 안채와 사랑채에 있는 대청마루에 크고 작은 많은 상들이 있었다는 것이다. 그중 좀 작은 상들은 때로는 앞마당과 뒷마당의 구석 같은 장소에 한 개씩 상차림을 한 뒤 놓여져 외할머니의 소원을 담아 비는 신앙의 장소가 되었다. 다 기억할 수는 없지만 할머니는 자신이 생각하는 여러 신의 이름을 말해주기도 했다. 정원에도, 앞마당의 네 구석과 우물에도, 뒤에 흐르는 강가에도 할머니가 소원을 비는 신이 있다고 했다. 곱게 머리를 감은 흐트러짐 없는 모습과 단정한 옷차림이 고요하고 위엄이 있어서 말없이 바라보며 나도 속으로 무언가 소원을 빌고 싶었다. 직접 당신의 자녀들이나 손자 손녀들에게 글을 가르치기도 하는 할머니의 장롱에는 직접 붓으로 쓴 누런 책자의 글들이 있었다. 할머니의 교육은 자상했지만 때론 너무 엄격해서 재미난 옛이야기고 뭐고 그만 팽개치고 도망가고 싶을 때도 많았다. 외할머니를 통해서 듣는 옛날이야기들은 거의가 인과응보나 권선징악이 주제여서 우리가 선을 지향하고 바르게 살아야 한다는 교훈적인 내용을 담고 있었다. 옛이야기를 그렇게나 많이 들려주던 할머니는 참으로 지혜롭고 총명하였건만 왜 그렇게 미신에 집착하였을까? 나는 지금도 궁금해하며 한편으로 안타까운 생각이 든다.

> 눈으로 보는 것이 마음으로 공상하는 것보다 나으나 이것도 헛되어 바람을
> 잡는 것이로다. (전도서 6장 9절)

세월이 많이 흘렀다. 외할머니의 반복되던 교육은 지금도 귀에 선하다. 외갓집 서재에는 책이 많았고 글을 잘 쓰고 해박하던 외삼촌은 불안정한 세월 속에서 길지 않은 삶을 살았다. 우리는 가벼운 환상을 본다거나 상상을 하며 카타르시스를 느끼지만 본질을 알지 못한 삶은 허무하다. 언제든 오류를 범하기도 하고 불필요한 수고를 하며 가야 할 길을 알지 못하는 게 삶이다. 그때 나는 사람이 노력해도 알기 어려운 인생의 숨겨진 의미가 있음을 할머니가 누군지 모를 대상을 향하여 혼신을 다해 기도하는 모습을 보고 어렴풋이나마 알게 되었던 것 같다. 기독교 관점에서 보면 우상 숭배지만 그때 할머니는 하나님의 이름을 알지 못하였다. 할머니는 삶의 근원과 인생의 목표가 무엇이어야 하는지 그 해답을 알고 싶은 바람을 갖고 있었을 것이다. 올바른 것을 지향하지만 바르게만 살 수 없는 인생의 나약함과 완악함을 알았을 것이다. 그것이 그로 하여금 온몸을 깨끗이 씻고 정결한 마음으로 숨겨진 절대자에게 가까이 가고 싶은 바람을 갖게 했을 것이다.

할머니는 기도하는 방법도, 어디서 어떻게 신을 만나야 하는지도 잘 모르는

채 들려오는 이야기만으로 자신의 느낌으로 신을 만나고 싶은 자리에서 무릎 꿇어 두 손을 모았다. 어느 때는 기적이 일어나기를 기도하고 어느 때는 불행한 일이 일어나지 않기를 빌며 정성을 다하였다. 신을 만나기를 원하고 신이 자신에게 다가오기를 바라는 인간에게는 신과의 만남이 자신과 세상을 유익하게 할 것이라는 믿음이 있으리라. 기도에 자신의 이야기를 담을 때 할머니는 보다 강한 힘을 느끼고 평안할 수 있었을 것이다. 한 개인의 이야기가 세상에만 머물지 않고 신을 향할 때 갇혀진 틀을 벗어나는 초월적인 변화를 할머니는 기대하였는지 모른다. 그는 세상과 인간을 사랑하는 마음으로 긍휼한 신을 간절히 염원하였을 것이다.

종교와 의례

주일 예배를 위해 교회를 찾는 사람들이 줄고 있다. 주일을 거르지 않는 나도 벌써 두어 번이나 예배를 놓쳤다. 종전 같으면 있을 수 없는 일이다. 여러 연구 결과도 정기적으로 예배에 참석하는 사람들의 수가 감소하고 있다고 말한다. 그동안 사람들은 영적인 특별한 만족이 주어지지 않아도 주일 예배 모임에는 오랜 관습처럼 참여해왔다.

예배는 아픔, 궁핍과 외로움, 생명에 대한 경탄과 감사를 토해내는 자리다. 그런데 왜 예배 참여는 줄어들고 있을까. 죄와 구원, 상처와 치유의 기독교 이야기는 창조주를 향한 경외심과 함께 여태 많은 사람을 예배의 자리로 인도했다. 그런데 이제는 그 모든 신뢰와 확신에 찬 이야기들이 사라지고 있는 것일까?

몇 해 전 이혼으로 마음 아파하는 친구와 무척 힘들어하던 다른 한 분을 소모임의 예배에 인도한 적이 있었다. 주일 예배도 물론 참여했다. 하지만 두어 번 나온 후 더 이상 예배에서 볼 수 없었다. 그들은 자신의 마음을 말로 다 표현하지는 않았다. 그렇다면 칼 하인츠 비어리츠K.H.Bieritz의 지적처럼 교회가 세상에 굴복하거나 잠재적 신자들을 기만하지는 않았는가? 혹시 우리는 종교의 허울을 쓰고 더 타락하고 있는 것은 아닐까?

이제 사람들은 교회라는 위로 받아야 할 공동체 앞에서조차 슬픔이나 눈물을 부끄러워하고 감추어야 한다. 경건의 모습도 따뜻함도 사라져 가는 것 같다. 외로움과 영적인 갈급함으로 교회를 찾은 사람들이 위로받지 못하고 더 큰 상처와 소외감만을 안은 채 머물지 못하고 떠나기도 한다. 선악이 희미해진 세상에서 거룩해야 할 자리가 거룩하지 못하고 오히려 더 깊은 절망의 자리가 되어버린 것이다.

거룩한 자리가 형식만 남아 버린 채 습관처럼 굳어가는 것이 안타깝다. 우리는 이 땅에서 빚어지는 도저히 해결할 수 없는 것 같은 고난이나 어려움이 근원자와의 만남을 통해서 해결 되어진다고 믿으며 그를 통하여 마음의 치유를 얻고자 한다. 인간은 스스로의 문제에서 출발하지만 근원적인 문제와 삶의 궁극성을 알게 될 때 비로소 해결의 자리에 서게 되기 때문이다. 그 자리는 자신의 죄가 세상의 죄 속에 들어가 있음을 알고 겸손해지는 자리이다.

칼 라너가 말하는 것처럼 하나님의 은혜로운 자기 소통은 단지 소수의 세례 받은 사람들에게만 국한되지는 않는다. 또한 신성한 의례나 헌신적인 행위들이라는 것에만 국한되지도 않을 것이다. 오히려 예배의 소통과 구원으로의 부르심은 인간의 역사 전반에 걸쳐 이루어진다. 진정한 예배는 세상과 원만한 소통이며 또한 세상과 구별될 수 있는 거룩한 자리이다. 은총은 온 세상 어디에나 스며들어 있다.

또 다른 종교의 체험

내가 처음 그녀를 만났을 때 그녀는 스물네 살의 미혼 처녀였다. 살아오면서 내가 만난 사람들 가운데 가장 독특한 사람이었다. 세상 사람들과는 다른 표정, 다른 행동, 항상 다른 생각 속에 사는 듯한 기운이 그녀의 모습 전체에 퍼져 있었다고 말하는 게 정확할 것이다.

그녀는 길을 걸을 때는 항상 땅을 보고 걸었다. 다른 남자와 눈이 마주치면 마치 순결을 잃게 되는 것처럼 생각했고, 다른 남자를 쳐다보는 것만으로도 음란죄에 해당하게 된다고도 하였다. 외출 후 밖에서 돌아오면 그들이 믿고 따르는 교주에게 축복을 받았다는 생수로 반드시 눈을 닦았다. 외부에서 못 볼 것을 보고 만나지 않아야 될 이방인들을 만나서 '씌워졌다'(그들은 이 표현을 즐겨 썼다)는 이유였다. '씌워지면' 곧장 몸이 아픈 증세가 나타난다고도 했다. 기독교인으로 평범한 종교 생활을 하던 나에게 그것은 너무나 독특하고 이상한 모습과 행위들이었다.

때로는 나를 혼란과 절망에 빠뜨리게도 하는 일들도 많았다. 그리스도인들을 지독한 '기성교인'이라고 불렀는데 '기성교인'들을 만나면 온몸이 아프고 괴로운 증세가 나타난다고 이야기하였다. 나는 그들이 집단으로 거짓을 말하는 것이라는 생각을 하기도 했다. 어느 날 그녀가 하늘에서 황금마차를 끌고 천사들이 자신을 데리러 온다고 말했다. 후로 그 이야기는 더 자주 반복되고 그녀의 말과 행동도 점점 더 이상해져 갔다. 때로는 모든 사람에게 군림하는 자처럼 말하고 때로는 예언하듯 말하며, 그녀 자신만의 세상에서 그렇게 살고 있었다. 그들의 삶은 하루하루가 종말론적이며 갇히고 유린당하는 삶이어서 그런 그녀가 안타깝고 불쌍했다. 그 종교는 생각과 행위를 억제하면서 자신들만의 구원의 방법을 사람들에게 강요하였다. 못된 교주는 많은 영혼을 노략질하고 기만하는 진리를 가장한 비진리요, 사악한 실체를 가진 자라는 생각을 했지만 내가 할 수 있는 일은 아무것도 없었다. 영원히 산다던 교주가 죽었을 때 그녀의 신앙과 혼란은 극에 달했고 아무도 심각한 그녀의 증상을 치료할 수 없었다. 그리고 그녀의 삶은 이 세상에서 내팽개쳐졌다.

세상 사람들은 그들을 이단이라고 불렀다. 내가 깨달았던 것은 고인 물은 반드시 썩는다는 것이었다. 물은 흘러야 썩지 않는 것처럼 갇히고 폐쇄되고 자연스럽지 못한 사람의 노력과 생각만으로는 되지 않는 것이 하나님의 나라가 아닐까? 비진리는 진리를 가장하고 그 줄기를 타고 내려와 영혼을 노략질한다. 과연 그리스도인들의 자세는 어떤 것이어야 하며 사명은 무엇인가? 어떻게 감당하며 어떻게 하나님 앞에 바르고 합당한 모습으로 설 것인가?

무엇이 그들을 분별력을 잃어버리게 했으며 이단의 맹신자로 만들었을까? 그렇게 속은 그들을 하나님은 버리시는 걸까? 그 많은 무지하지만 순진하였던 자들에게 구원은 없는 것인가? 그들도 신을 믿고 내세를 믿고 구원받기를 갈구하였다. 영원과 진리를 갈구하였다. 갇히고 잘못된 신앙이었지만 세속적인 모든 것들을 내던지고 천국을 소망하며 신께 구원받기를 간절히 열망했다.

나는 한없이 착하고 순진했던 그녀가 단지 부모가 이단이라는 이유로 선택의 여지도 없이 잘못된 신앙의 길을 가고 있음이 안타까웠다. 나의 자비하신 하나님은 과연 그들에게 어떤 심판을 내리실까 궁금하였다. 그리고 내가 알 수 없는 하나님의 또 다른 섭리와 긍휼을 기대하였다. 아무런 값도 없이 선물 받았던 나의 믿음으로 그들의 완고함, 광신. 폐쇄성을 영적 무지와 저주처럼 여기고 정죄하였던 나의 당치않은 교만함을 치료하고 싶었다. 마치 민물고기가 바다에, 혹은 바다 고기가 민물에 와 있던 것처럼 낯설고 너무나 생소하였던 새로운 종교와 문화와의 만남은 아직도 상처처럼 가슴 깊숙이 남아 있다.

8부

창 안의 사람들

겨울

사월의 진달래꽃처럼
붉은 것을 생각하며 살았다
모든 것을 끝내버린 사람처럼

춥고 긴 날들이어도
잊어버리려다 주워 담은
기억의 바구니를
내 인생 어디쯤 걸어 놓을까

춥고 흐린 날들이 싫은 나의 이기가
삶의 한 귀퉁이를 아프게 하여도
바구니 가득 찬 이것들을
내 인생
어디쯤 걸어 둘까

가버린 친구 이야기

얼마 전 아파트에서 몸을 던져 스스로 목숨을 끊어버린 친구가 있다. 한참 시간이 지나고 난 후 알게 된 그녀의 죽음은 돈에 관련된 것이었다고 들었다. 매스컴에 노출된 그녀는 심한 수치심과 절망감으로 지쳐버렸고 결국은 죽음을 택했다. 동은 다르지만 오랫동안 같은 아파트에 살았다. 몇 년 전까지는 함께 운동도 하고 산책을 할 때면 얼마나 씩씩한지 삶의 에너지가 다른 사람의 두 배나 되어 보이던 친구였다. 아직 결혼도 하지 않은 눈빛 까만 아이들을 뒤로하고 어떻게 떠났을까? 그녀는… 왜? 마음이 아프다.

죄는 무엇일까? 일반적으로 생각하는 많은 죄들이 있다. 사람이 지켜야 할 도리를 지키지 못하는 것, 따뜻함을 잃어버리는 것, 자기보존 본능에만 충실한 것과 이해관계를 초월한 행위에서 자유롭지 못한 것, 헤아릴 수 없이 많은 죄들이 우리를 자유롭지 못하게 한다.

삶의 지향성이라는 차원을 강조하여 죄를 보는 것에는 죄가 단순히 행동이나 행위의 문제로만 취급되는 입장을 피하려는 의도가 있다.* 인간에게 물질이나 육체가 악일 수는 없다고 기독교 신학은 말한다. 물질이나 육에 대한 평가가 무의미한 것이기만 했다면 인간 예수를 그리스도라 말할 수 없고 그에 대한 믿음도 없었을 것이다. 선하고자 하나 선을 제대로 행할 수 없으며 선과 악을 제대로 알지도 못하는 게 우리의 한계다. 다만 생명의 존귀함을 깨달으며 자연의 한 부분처럼 존재하지만 소유하지 않는 절제 속에서 신의 은총을 기대할 뿐이다.

---

* 도널드 캡스, 『대죄와 구원의 덕』, 김진영 역, 한국장로교출판사, 2008.

목회상담 학자인 도널드 캡스는 그의 책 『대죄와 구원의 덕』에서 최근 대죄의 분류가 다시 살아나고 있는 것은 대죄의 전통적인 양태가 개인의 인격적 자기 탐색을 위하여 가치 있는 도구가 된다고 믿고 있기 때문이라고 말하고 있다. 그가 쓴 책에 기록된 죄의 전통적인 목록은 다음과 같은 순서로 거론되고 있다. 교만pride 시기envy, 나태sloth, 탐욕greed, 탐식gluttony, 색욕lust 여덟 번째 죄는 우울 즉, 비탄tristitia 이었다. 이 단어는 냉담apathy, 또는 무감각acedia과 융합되었고 냉담은 영어권에서 나태함을 나타내는 죄의 목록으로 받아들여졌다. 헛된 영광은 교만의 죄에 포함된다.

사람들의 말이 만들어내는 무수한 언어의 폭력들, 수군거림과 함께 왔을 그녀의 공동체로부터의 소외가 어떠했는지 마음이 아프다. 많은 사람이 호기심과 비난 어린 눈빛으로 그녀의 힘든 과정을 관망하며 지켜보았을 것이다.

> "참말을 잃어버린 사람들은 무지한 말로 이치를 어둡게 하며, 무지에서 나온 헛된 말로 이루어진 삶을 살며 세상의 도와 이치를 어지럽힌다. 에덴동산을 하나님과 함께 걸었던 인간의 타락 이후 하나님으로부터 등을 돌린 사람들은 꽉 찬 말을 잃어버렸다. 사람들의 헛된 말은 단순히 텅 빈말이 아니고 의미가 빠지고 세상 권력이 들어차는 것이다."[*]

그렇게 스스로 가버린 못난 친구, 그때 그 길에서 좀 더 크게 웃어줄 걸 그랬다. 나는 바쁘다고 그냥 폭풍처럼 지나쳐버렸다. 그 친구는 항상 거기 있을 줄 알았다. 그 길에서 또 만날 줄 알았다. 오래 눈을 마주하고 싶었을 그녀를 그렇게 내일 또 만날 줄 알았기에 지나쳐버렸다. 인생은 참으로 많은 아쉬움을 남기면서 지나간다. 나는 몸과 마음이 몹시 추웠을 그녀를 따뜻하게 해주는 힘이 되어 주지 못했다. 고통 뒤에 숨어있는 희망을 보라고, 그 산을 넘고 난 후

---

[*] 양명수, 『욥이 말하다』, 분도출판사, 2003, 228-229쪽.

있을 환희의 섬을 기대해보라고 차마 말하지 못했다. 살다 보니 눈물과 웃음은 친구요, 그들은 함께 울고 웃더라고… 그러니 슬픔도 아픔도 모두 희망의 전초기지라는 알고 함께 따뜻한 집을 지어보자고 말하지 못했다.

오늘도 누군가는 벼랑 끝에 서서 절망하고 있을 것이다. 하늘과 땅 사이가 너무나 공허하여 무력해져서 그만 주저앉기도 할 것이다. 산다는 것의 무의미와 소외는 많은 이들을 죽음과도 같은 깊은 절망에 빠트리지만 우리에게 필요한 것은 숨겨진 은총이다. 삶의 애환과 무의미를 감싸는 은총, 허무한 삶을 지탱하고 있는 의미의 세계이다. 우선 내게 보여지는 땅의 세계만 아무리 들여다봐도 하늘의 세계를 놓치면 그냥 한 치 앞을 못 본체 머물러 서게 된다. 더 높은 차원의 것을 바라보면 미처 생각지도 보지도 못했던 세상이 열린다.

우리는 존귀한 사람들이고 사랑받고 사랑하기 위해서 태어난 사람들이다. 사랑은 존귀한 사람들이 할 수 있는 것이다. 그런 우리의 가치는 하나님만이 안다. 우리는 스스로의 가치를 마음대로 평가하거나 다른 사람의 평가에 의지하고 살기 때문에 우리가 얼마나 소중한지를 모를 때가 많다. 부질없이 다른 사람의 시선에 민감하고 사람들의 평가와 조롱에 반응하다가 쓰러지기도 한다. 우리의 가치는 하나님만이 평가할 수 있다. 우리가 인정받아야 할 분은 하나님이다.

어느 청년의 죽음

봄에 아파트 단지에 꽃이 피고 숲이 무성해지면 더욱 가슴이 아픈 아들의 친구 이야기가 있다. 그리고 이제 그 청년은 이 세상에 없다. 마땅히 돌보아야 할 사람을 나는 돌보지 못했다. 그 얼굴의 이야기를 눈빛의 호소와 마음의 꿈틀거림을 나는 보지 못했다. 귀 기울이지 못했다. "어머니 잘 먹었습니다." "어머니 오늘 자고 가도 돼요?" 나는 그저 아들의 친구로만 대했을 뿐 엄마 없이 자란 한 사람의 절실한 외로움과 고독, 슬픔에 대해서 깊이 생각해보지 못하였다. 기도하지도 못했다.

"사랑할 수 있는 사람만을 사랑할 수 있게 마시고, 사랑할 수 없는 사람까지를 사랑하게 해주십시오. 용서받을 수 있는 자만을 용서하게 마시고, 용서받을 수 없는 자까지를 용서하게 해주십시오."라는 나의 기도는 부끄러운 기도였다. "그래도 그 사람은 복이 많아요. 엄마가 이렇게 오랜 세월 동안 그를 슬퍼해 주니." 딸아이가 하는 말이 나를 위로할 수 있는가? 나는 왜 이렇게 긴 세월을 그 아이 때문에 마음이 아파하는 건지 모른다. 자책과 아쉬움 때문이다. 내 아들만을 사랑했고 바로 옆의 친구를 위해 기도하지 못했던 나의 선에 대한 무지함 때문이다. 내가 살펴야 했던 타자의 얼굴이다. 각 개인의 고유한 기질이나 독특성과 함께 직면한 어려움을 극복하기 위한 노력은 여러 가지 양상으로 나타난다. 그도 그렇게 눈빛으로, 전화 너머로 호소하고 있었다. 지독한 절망이나 외로움과 싸우며 더 이상 보이지 않는 희망을 찾아 헤매고 있었던 것이다. 인간의 고통이나 외로움, 치열한 싸움도 결국 살고자 하는 처절한 생존의 몸부림에서 비롯된 것이 아닌가.

일찍 어머니를 잃어버린 아들의 친구를 오늘 나는 애도한다. 외롭고 슬펐을 그의 죽음을 애도한다. 어머니는 포용이다. 모든 것을 품어주고 감싸 안으시는 누군가의 단 하나인 분, 세상에 존재하는 마치 하나님과도 같은 분이다. 그렇게 크고 따뜻한 품을 잃어버린 아이들이 있다. 어머니의 사랑과 돌봄은 그 무엇으로도 충족되지 않는 영원한 샘물과 같은 것이다. 그래서 어머니를 잃은 이들은 슬프다. 양육자를 잃은 공허함과 외로움은 여러 가지 양상으로 나타난다. 아니다! 딱 한 가지 사랑받고 싶고 따뜻한 품에 안겨 쉬고 싶고 위로받고 싶으며 참았던 눈물을 토해내고 싶을 뿐이다.

아들의 친구는 아들이 유학 가기 전 어릴 때부터 사귄 친구다. 키도 크고 눈이 커다랗고 순해 보이는 잘생긴 아이였다. 가끔 놀러 와서 식사를 했는데 어찌나 맛있게 먹고 감사해하던지 나도 그 아이를 친밀하게 잘 대해줬다. 그리고 아들 혼자 식사할 때보다도 더 정성껏 준비를 해서 먹이곤 했다. 그 아이도 나에게 정을 느꼈던 것 같다. 때로는 와서 그냥 자고 갈 때도 있었다. 처음엔 허락하지 않다가 어머니를 일찍 여의고, 바쁜 아버지와 함께 살며 혼자일 때가 많은 걸 안 이후로 그냥 쉽게 허락을 해주곤 했다. 참으로 인상이 좋은 아이였고 잘생긴 청년이었다.

나중에 아들한테 직접 들은 얘기로는 그 아이는 특별히 어른들한테 잘 보이고 싶어 해서 어른을 만나기 전에는 헤어스타일이나 복장에 무척 신경을 쓰고 평소 안 쓰던 안경까지 썼다고 한다. 우리 집에 올 때도 늘 엘리베이터 안의 거울을 보며 "○○야 나 어때?" 하고 물었다고 한다. 필시 어른들의 사랑, 엄마의 사랑이 몹시 그리웠을 그 아이를… 그런데 나는 언제부턴가 그 아이의 결핍이 문제를 지니고 있을 것이라는 부끄러운 생각을 했다. (아! 지금도 그 일을 생각하면 정말 미안할 뿐이다) 내 아이에게 생기는 잘못된 문제가 그 아이의 영향이었을 것이라는 생각을 하면서 점차 마음에서 그 아이를 별로 달갑지 않게 여기게 되었다.

스물이 훌쩍 넘은 어느 날 그 애는 군에 입대했고 군에서의 생활이 순탄치가 않았다. 군대 내에서 소위 말하는 이지메, 감당할 수 없는 괴롭힘을 당하고 있었던 것이다. 결코 밉지 않은 그 애가 왜? 무엇 때문인지 지금도 잘 믿기지 않고 이해가 되지를 않는다. 우직할 정도로 순수하고 이타적인 아이였다. 당시 그 애의 아버지는 상당한 재력을 갖추고 있었던 듯했고, 재혼을 앞두고 어머니를 잃은 두 아들을 위하여 강남에 대형 아파트를 구입해서 미리 상속해 주었다고 했다. 그곳에서 그는 거의 독립적인 생활을 하고 있었고 잘 알 수는 없지만, 엄마를 잃었다는 것을 빼면 요즘 젊은이들이 추구하는 모든 여건을 갖추고 있어 현실적으로는 부족할 것 없는 청년이었다. 그에게는 수년간 사귀던 여자친구도 있었다. 그런 그가 군에서 휴가를 나올 때면 아들과 만나서 군대 내에서의 괴로움을 호소했다고 한다. 정확히 알 수는 없지만 심한 구타와 괴로움을 호소했던 그는 그곳에서 도저히 더는 견디기 힘든 일을 당하고 있었던 것 같다. 그가 하소연할 때마다 아들이 많이 위로하고 나름대로 타일러 주기도 했다는 말을 들었다.

그해 여름 아들은 6개월 예정으로 유럽으로 떠났다. 상황을 잘 몰랐던 나는 내심 그 친구와 떨어지게 된 것이 다행이라는 생각을 했던 것 같다. 그리고 어느 날 그가 아들을 찾는 전화를 받았다. "어머니 ○○ 있어요?" "응 어디 좀 갔어." 난 불친절하지도 않았지만 다정하지도 않았던 것 같다. 이제 생각해보니 아들이 어디를 왜 갔는지 그가 언제 올 것인지 말하지 않은 것이 그에게 쓸쓸하고 허탈한 일이 되었을 것이다. 알려줄 필요가 없다고 생각했고 이 기회에 친구와 조금은 멀어지는 걸 원하는 마음이 있었다. 그로부터 이틀 후인가? 휴가 나온 그 애가 아파트에서 투신했다는 소식을 들었다. 하필 나는 왜 그날 그리도 무심하고 냉정했을까? 솟구치는 눈물을 참을 길이 없었다. "아들만 있었다면, 내가 좀 더 따뜻하고 자상하게 말했더라면…." 나는 절망하고 오열했으며 그 상처가 너무 깊어져 오랫동안 그 아이 생각을 떨칠 수가 없었다. 교회에 갔다 오는 길이면 그 애가 살던 그 아파트 동을 지나야 한다. 그 아이가 떨어진 화단에 무성한 나무와 꽃들이 나를 더 아프게 하였다. 봄이면 그곳의 꽃들은 유난히 눈부시다. 나는 그렇게 가까이 있던 한 청년의 손을 잡아주지 못하고 오히려 뿌리쳤던 것이다. 요즘은 아들이 나를 위로한다. "어머니 그만 잊으세요. 그냥 생존할 수가 없었던 거예요." 아픈 마음을 달래주기 위해 마음에 없는 소리를 하기도 한다.

상처 입은 영혼을 돌봄은 한 영혼에 대한 애틋한 마음이다. 죄는 따뜻한 시선을 상실하는 것이며. 구원은 그 따뜻한 시선을 회복하는 것이다.

"온 세상을 변화시키려는 거대담론을 버리고 먼저 자기 스스로 바로 서라."
"내 옆에 있는 자가 가장 구체적이고 소중한 사람이다."*

---

* 손운산, 목회신학 수업, classroom hand-out

삶의 우화

그녀는 쌀이 떨어졌다고 했다. 수중에 남은 돈도 카드도 연체로 인해 모두 막혀버렸다고 했다. 전화로 오늘 중으로 쌀을 가지러 온다고 내게 말했다. 최고의 자존심을 내세우던 그녀가 만약 자신이 많이 가진 자라면 곤란 중에 있는 형제자매나 지인들에게 결코 이렇게 인색하지는 않았을 것이라고 말하며 기대했던 가까운 이들의 인색함을 탓했다. 그녀는 지금 형제들의 인색함과 주변인들의 이기심에 혀를 내두르고 있는 것이다. 그녀의 말이 맞다. 신앙적으로도 그렇고 도덕적으로도 그러하다. 우리의 상식은 늘 가난하고 약한 자의 편에 서기를 주저하지 않아야 한다고 생각한다. 그것이 선이며 곧 정의고 공의라는 것을 우리는 잘 알고 있다.

신화적인 삶을 꿈꾸던 우리에게 가난은 우화이다. 영주의 초대를 받은 소작인 세르반테스가 자신의 그릇에 비추어진 벽화 속의 전갈을 삼켜버렸다고 오해하여 실제로 배가 아팠듯이 가난은 내가 잘못 삼켜버린 전갈처럼 나를 아프게 하는 실제의 이야기이면서 우화이다. 누구에게도 가난은 원하던 게 아니다. 신화적인 삶을 위하여 노력하지 않았던 것도 아니었다. 그러나 이제는 대다수가 부와 지식마저 대물림할 수밖에 없는 시대를 살아가고 있다. 빈부를 비롯한 사회적인 여러 측면에서의 격차가 점점 뚜렷해지기에 그렇게 되어가고 있다. 모두가 더 이상 나락으로 떨어지지 않기 위해 발버둥 친다. 이렇게 자원도 없고 땅덩어리도 작고 경쟁이 심한 사회에서 매일매일이 전투와 같은 삶을 살아간다. 누군가는 최상위에서 추락하지 않기 위해 누군가는 중산층의 자리를 지키기 위해서 그리고 누군가는 우선 먹고사는 것만도 절실하기에 참으로 고군분투한다. 그러나 어떤 사람은 날 때부터 자신의 확고한 입지가 주어져 모두의 부러움을 사며 유유자적한 세상을 살기도 한다.

누가 누구를, 누가 무엇을 탓하랴마는 삶이 힘들고 지쳐 이제 그 삶을 놓아버린 자들의 실제 이야기들은 우리를 안타깝게 한다. 위기에 내몰린 가장의 가족 살해, 삶의 한 귀퉁이에서 처절하게 몸부림치다 아이와 함께 세상을 떠나버린 어떤 엄마의 이야기가 뉴스를 채운다. 생명은 자기 것이 아니고 자식이라 해도 그 생명을 마음대로 할 수 있는 게 아니라고 안타까워 한숨을 쉬는 우리는 그들에게 무엇을 해주었던가? 나는 이제 그녀의 긴 한숨을 통하여 삶에 지쳐버린 모습을 본다. 세상에 대한 원망과 인간들에 대한 회의를 설토하는 그녀에게 더는 할 말이 없다. 그 말은 모두 옳기 때문이다. 그런데도 이해하고 사랑하라고 말하지 않을 수 없다. 그것은 우리에게 주어진 사명 같은 것이다. 얼음처럼 얼어붙은 현실을 녹일 수 있는 따뜻한 빛이며 현실을 타파할 수 있는 유일한 돌파구가 되는 언어이다.

너를 이렇게까지 오게 한 현실과 미움과 원망을 품은 너의 마음을 이해한다고 했다. 그러나 미움과 증오는 네 것이 아니니 버리라고 말하였다. 그러나 더는 그녀의 원망의 틀 안에 있는 사람들을 다시 사랑해보라고 말하지는 못했다. 그녀도 아는 이야기이고 노력하고 있음을 알기에 그랬다. 그녀에게 내가 해줄 수 있는 것은 없었다. 기대했던 내게 조차도 충분한 이해와 사랑을 느끼지 못하게 한 내가 참으로 가증스럽다. 이것 또한 당사자가 되지 못하는 타자의 입장임을 알아차리면서도 장막 같은 현실 속으로 숨어버린 나도 그 미움의 주인공이다. 그녀를 불행하게 한 장본인이다. 불행은 알지 못하는 사이에 그녀 곁에 바짝 붙어 서 있고 그녀는 길을 찾지 못한다. 그리고 오늘도 나는 방관자이다.

■■
■■

국화꽃 향기

　　요즘 세대들이 당당하게 자신의 의사 표시를 하는 것을 보면 부러울 때가 많다. 그들은 스스로가 주인공이고 자신이 어떤 삶을 살아야 하는지를 잘 알고 있다. 참으로 다행스럽고 진일보된 사회 현상이다. 그동안의 여러 교육적인 노력의 결과일 수 있다는 생각을 해본다. 누구라도 자신에게 있어서 자신만큼 소중한 존재는 없다. 처음 주어진 생명의 존재가치란 그런 것이며 또 앞으로 살아야 할 시간들이 그렇다. 부질없는 것들에 에너지를 낭비하지 않고 자신을 위한 삶이 어떠한 것인지를 깨닫는 것은 중요한 일이다.

시대적으로 70년대의 젊음을 지나온 우리는 모두가 한때 우울 같은 것을 앓았다. 그 시절은 모든 면에서 상실감을 맛보아야 했고 그것은 짧게 하루 이틀이 아니고 연속되고 반복되는 상실이었다. 짙게 드리워진 사회적인 어둠은 시대와 그 사회를 향한 비난을 지나서 자기 비난으로 확장되고 굳어져서 대부분의 사람들이 집단적인 우울 같은 것을 앓은 것 같다. 사회로부터 거절당하고 그런데도 불구하고 스스로가 무언가 더 열심히 해야 하고 혹은 책임을 다하지 못한 것 같은 죄책감에 사로잡힌 시간이 있었다. 그때 사람들은 누군가를 위하여 노력하고 최선을 다함으로 그 죄책감을 상쇄하고 비난받지 않으려고 했다. 좋은 사람이 되려고 열과 성의를 다하고 공동체의 발전에 기여하며 더 박애적인 사람이 되기를 노력했다. 여러 상실감을 맛보는 가운데 스스로를 채찍질하고 결국은 다시 자신에게로 화살을 돌리기도 하던 그 위대한 천재들은 마침내 고통스러운 당시의 상황들을 변화시키고 말았다.

그리고 지금, 때로 어떤 한 젊은이가 그들을 향하여 '꼰대'라고 조롱하여도 비난과 비판 속에서도 자신의 무의식적인 역동을 조절하며 오늘을 피워낸 그들에게 박수를 보내고 싶다.

"한 송이의 국화꽃을 피우기 위해 봄부터 소쩍새는 그렇게 울었나 보다"라는 서정주 시인의 시처럼 한 송이 국화꽃을 피우기 위해 희생과 기다림이 있던 시대적 아픔을 승화시킨 그들이 아름답다. "인제는 돌아와 거울 앞에 선 내 누님같이 생긴 꽃이여."

나의 대변인

가끔은 살아온 날의 이야기를 누군가 들어주고 함께 공감해 줬으면 할 때가 있다. 내가 기쁠 때 함께 기뻐해 주고 슬플 때 함께 슬퍼해 줄 이가 생각보다 많지는 않다. 어느 날 함께 이야기를 나누고 싶어서 전화번호를 뒤적이다가 슬며시 놓아버릴 때가 있다. 그렇게 잠시 있으면 시간이 지나고 나는 다시 바쁜 일상으로 돌아가 현재의 감정이 희미해진다는 것을 알기 때문이다. 삶은 고독한 여정이다. 그 길에서 문득 자신을 대신해 줄 이가 없는 것인지 자신을 알아주는 대변자가 있었으면 좋겠다는 생각을 해보기도 한다.

함께 마음속 이야기를 나눌 수 있는 상대를 찾기란 쉽지 않은 일이다. 우리는 왜 끊임없이 누군가를 평가하며 그것을 공평이라는 이름의 저울에 달기를 좋아하는 것일까? 삭막해진 세상은 그것이 얼마나 무서운 결과를 초래할 수 있는지 잘 알지 못한다. 무책임한 판단 혹은 정의라고 생각한 잣대가 모호한 객관적인 주장들과 날이 선 이야기들이 차마 설명할 수 없는 일을 당한 사람들을 아프게 한다는 사실을 알지 못한다. 세상의 이치 논리만으로 이야기할 수 없고 일반적인 상식으로는 이해가 되지 않는 일들은 많다. 희미한 것들을 가늠할 수 없고 명확하지 못한 삶이 슬퍼지는 이유다.

저마다 쉽지 않은 길을 걸어왔고 가슴속에 하고 싶은 이야기도 많을 것이다. 어떻게 살았고 얼마나 힘들었는지 알아주고 이해해 줄 사람이 있다면 무척 다행스러운 일이다. 대부분의 사람들은 그러지 못해서 아무리 주위를 돌아봐도 자신을 대신해 줄 사람이 없는 것 같아서 외로움을 느낀다. 어느 때는 자신이 철저하게 고립되어 있는 것처럼 느껴질 때가 있다. 일어나는 모든 것들을 그대로 감당할 수밖에 없고 자신의 힘만으로 해결할 수 없다는 삶의 딜레마가 있다. 잘못된 확신에 갇혀 스스로 고통을 자처하는 것은 아닌지 하는 자책감이 들 때도 있다. 삶의 그늘은 함께할 사람이 없고 혼자라는 생각에 빠져들 때 더 깊어진다.

어떤 어려운 일을 해결하고 목표를 지향한다는 것은 자신과의 처절한 싸움이다. 자신으로부터 문제를 분리해 버릴 수도 없다. 문제와 문제들이 부딪쳐 상처 나고 허물어져 가지만 자신이 존귀한 존재라는 것을 잊지 않아야 한다. 다시 일어설 수 있는 힘이 되기 때문이다. 내게 주어진 존귀와 자유는 신이 주신 것이다. 그 사랑이 나를 대변하는 대변인이다. 신이 자신에게 준 선물 중 최고의 선물이고 은총이다.

사랑은 평안할 수 없었던 시간과 상한 마음이 긴 어둠의 통로를 지나서 해방을 느끼게 되는 순간이다. 나의 대변인이고 갇힌 나를 살리는 출구이자 비상구이다. 인생의 가장 밑바닥 험난한 고통의 자리가 희망의 전초기지로 변하는 순간이다. 사랑하는 사람들이 있어 삶은 늘 반전이 있는 곳이다.

변화와 회복

변화란 필요하지만 낯선 것이어서 힘들 때가 있다. 여러 일이 있을 수가 있지만 그중 관계에서 비롯되는 문제들을 빼놓을 수 없다. 인생을 살면서 사람이 변화한다는 것은 불가능한 것일까? 우리는 익숙한 것이 편안하고 그래서 사람과의 만남도 오래된 관계나 모임만을 지속하는 경우가 많다. 매번 마주하고 함께하는 관계일수록 할 말도 많아진다. 그런데 어떤 경우 서로 간에 다소 엇박자가 생기며 불협화음이 일 때가 있다. 분위기의 전환이나 변화가 필요한데도 의외로 잘되지 않고 바람직하지 않은 상태가 고착화될 때 불편하다. 마음으로는 그만두고 싶은 모임이나 관계지만 이렇다 할 명분을 찾지 못하는 것은 같은 공동체의 연속 선상에 있다거나 혹은 체면 때문에 어정쩡하게 유지해 나가는 경우다. 그럴 때 사람들과의 관계 속에서의 유형을 바꾼다는 것은 각 사람의 변화가 요구되는 일이다. 느끼는 것이 다르고 원하는 자와 원하지 않는 자, 절실한 자와 절실하지 않은 자가 있기 마련이다. 자유로워야 하는 삶이 관계로 부터 자유롭지 못하다. 습관화된 관계의 유형을 바꾸기는 쉽지가 않고 의미를 잃어버린 사람들을 만나 같은 이야기를 똑같은 패턴으로 반복하게 되는 무의미를 겪게 된다.

내게도 사실은 생각하기도 싫고 만나기도 싫은 사람과의 모임이 없었던 것은 아니다. 어쩔 수 없이 하나의 공동체로 묶여 있을 때 이어지는 만남은 힘든 것이다. 가끔 딸과 이런저런 대화를 할 때가 있다. 딸은 마치 내게 오래된 스승 같은 역할을 하기도 한다. 딸과 관계의 상처에 대한 이야기를 나눌 때가 있었다. 당시 고3인 딸이 내게 들려준 말은 하나의 교훈이었다. "엄마, 상처는 이기적인 사람들이 많이 받는 게 아닐까요? 자기 입장만 생각하고 상대방의 입장은 고려해 보지 못할 때 받을 수 있는 그런 부분이요." 그렇다. 그 말이 내게는 참으로 일리 있는 말로 들려졌다.

이제는 불편한 것을 여유롭게 바라볼 수 있고 작은 의미나마 부여하는 마음을 갖게 되었다. 어차피 에덴동산에서부터 시작된 삶은 상처다. 그럴지라도 한 번쯤 다른 관점으로 상대방을 생각해본다면 마음이 달라질 수도 있을 것이라는 생각을 한다. 한 사람을 다치게 하는 사람은 다른 여러 사람도 다치게 한다. 다만 그것을 깨닫거나 깨닫지 못하는 것은 자신의 문제다.

내면에 스스로를 평화롭지 못하게 하는 무언가가 있다거나 자존감에 문제가 있을 때 다른 사람을 공격한다거나 폄하해서 자신의 존재를 확인하는 경우가 있다. 체하는 사람일수록 정작 자신의 작은 일에는 날카로운 반응을 보이지만 스스로의 언행에는 무디다. 소심한 방법으로 사람을 콕콕 찌르기도 하고 사소한 이유와 복수로 공동체의 분위기에 악영향을 준다. 그런 언행이 자신의 생존 방법으로 굳어간다면 안타까운 일이다. 다른 사람이 공감할 수 없는 방법으로 자신의 위상과 가치를 확인하는 것은 피해를 입히는 일이다. 자기가 아닌 다른 사람을 좌지우지해서 마치 본인의 위상이 높아지는 것처럼 착각하는 부끄러운 마음이다. 겉으로 무엇을 가장하던지 그런 잘못된 생각으로 가득 차 있다면 매우 위험한 일이다.

참으로 보기 민망하게, 그런 사람일수록 강하다고 생각되는 사람에게는 약해지는 경우가 많다. 조금은 약해 보이고 만만해 보이는 자를 타깃으로 삼는 본능이 있다. 개인의 경계를 넘어서 상대를 훼손하는 왜곡되고 비뚤어진 태도는 다른 사람을 아프게 하고 공동체를 병들게 한다.

프로이트는 "사람은 변하지 않는다."고 했지만 개인의 본질을 떠나서 우리가 갖는 관계의 핵심은 서로에 대한 배려다. 인격의 뿌리는 타인에 대한 배려와 관심이고 결국 스스로가 만들어가는 것이다. 우리의 죄는 따뜻한 시선을 잃어버리는 것이고 우리의 선은 따뜻한 시선을 회복하는 것이다. 언젠가 잃었던 첫 마음을 다시 회복하는 것이다.

내 얼굴을 나는 보지 못한다

우리가 누리는 모든 것은 신의 선물로 시작되었다고 한다. 인간의 말은 힘이고 우리의 생명과 주어진 언어들이 축복으로 이어져 왔다. 삶의 두려움을 이겨내는 것도 신을 향한 열망을 토해내는 영혼의 긴 호흡도 인간의 말, 즉 언어다.

어제는 한 모임이 있었다. 시끄럽게 떠드는 가운데 서로의 생각을 말로 주고받는다. 한참을 이야기하다 보면 유쾌한 이야기도 있고 불쾌한 이야기도 있어서 서로의 말을 제대로 이해하지 못하는 데 대한 안타까움을 토로할 때가 종종 있다. 말로써 상대방의 생각을 받아들이기도 하고 상대방을 적당히 판단하기도 한다. 우리가 하는 말은 금방 없어지기도 하고 마음에 녹아 들어와 삶의 중요한 지침이나 도구가 되기도 한다.

내 얼굴을 나는 보지 못한다. 내가 하는 말도 스스로가 듣지 못한다. 우리의 일상에서 빼놓을 수 없는 말은 힘든 시기에 처한 누군가에게 다가와 희망이라는 선물이 되기도 하고 칼처럼 매섭게 마음을 도려내기도 한다. 따뜻한 마음도 차가운 마음도 말을 통해 다가오기 마련이다.

더글러스 스톤 하버드 교수는 "누가 당신의 얼굴을 볼 수 있을까? 모두가 볼 수 있다. 그렇다면 당신의 얼굴을 볼 수 없는 사람은 누구일까? 바로 당신이다. 당신은 스스로를 '진실을 말하는 사람'이라고 생각하지만, 다른 사람들은 '고약한 말을 내뱉는 사람'이라고 보고 있을 수도 있다."라고 했다. 그는 또 우리가 소통을 잘못하는 이유를 "사람들이 내가 하는 말로 나를 평가 할 것이라고 생각하기 때문"이라고 봤다.

말이 꽉 찬 공간에서 우리는 모든 것을 만들어가며 작아지기도 하고 커지기도 한다. 말이 감옥을 만들고 그 안에 내가 갇히기도 한다. 정의의 공간을 만들기도 하고 불의의 공간을 만들기도 한다. 말할 수 있는 세상은 통하는 세상이고 희망이 있다. 말하는 사람은 말의 힘이 자신의 것이라고 생각하지만 그 힘은 오직 듣는 자에 의해 부여되는 것이다. 상대방이 내 말에서 힘을 느끼지 못하고 내 의도를 알지 못한다면 그것은 나의 문제다. 듣는 이의 시각에서 말하려고 노력을 해야 하는 이유다. 상대방의 입장을 헤아려보고 때로는 이전의 방법이 아닌 다른 방법으로 말하고 들을 필요가 있다. 또 누군가를 규제하고 힘들게 하는 말은 피해야 한다.

타인의 얼굴

　새로운 사람들을 만나고 새로운 이야기를 듣고 다른 분위기를 접하면 삶이 좀 더 신선해지고 활력이 넘칠 수 있게 된다. 낯선 것을 불편해하지 않을 수 있는 것도 삶의 용기이고 도전이다. 익숙한 것에 대한 사고의 전환이 필요한 것은 익숙한 것만을 고집하다가는 어느새 삶이 편협해지고 생각도 탄력을 잃고 갇히게 되기 때문이다.

얼마 전 이십 년 가까이 살던 집에서 이사를 했다. 얼마 떨어지지 않은 같은 동네인데도 모든 게 달라졌다. 집에서 바라보는 아파트 창문 밖 풍경이 낯설다. 강이 보이던 집이 이제는 강은 거의 가려진 채 푸른 나무만 보인다. 장소가 바뀌니 생각도 바뀐다. 집 밖에서는 물론이고 집안에서조차 동선이 달라져서 불편함을 느낄 때가 있다. 그러나 이제껏 쓰지 않았던 신체 일부를 쓰게 되고 새로운 근육 운동으로 건강에 기여하는 바도 클 것이라는 생각을 했다. 자연스럽게 행동 패턴이 바뀌고 달라진 생활 여건이 새로운 것들에 대한 관심을 갖게 했다. 가까웠던 사람들이 멀어졌고 엘리베이터 안에서 우리는 다시 새로운 만남을 갖게 되었다. 상대하는 대상과 주위가 달라진 것이다. 환경이 달라지니 생활패턴과 관심조차 바뀌게 되는 것 같다. 아이들도 나도 이웃들에 대한 태도가 예전과는 사뭇 달라졌다. 전에는 그곳이 가장 좋은 곳이라고 여겨서 만족스러웠고 때로 지루해서 변화를 생각하기도 했지만 낯선 장소와의 만남은 용기가 필요했다.

때로는 엘리베이터 안에서 낯선 얼굴에 대한 부끄러움을 드러내는 사람을 본다. 그 얼굴이 내게도 낯설다. 또 처음 만났는데도 낯설지 않고 익숙하게 다가오는 만남도 있다. 이런 경우 처음 만난 이에 대한 새로운 호기심은 또 다른 설렘을 갖게 한다. 그렇게 새로운 얼굴들을 만나는 동안 쾌속으로 친근해져 버린 만남도 있으나 처음 본 사람과의 대면은 낯가림을 하는 내게 여전히 작은 부끄러움을 갖게 하는 것이다.

엠마누엘 레비나스에 의하면 타인은 우리에게 처음 얼굴로 나타난다. 그는 우리의 얼굴은 신체 중에서 가장 헐벗고 가난한 부위라고 말하고 있으며 "타자의 얼굴"을 헐벗은 존재로 표현하고 있다. 우리는 그 얼굴을 통해 드러나는 무한자를 보기도 하며 또 다른 삶의 예시를 가늠한다는 것이다. 우연한 만남이거나 혹은 자신을 찾아온 사람을 따뜻한 마음으로 대할 수 있다면 좋은 일이다. 누군가를 진심으로 맞이하는 것은 의례적인 인사를 넘어서 사랑하는 마음이다. 언어가 그렇고 한 번의 눈짓과 한 번의 몸짓이 품어내는 에너지는 언제나 정직한 것이다. 따뜻하거나 차갑거나 사랑을 느끼는 것도 그로부터 비롯되어진다. 우리가 갖는 공동체 의식은 인간이 서로 공감할 수 있는 부분이 있다는 것을 잘 알고 있다. 낯선 얼굴과 만남은 신선하고 낯선 것들도 곧 익숙한 것이 될 것이다.

감춰진 최고의 빛깔을 드러내라

아침 뉴스에서 왕따를 견디지 못해 아파트 옥상에서 떨어진 여중생의 어머니가 하소연하는 모습을 보았다. 매번 반복되는 이런 일에 사람들은 이제 놀라지도 않는 것 같다. 왕따 문제라는 것도 결국 사회적인 관계에서 비롯되어지는 일이다. 선하지 못한 어떤 관계가 가져다준 불행이라고 볼 수 있을 것이다. 선과 악의 문제를 빼놓고 인간의 이야기를 말할 수 있을까?

때로 우리는 선을 잘 알지 못하며 악이 무엇인지조차 잘 모를 때가 많다. 다만 삶의 과정들 속에서 우리가 죄인 될 수밖에 없다는 것을 깨달을 수 있다는 것은 선을 지향하는 우리의 노력에 좀 더 탄력을 받도록 해준다. 무수히 반복되는 선과 악의 대결의 역사는 인간이 그 두 가지 문제의 속성 안에 있음을 말해준다. 인류가 겪어온 많은 사건을 살피다 보면 인간이 참으로 자만하기 쉬운 존재임과 동시에 힘의 과시를 위한 본능에 사로잡혔던 여러 역사적 사례를 볼 수가 있다. 우리는 스스로가 뭘 좀 잘 아는 것 같아서 남보다 뛰어난 것처럼 생각하고 잘난 체 하기도 한다. 어떤 때는 종교적으로 또는 지성의 조그만 앎으로 교만해져서 자신이 만든 기준의 잣대를 들이댄다. 자만에 빠진 삶의 경험들이 우리가 더 겸손해져야 하는 이유를 말해주고 있다.

어떤 이는 다른 사람들을 그의 추종자로 만들고 싶은 열망으로 불타며 그것이 자신의 힘이라고 생각한다. 어떤 이는 돈의 힘, 경제적인 능력, 잠시 주어진 권력과 자신에게 부여된 사회적인 권한으로 습득된 지식으로 타인을 지배하고 자신이 추앙받기를 원한다. 그들의 성역에서 선과 악, 정의와 공의의 문제는 중요하지 않은 채 관계의 충돌과 마찰을 불사한다. 인간은 누구나 존귀한 존재이며 삶의 이야기에는 우열이 없다. 다만 더불어 사는 삶의 조화와 자신의 존엄성을 알아가는 과정이 필요할 따름이다.

모든 것들이 자신이 기대하는 것만큼 선명하지도 않으며 모호하기만 하다는 것을 알 때 우리는 혼란스럽다. 우리는 자기가 아닌 그 누구에 의해서도 자신이 규정되어 지기를 바라지는 않는다. 삶은 내가 아닌 타인에 의해 나라는 존재가 만들어지고 있음을 간과할 수 없지만 평정심과 자신의 역동성을 억압당해서는 안 될 것이다. 힘없는 자아, 타인에 의해 지배받던 자신의 이야기가 자신이 지배하는 이야기가 되어야 한다. 자신의 목소리를 낼 수 있고 자기만의 고유한 빛깔을 당당하게 드러내는 것은 힘을 갖는 것이다.

어떤 경우 인간은 서로에게 겨누어야 할 화살을 어느 한 사람을 향해 쏘게 됨으로써 각자가 서로를 향해서 겨누어야 할 화살을 특정한 한 사람에게로 돌리게 된다고 한다. 그것은 자신에게 올 화살을 희생양을 통하여 피하려는 것과도 같은 것이다. 인간 존재의 근원적인 왕따의 배경이면서 인간의 내재된 죄罪 성을 의미한다. 그렇다면, 부질없이 힘을 행사하지도 않았고 약자를 괴롭히지도 않았으며 스스로 정의롭다고 생각하던 우리는 참으로 그렇게 괜찮은 존재인가?

목회상담 학자인 도널드 캡스는 모호함과 혼란도 파괴와 무질서의 전 단계가
아니며 오히려 조화와 화합의 전 단계로 존재한다는 것을 이야기한다. 지독
한 고독은 혼란이나 분명하지 않은 것들로부터 자신을 분리시키고 평정심을
갖게 하는 쉼터다. 이는 머지않아 새로운 창조가 이루어지는 공간이 될 것이
다. 만일 다수와 다른 한 개인의 독특성이 왕따의 이유라면 역설적으로 그것
은 치명적인 매력이 될 수 있다.

승리하는 자아란 독특한 자신의 매력을 알아가며 자신의 삶에 용기가 되는
에너지를 스스로 전달하는 동력을 가지는 것이다. 소수가 된 자신의 치명성
을 인정하는 삶의 유머를 통한 희망과 역동성을 가지게 된다면 온갖 위협으
로부터 자신을 보호할 수 있다. 당신은 겨울을 넘어서 곧 꽃망울을 터트리게
될 봄이다. 잃어버린 자신의 목소리를 찾자. 그 소리는 곧 찾아야 할 존귀한 자
신이며 고유하고 독특한 자기만의 탐스러운 빛깔을 가지고 있다.

고독한 자리

"에휴, 사랑을 받고 자라지 못해서 그래." 혹은 "가정환경이 불우했다고 하
잖아." 한 사람에게 어떤 사건이 생겼을 때 그 사람의 성장 과정이나 환경 이
야기를 참 쉽게 한다. 물론 인간 발달과정의 여러 이론을 보면 어릴 때 처한
환경이나 성장 과정이 개인에게 미치는 영향이 크다는 견해가 있어 온 것도
사실이다.

과연 온전할 수 없는 인간에게 개인의 성장 과정이나 주어진 처지가 어떻게

이상적이기만 할 수가 있겠는가? 결핍 없는 환경과 결핍 없는 사람이 있는가? 그것은 초월적인 영역일 뿐 애초에 우리가 선택할 수 있는 것은 아니다. 한 사람에게 가난이나 충족할 수 없는 여건이 주어지는 것은 피조물인 개인의 능력 밖의 일이다. 그것이 절대적인 이유가 되어 모두가 잘못되거나 나쁜 영향을 받지는 않는다는 것이 여러 집단의 사례에서 입증되고 있다.

어쩔 수 없이 개인에게 주어진 처지나 상황이 있고, 살아가는 동안 필연코 다가서는 삶의 실수와 낙심이 있다. 하지만 끝 모를 것 같은 바닥에 떨어질 때라도 인간의 회복력은 실로 놀랍다. 치열한 생존 본능은 튀어 오르게 할지언정 그냥 부서져 깨어져 버리게 자신을 방관하지는 않는다. 눈앞이 캄캄해서 앞이 보이지 않아도 헤쳐나가는 것이다.

누군가가 고난을 가면을 쓴 축복이라고 했다. 실패나 고난 이후 불현듯 찾아올 기쁨이 삶의 언저리에서 매시간 자신이 들어갈 자리를 기다리고 있는지 모른다. 오직 황무지 같은 그곳에서, 산산이 부서지고 말 것 같은 절망의 자리에서 자각할 때만 그렇다. 스스로 운명이라 생각한 낡은 커튼을 자신의 손으로 거두어 낼 때가 그렇다. 삶이 우선순위를 깨달아 알아가며 놀랄 만큼 성장하고 성숙해지는 것은 한 인간이 어려움이나 몹시 힘든 일을 겪고 난 후다. 코코 샤넬이나 스티브 잡스, 조앤 롤링 등 그들 모두 반복되는 실패와 어려움을 딛고 우뚝 선 사람들이다.

아동 발달의 초기 이론에서 건강하지 못하고 어려운 환경이 건강하지 못한 심리 상태를 만든다는 것은 일면 일리가 있다. 그러나 적당한 좌절이나 실패가 한 사람을 더 강하고 더 성숙하게 하는 것을 우리는 보아왔다. 우리가 좌절이나 낙심을 수반하는 곤경에서 회복되는 것은 실패와 역경 속에서도 원래의 상태로 돌아올 수 있는 인간의 내재된 회복력이 있어서다. 회복력이라는 강력한 힘은 생존이라는 작동력에 의해서 움직이는 놀랍고 위대한 힘이다. 다시는 웃을 수 없을 것 같던 부모 형제와의 이별이나 죽을 만큼 사랑하던 사람과의 이별 후에도 우리는 다시 원래의 자리로 돌아온다. 지독한 미움이나 원망도 언젠가는 희미해지고 치유되어 간다.

바닷물은 채워도 다 차지 않지만 끊임없이 바다를 채운다. 다쳐서 피가 흐르던 내 신체의 일부에 어느덧 새살이 돋고 잘랐던 머리가 나도 모르는 사이에 다시 자라고 있다. 다만 회복력을 작동시키는 삶이 있고 그렇지 못할 경우가 있을 뿐이다.

당신의 고독한 자리는 인품보다는 능력, 참된 삶보다는 지위와 권력을 얻기위해 성공 지향적이기만 한 삶의 지배 문화를 깨고 나오는 희망이다. 꽉 짜여서 발 디딜 틈조차 보이지 않는 세계를 숨 쉬게 하는 것은 고독한 당신의 상상력이다. 곤경에 빠진 세계를 애통해 하는 유일한 당신은 억압과 착취 통속적인 지배 문화 너머를 사는 사람이다.

■■

전철 안의 철학자

얼마 전에 전철을 타고 집을 향해 오는 길이었다. 상담이 예정되어 있던 학생이 연락도 하지 않은 채 갑자기 오지 않는 바람에 그냥 다시 되돌아오는 길이 조금 착잡하였다. 차창에 기대어 눈을 감은 채 생각에 잠겨 있는데 옆에서 무어라 중얼거리는 소리가 나서 살며시 눈을 떠 보았다. 키가 아주 작고 나이는 육십이 훨씬 넘은 듯 보이는 사람이었다. 작은 배낭을 메고 있었고 별로 흐트러짐도 없는 모습이었는데 왠지 혼자서 중얼거리는 모습이 정상으로 여겨지지는 않았다. 전철 안 풍경이라는 것이 늘 그랬다. 조금 이상한 사람이 가까이 오거나 옆에 있으면 누구나 눈을 마주치지 않으려 애쓰고 외면을 해버린다. 그러지 않으면 뜻밖의 봉변을 당하는 일이 있기 때문이다. 그리고 그것은 일종의 자기방어 같은 것이기도 하다. 나 역시 매우 조심스러울 수밖에 없었고 두어 명 정도의 용감한 아줌마들만이 호기심 어린 눈빛을 보내고 있었다. 마침 나는 목적지에 도착하였기 때문에 지나가면서 잠깐 그의 말을 들을 수가 있었다. 그는 다음과 같은 말을 하고 있었다.

"…은 예기치 않게 찾아오는 것." 그리고 중간에 무슨 말인지 알아들을 수가 없었지만 확실한 것은 그가 잠깐 한숨을 내쉬었다가 다시 중얼거린 말이다. "인생은 불행 속에 살다가 또 불행 속에 사라져 버리는 것." 나는 그의 말을 더 이상 들을 수가 없이 목적지에서 내리는 수밖에 없었지만 그는 몹시 슬프고 외로워 보였다.

아무도 귀 기울여서 들어주지 않는 혼자만의 쓸쓸한 독백이다. 누구를 향해서인지 끊임없이 중얼거리며 말을 계속하는 그는 이미 세상에서 아무런 의미가 부여되지 않는 존재가 되어 버렸는지도 모른다. 언젠가는 그도 한 사람의 존귀한 인간으로서의 꿈이 있었겠지만 아마도 험난한 삶 속에서 녹록지 않은 것들을 겪으며 좌절하고 힘든 과정을 살았을 것이다. 그리고 이제 그는 혼자만의 외로운 독백을 하며 그의 독백이 다만 구경거리에 지나지 않는 한 사람이 되었다. 나는 상담을 하는 사람이고 사람은 누구나 자기의 말에 귀 기울여 주기를 원하는 것을 누구보다도 잘 안다. 하고 싶은 말을 다 터놓고 나면 속이 후련해하는 이들을 만난다. 그들의 눈을 바라보며 함께 그들의 삶의 이야기를 만나게 된다. 상대방을 잘 이해하고 그 내면을 잘 탐색해 주고 진정성 있는 공감을 함께 나눌 때 비로소 위로받고 지지 받으며 힘이 생기는 것을 보게 된다. 사람은 자기라는 존재를 부정당하고 공동체에서 외면 받고 소외당할 때 가장 아프다. 인간은 자신의 실존이 흔들릴 때 가장 불행할 수밖에 없는 존재이기 때문이다.

세상이 점점 복잡해지고 혼돈에 빠질 때 스스로 서야 할 자리를 잃어버리는 사람이 많아지는 것은 안타까운 일이다. 자신의 목소리를 내어도 인정받지 못하거나 아예 존재 자체를 부정당하고 마는 삶의 이야기들이 있다. 수많은 이유들과 다양한 내용 속에서도 생존은 치열하지만 삶은 숭고한 영역이다. 경쟁에서 낙오되어 버리는 이들이 있고 서서히 도태되어 가는 여러 사람과 그 사례들을 볼 수가 있다. 그 많은 이야기를 안고 살아가는 사람들이 오늘도 우리 가까이에서 신음한다. 누가 내 이야기 좀 들어 달라고 자신의 슬프고 힘든 이야기에 귀 기울여 줄 것을 눈빛으로 온몸으로 호소한다.

⁙

어떤 날의 뉴스

신문 지면에 늘 등장하는 사회적 범죄들 수많은 다툼, 이어지는 폭력과 살인 사건들의 원인은 무엇일까? 저마다 크고 작은 이해관계에서 비롯되어지는 경우도 많지만 때로는 작은 동작하나 말 한마디에서 비롯되는 경우가 있다. 그것은 한 인간 존재의 근간을 뒤흔드는 언어와 멸시하는 태도 등에서 비롯되어지는 것이다. 평생을 함께했던 노부부의 다툼이 결국 살인 사건으로 번진 것이(할머니는 할아버지한테 '개 눈깔'이라고 했다) 그러하고 친한 동료끼리 술자리에서 다투다가 벌어지는 불상사 등이 그러하다.

인간의 수치심은 상처가 된다. 상처는 피해자를 고통스럽게 하고 분노의 포로가 되게도 한다. 사람은 자신의 자아가 존중받고 인정받을 때 스스로를 가치 있고 소중한 존재로 경험하지만 반대일 경우, 그리고 심한 수치심에 노출될 때 연약한 모습이 되고 무너지기 쉬운 존재가 된다. 『타인의 얼굴』에서 레비나스가 하는 말처럼 우리가 타인에게 맨 처음 드러내 보이는 얼굴은 연약하고 실로 상처받기 쉬운 부분이다. 얼굴은 인간과 인간이 서로 마주 볼 수 있고 서로 교통하는 부위이기 때문이다. 인간이 교통하고 소통한다는 것은 서로의 얼굴을 바라보는 것이다.

우리를 찌르는 흉기는 과연 무엇인가? 인간은 누구에게나 건드리지 않아야 할 곳이 있다. 취약한 부위가 있는 것이다. 그것을 건드리는 것이 언어가 될 때도 있고 작은 표정이나 몸짓일 때도 있다. 그것이 한 개인이 될 수도 있고 집단이 될 수도 있으며 나아가서는 잘못된 사회 구조일 수도 있다.

인터넷에서 떠도는 이야기를 딸이 들려주던 말이 생각이 난다. 어떤 가정에서 키우던 애완견이 수명을 다해서 그 고통을 덜어주기 위해 부득이 안락사를 시켜야 될 일이 생겼다고 한다. 온 가족이 지켜보는 가운데 그것을 감당하기에는 아직은 너무 어린 초등학생이 있었다. 어쩌면 힘들었을 과정이었는데도 아이는 그 죽음을 지켜본 후에도 작은 미동도 없었다. 그리고 가족 중에 누군가가 충격을 덜어주기 위해 아이에게 개는 인간의 수명보다도 짧은 수명을 가지고 태어났음을 말해주었다고 한다. 그때 아이의 대답이 참으로 인상적이다.

> "그래요, 우리 인간은 착해지기 위해서 더 많은 수명과 시간을 필요로 하고 살고 있지만 강아지는 이미 착하게 사는 방법을 알고 그렇게 살았기 때문에 더 많이 살 필요가 없는 거지요."

그때 나는

  그때 나는 숨죽이며 작은 날갯짓도 하지 못하였다. 당신이 다 말하지 않았는데 내가 다 말할 수도 없었다. 거기서는 아픈지도 몰랐다. 지치고 위축되고 용기가 없어 말하지 못하고 무력해져서 주저앉고 말았었다. 진실을 말하다가 허물진 나를 발견하고 괴로워하였고 어느 날은 그가 내 안에서 통곡하는 것을 보았다.

가려진 창 앞에서 길을 잃었을 때 손잡아 주는 이가 있어 다시 일어설 수 있었다. 그때야 스스로 가린 손을 내리고 희미해진 창을 닦았다. 한때는 무거웠던 옷이 어느 날 북풍 한파 차가운 바람을 막아주는 것을 깨달았다. 가려지고 어두웠던 시간들이 빛의 방향을 가늠하게 해준다는 것을 알았다.

모든 일에는 기한이 있고 주어지는 때가 있다. 지금 있는 일들이 언젠가 있었던 것처럼 다가올 일 또한 그날 있었던 일들이다. 시간은 내게 풍성한 이해와 정신적인 틀을 만들어주었다. 다시 주어질 거친 산을 넘어설 힘을 주었다.

나를 부끄러워 한다

나를 부끄러워한다
나를 아파한다
그때는 울지도 못했지
그때는 웃을 수도 없었지
기쁨이 무언지도 몰랐으니까
슬픈 것도 몰랐으니까

사랑하지 못했으니까
용서하지 못했으니까
화평하지 못하고
다 알지도 못했으니까

그런 나를 부끄러워한다
그런 나를 만나러 간다
어리고 성숙하지 못했던 시간
그 시절 나를 만나러 가야지

너는 철 지난 옷을 입고
가엾게 떨고 서 있구나

가까이 오렴
얼싸안아 보자

함께 울어보자
뺨을 만지고
함께 웃어보자

이제야 너를 만났구나
용납할 수 있게 되었구나
비로소
너를 사랑하게 되었구나

9부

28일의 장례식

애가

폭풍이 거세게 몰아치던 그날
당신은 다리 하나를 잃었고
나는 팔 하나를 잃었다

내가 당신의 발이 되어주면 될 것을
당신이 내 팔이 되어주면 될 것을
우리는 발을 내놓으라고 팔을 내놓으라고
애증의 시간을 보냈다

당신이 떠난 후 이제 나는 안다
당신과 나는 다리와 팔을 잃은 게 아니었다

잠시 서로의 마음을 잃은 거라는 걸
인생이 미련하고 우매하여
하나님의 계획을 몰랐던 거라는걸

이제야 당신이 남겨 놓고 간 마음을 담습니다
행여 놓칠세라 떨면서 담습니다

하지만
남은 나의 마음은 어찌해야 할까요?!

주일 이른 아침이었다. 휴대전화 진동 소리에 갑자기 마음이 철렁 내려앉았다. 왜인지는 모른다. 무언지 모를 불길한 느낌은 주일 아침 중요한 용건 외는 전화가 없기 때문이었을 것이다.

"… 여보세요."

전화 너머로 다급하고 웅성거리는 상황이 느껴졌다.

"교회입니다. 남편 되시는 김승준 집사님이 쓰러지셨습니다."

아, 이런 걸 청천벽력이라고 하던가?! 옷을 입어야 하는데 옷이 보이지 않았다. 지갑도 어디 두었는지 보이지가 않았다. 무얼 어찌해야 하는가? 정신이 아득했다. 이런 때일수록 침착해야 한다고 마음을 다스리려 애쓰는 가운데 내가 정신을 놓으면 남편을 구할 수가 없다는 생각으로 몸을 가누었다. 정신없이 아직 자고 있는 딸아이 방으로 달려갔다.

"아빠가 쓰러지셨대! 빨리 일어나! 병원… 아니 119를 불러야 하는 건데! 아, 어떻게 해야 하지?"

남편이 있는 응급실에 도착하기까지의 상황이 정확히 기억나지 않는다. 딸아이가 전화로 거기가 어디냐고 외치는 소리, 빠르게 움직이는 차 속 광경만이 간간이 떠오른다. 온갖 생각이 다 들었다. "혈압 때문일까? 내가 아침밥을 챙겨주지 않아 어지러워 쓰러진 것일까?" "아침에 뽀뽀를 못 해주었는데 이게 마지막이면 어떻게 하지?" 실감이 나지 않으면서도 실감 나는 상황이 마치 꿈 같았다.

응급실에 도착했지만 할 수 있는 것은 아무것도 없었다. 드라마 주인공처럼 주저앉아 울부짖을 수도 없었다. 그저 의사 선생님께 잘 보여야지 애쓰며 "도와주세요, 살려주세요, 부탁드립니다." 애걸하는 것밖에는 할 수 있는 것이 없었다.

남편의 후송을 도와준 목사님께서 기도실에 남편이 쓰러져 있었다고 상황을 말해주었다. '도대체 남편은 왜 예배당도 아닌 기도실에 있었을까? 필시 예배 직전 혼자 기도를 하고 싶었을까? 아니면 몸이 좀 피곤해서 잠시 쉬고 싶었던 걸까?' 물음표만 가득한 머리로 기도하는 것밖에 내가 할 수 있는 것은 없었다.

의사가 나와 이제는 심폐 소생술이 의미가 없다며 사실상 사망 선고를 내렸다. 소생실로 가는 열 발자국도 안되는 거리가 감각 없는 신체처럼 멍하고 길게 느껴졌다. 마치 물속에 있는 듯 가슴이 턱턱 막혔다. 누워있는 남편의 발이 보였다. 드라마에서만 보던 흰 천 아래 차가운 발.

그 후의 상황은 기억이 잘 나지 않는다. 딸의 말에 의하면 내가 한달음에 달려들어가 "여보! 여보! 당신 왜 이러는 거야! 왜 그래! 여보 사랑해요! 눈 떠봐요 제발 어서! 내가 첫눈에 반한 남자 김승준, 사랑해. 조희야 아빠 좀 비벼봐, 주물러봐." 울부짖으며 남편의 얼굴을 쓸어내리고, 차가운 볼을 비비고, 손과 발을 계속 주물렀다고 한다.

심폐 소생술을 위해 찢긴 남편의 파카에서 나온 깃털이 바닥에 어지럽게 흩어져있었다. 힘도 없이 슬프게 흩어지고 날리고 있었다. 나는 정말인지 남편을 위해 할 수 있는 게 아무것도 없었다. 아무런 도움도 힘도 되지 않는 눈물

밖에는. 남편에게서 최후의 승리자의 얼굴이 느껴졌다. 그 얼굴을 바라보면서 밀려드는 미안한 마음. 당신이 맞았어 남편이 옳았다는 생각을 한 것 같다. 그의 표정이 모든 걸 말해주는 듯했다. 남편의 웃는 듯 평온한 모습을 보며 주체할 수 없는 미안한 마음이 아프게 고통스럽게 가슴을 눌러오고 있었다.

D-1. 마지막 숨바꼭질, 마지막 전화

남편은 항상 집에서 아침 일곱 시 전후 나가서 일찍 예배를 보고 나는 딸아이와 오후 예배를 보아 온 게 벌써 6년이 넘었다. 늦둥이 딸아이가 원하던 대학에 들어가고 난 후부터다.

전날 남편은 저녁 아홉 시가 넘어 들어온 것 같다. 현관 버튼을 누르는 소리가 나자 나는 갑자기 우리가 종종 하던 것처럼 숨바꼭질이 하고 싶어져 현관 옆 욕실 문 뒤에 숨었다. 남편은 이런 숨바꼭질에 매우 익숙하여 반드시 나를 찾아내고야 말 것이고 우리는 그 과정이 즐거웠을 뿐이다.

욕실 문 뒤에 숨은 나는 남편이 "엄마는 어디 갔냐."고 딸에게 묻는 소리를 들었다. 평소 내가 눈에 띄지 않으면 찾는 그 음성 그 말투 그대로였다. "글쎄 잘 모르겠는데요." 딸 아이가 능청스럽게 대답하니 남편이 여기저기 문을 열어 보고 다니는 소리가 났다. 내가 숨은 욕실도 보았지만 왠지 나를 찾지 못했다. 나는 욕실 벽에 몸을 최대한 밀착하고 숨어있었으니까. 다른 때 같으면 남편은 나를 찾고도 웃음 섞인 목소리로 "어디 갔지? 어디 있지? 응 여기도 없네." 모른 척하며 문을 지그시 눌러서 문 뒤에 있는 내가 나오게끔 했다.

잠시 후 소파 위에 놓은 내 휴대전화가 울렸다. 그것이 남편이 내게 거는 마지막 전화가 될 줄이야. 나는 벽에 몸을 착 붙이고 있으려니 다리가 아프기도 하고 '이 나이에 아직도 숨바꼭질이라니' 하는 생각에 나와서 거실 소파에 철든 어른처럼 사뭇 의젓하게 앉았다. 남편이 "어! 여기 있었어?" 하면 "응, 난 여기 있었는데?"라고 천연덕스럽게 말할 요량이었다. 애기 취급하는 게 싫으니 아주 당당하게 말하려고 했다.

그러나 남편은 나를 더 이상 찾지 않았고 이내 안방 욕실의 물소리가 들렸다. 난 남편의 샤워가 빨리 끝나기를 기다렸다. 조금 후면 남편은 평소처럼 자신이 입던 속옷과 수건이랑 빨래 가지를 들고나와서 앉아있는 나를 발견하고 "여기 있었구만." 할 것이니까.

한참을 기다려도 남편은 나오지 않았다. 맥빠진 내가 안방으로 가보니 그는 그냥 침대에 누워 자고 있었다. 피곤했을까? 그날의 숨바꼭질은 싱겁게 끝났고 그냥 서로가 그렇게 잠이 들었다.

D-2, 총각김치

남편이 떠나기 이틀 전인 것 같다. 그즈음 남편의 대외 활동이 너무나 왕성해 보였다. 아침 일찍부터 저녁까지 피곤하지도 않을까 싶을 정도로. 저녁 식사를 하고 들어올 때가 많았고 나도 이런저런 일이 많아 부쩍 부엌일을 게을리했다.

남편은 내가 잠들어 있다거나 잠시 자리를 비우면 혼자서 냉장고에서 음식을 꺼내 먹었다. 자신은 늘 입맛이 좋으니 만 가지 반찬보다 그게 바로 복이라며 맛있게 먹었다. 그리곤 잘해준 것도 없는 나에게 "잘 먹었습니다." 했다. 대식가여서 언젠가 한 번은 호텔 식당에서 남은 요리 4인분을 혼자서 먹은 적도 있다. 비싼 음식 아깝다며 거뜬히 먹어 치우곤 탈도 나지 않았다.

그가 떠나기 며칠 전 나는 남편이 좋아하는 총각김치를 새로 했다. "냉장고에 맛있는 게 생겼구만." 남편이 즐거워했다. 남편은 무척 소탈하고 특별히 무를 좋아했다. 남편의 할아버지께서 "무 석삼년 못 먹으면 죽는다."고 말씀하셨다고 했다. 그 영향인지는 몰라도 남편 또한 무는 인삼에 버금가는 좋은 음식이고 소화도 잘된다면서 즐겼다.

그날 식사 후 남편은 복도에서 미끄러지듯이 애교스럽게 춤을 추며 안방으로 걸어 들어갔다 나왔다 하며 즐거워했다. 우리가 크게 웃고 따라서 해봤지만, 남편처럼 유연하게 잘되지 않는 동작이었다. 남편은 기분이 좋으면 재미있는 말과 동작으로 우리를 웃게 해주었다. 유난히 깔깔거리며 웃기라도 하면 기분이 좋아서 재탕, 삼탕하기도 했다. 가족 중 딸이 가장 남편 흉내를 잘 냈다. 자기는 '미니 승준이'고 아빠는 호랑이, 딸은 고양이라고 자처했다.

아, 좀 더 크게 웃어줄 걸 그랬다. 나는 언제나 남편은 그 자리에서 그렇게 다시 만나는 사람인 줄로 알았다. 내게 주어진 유예기간이 다한 것도, 하나님의 계획도 몰랐다.

::

D-3, 정말 미안해요

내가 속상해하면 남편은 오지 않을 일을 미리 걱정하지 말라고 했다. 잘 해결될 것이라고. 현실에서 어떤 문제가 생겨도 내 앞에서는 너무나 태연했다. 내가 염려하고 걱정하는 것을 남편은 몹시 싫어했다. 자신이 모두 알아서 할 일이고 또 하나님께서 잘 인도하실 것이라고 했다. 그런 남편의 태연함이 걱정되고 한편으로는 못마땅할 때가 있어 나는 더 앓는 소리를 했다. 남편에게 이제 얼마 남지 않은 인생이니 잘 정리하자고 했다. 노후를 마음 편하게 살고 싶었다.

하루는 딸아이가 남편을 배웅하며 며칠 전 이상한 꿈을 꿨다고 조심하라고 말했다. 사실 나도 비슷한 꿈을 꿨다. 아마도 남편의 가장 좋았을 시절, 젊은 남편을 꿈에서 보았다. 꿈에 남편은 내 발을 보면서 불편하냐고 물었다. 불편하면 기다릴 테니 집에 들어가서 편한 신발로 다시 바꾸어 신고 나오라고 했다.

딸이 남편에게 휴대전화 잠금장치를 풀어 놓으라고 했다. "혹시라도 아빠에게 무슨 일이 생기면 가족한테 연락해야 하잖아요."라며 꿈 얘기를 했다.

"무슨 꿈? 내가?" 남편이 말했다.

"아니 그냥 조심하세요. 꿈이니까."

딸과 나는 최근 들어 남편이 걱정됐다. 좀 쉬면 좋으련만. 이제는 자기 몸 생각도 하고 편히 살았으면 했다. 불길한 예감은 맞았다. 그리고 내 남편 준이는 세상을 떠났다.

D-5, 당신과의 마지막 춤

그날은 남편이 조금 일찍 들어왔다. 웬일인지 나는 처음으로 우리 결혼기념일을 까맣게 잊고 있었다.

12월 10일은 우리가 결혼한 지 39주년 되던 날이었다. 남편은 내 생일과 우리가 처음 만난 날 그리고 결혼기념일을 단 한 번도 잊은 적이 없었다. 나는 소파에 딸아이와 앉아서 TV를 보고 있었고 마침 귀가한 남편이 웃으며 말했다.

"조희야 오늘이 무슨 날인 줄 아니? 엄마랑 아빠가 결혼한 지 39주년 되는 날이야."

나는 정말 까맣게 잊고 있었다. 그래서 그렇게 말하는 남편에게로 번개처럼 달려들어 그를 얼싸안고 팔짝팔짝 뛰었다. 방방 뛰면서 젊은 시절 우리가 장난하던 그때처럼 뱅그르르 돌기도 했다. 남편의 배에 올라타서 아이들이 아빠에게 하는 것처럼 뛰고 굴렀다. 내가 그러는걸 남편은 언제나 참 좋아했다. 행여라도 나를 놓칠까, 내가 다칠까 봐 내 손을 잡고 내가 마구 구르고 팔짝이는 방향대로 이리저리 따라와 주었다. 그날 그 순간 남편의 얼굴은 참 행복해 보였다. 우리는 젊을 때처럼, 아이들처럼 크게 웃고 떠들며 마지막 춤을 추었다.

여보, 날마다 아니, 좀 더 자주 그러지 못해 정말 미안해요. 그리고 5일 후 당신은 이 세상을 떠났어요. 저 천국을 향하여.

한강에 하트가 떴어요

　　장례식 다음 날 아침 한강 수면 위로 하트가 떴다. 딸이 서둘러 촬영하며 "아빠 우리도 사랑해요."라고 했다. 딸은 그 하트가 남편이 하나님께 졸라서 보낸 건가 보다 말하며 울었다.

여보 안 그래도 돼요. 당신 마음 잘 알잖아요! 이제는 편히 쉬세요. 우리 걱정도 더 이상 하지 말아요. 당신은 하늘의 평화와 안식을 누릴 자격 있지 않나요. 다 괜찮아요. 누가 뭐래도, 아무것도 없어도, 아무것도 안 했어도, 잡을 수 없었어도, 지칠 줄 모르던 당신의 신앙의 열정과 믿음의 줄기는 자손 대대로 이어질 거에요.

여보 이제 다 괜찮아요. 우리는 다만 당신을 사랑할 뿐이에요. 언제까지나. 당신은 내게 두 번 다시 없을 사랑, 헌신, 섬김, 용서, 그리고 희생입니다. 그 모든 걸 다 주고 다 가르쳐준 사람입니다. 누가 당신을 대신할 수 있을까요? 누가 당신보다 더한 사랑일 수 있을까요? 나의 친구, 나의 남편, 두 번 다시없을 나의 환희, 나의 꿈, 내가 사랑한 최고의 사람 준이, 내가 당신을 정말 사랑한 거 아나요?! 너무나 보고 싶어서 가슴이 아파요.

■■
■■

하늘에 있는 당신에게

눈을 뜨면 아침, 당신이 보고 싶어 또 눈을 감으면 어느새 밤
아침인지 밤인지도 모른 채 당신이 보고 싶어 계속 잠을 잤지요
자고 또 자도 나타나지 않는 당신이 보고 싶어 다시 눈을 감기도
합니다

오늘은 새벽인 줄 알았는데 밤이었어요
낮과 밤을 구분하지 못하고 한밤을 서성이는
시간이 언제쯤 끝이 날까요
꽃이 너무 예뻐도 미안하고
날이 너무 좋아도 미안하고
맛있는 걸 보아도 미안해요

세상의 모든 좋은 것들이
다 미안한 것들이 되어버리고 말았네요
이 시간이 대체 언제쯤 끝이 날까요

부르면 언제든 빛처럼 나타나던 사람
공기처럼 늘 내 가까이 머무르던 사람

어느 날은 한여름의 소나기도 되었다가
크리스마스날 반가운 눈송이 같기도 했던 당신을
나는 다 담아낼 수가 없었지요

당신을 거기 뿌리고 온 다음 날 아침
한강 위에 뜬 큰 황금빛 하트
당신이 보낸 건가요?!

"여보 나도 사랑해"
응답이 당신에게도 닿았나요
여전히 장난꾸러기 당신
천국에서도 하나님께 하트 만들어달라고 졸랐나요
그러지 않아도 돼 여보 당신 마음 다 알잖아

■■

오지 않은 양복들

마지막 가는 길에 남편의 곤색 양복을 입혀주지 못했다. 다가오는 조카 결혼식에 입으려고 아끼던 양복 두 벌을 세탁소에 맡기라고 해서 모두 맡겼는데 미처 오지를 않았다. 그래서 남편과 내가 젊은 시절 입던 회색 양복을 마지막 가는 길에 입혀주었다. 붉은 넥타이도 남편이 평소 즐겨 매던 것으로 생각해 선택한 건데 터키블루 넥타이로 해줄걸 그랬나 보다. 앨범의 사진마다 남편은 푸른 넥타이를 매고 있었다. 남편은 짙푸른 빛 나는 것들을 좋아했다.

마지막 날 남편은 왜 평소 쓰던 모자가 아닌 아들의 야구모자를 썼을까? 어느날 딸과 내가 군밤 장수 같다고 놀린 적이 있어 그랬을까? 장난이었는데… 사소한 일에는 흔들리지 않는 사람인 줄 알았는데 그도 연약할 수 있다는 걸 모른 우리는 바보천치다. 나쁜 사람들이다.

아! 너무나 마음이 아프다. 왜 그런 농담을 한 건지, 모자만 보이면 딸도 나도 가슴을 치며 울고 후회했다. 따뜻한 모자를 썼더라면 그날 떠나지 않았을지도 내가 좀 더 잘해주었으면 더 건강하게 오래 함께했을지도 모른다는 생각이 들었다. 애들이 자책하지 말라는데 견딜 수가 없었다. 나를 도저히 용서할 수가 없었다.

그러다 남편의 지인이 보낸 위로 메시지에 정신이 번쩍 들었다. 생명의 주관자는 내가 아니었다.

"그렇게 생각하지 마세요. 온전하신 분은 주님뿐이에요. 우린 부족하고 허물투성이에요."

최후의 승리자

남편이 떠난 후, 남편의 친한 친구분이 새삼 그의 말이 생각난다며 남편과의 대화 내용을 보내줬다.

"아버지가 럭셔리 세단을 보내서 오고 있어. 날 픽업하려고. 도착하면 잽싸게 타고 가야지!♡"

문자 내용처럼 남편은 아버지, 하늘의 부르심을 받고 잽싸게 떠났다. 그리고 그해 12월 15일, 결혼 39주년하고도 5일째 되는 주일 아침 천국을 향해 떠났다.

그는 때로 세상에는 미련이 없는 사람처럼 보였다. 광야의 고통을 온몸으로 흡수하고 감당하며 오히려 당연한 일로 받아들이는 것 같기도 했다. 나는 안다. 그에게 어느 순간 주어지는 세상의 비웃음과 조롱이 있었을 것이다. 그러나 그는 절대로 세상의 권세에 기죽지 않는 사람이었다. 그는 전능자이신 하나님의 아들이었으니까.

나는 누구보다도 그것을 가장 잘 안다. 평소에 바라고 말하던 것처럼 그는 누구도 힘들지 않게 잽싸게 하늘 아버지께로 달려갔다. 하늘에서 보내준 럭셔리 세단을 타고 간 것이다. 내 남편 준이 당신이 이겼어요. 당신은 최후의 승리자입니다.

그는 늘 기도하는 사람이었고 삶의 중심이 오직 하나님을 향해있던 사람이다. 그것이 때로는 엉뚱해 보이기까지 할 정도여서 비웃음을 샀을 수도 있다. 그는 세상에 속해있으나 늘 세상과 무관한 사람처럼 살았고 나는 그런 그를 원망해서 때로는 비수와 같은 말로 그의 가슴을 가리가리 찢어놓았다. 당신은 왜 좀 더 큰 그늘이 되어주지 못하냐고.

부귀영화나 세상 권력 하나 믿고 까부는 사람들 때문에 내가 속상해할 때면 남편은 '그런 모임은 나가지 말라'고 나를 타이르곤 했다. 그런 그에게 나는 "패배자가 될 수 없다. 세상도 포기할 수 없다. 왜 현실을 무시 하느냐."고 따졌고 그럴 때면 대답 대신 나지막이 찬송을 부르곤 했다. 어떤 때는 가만히 나를 보며 "그래도 당신이 내가 죽으면 가장 많이 울 거야 내가 다 알지."하고 정말 듬직하게 웃었다.

"당신이 아무리 그래도 나 엄청 사랑하는 거 내가 안다. 남편이라도 있으니 믿고 그러는 거지."라고 말하면서.

당신이 맞았어요. 다시 보게 된다면 당신이 옳다고, 그런 세상 권세는 필요 없다고 말해줄래요….

자신에게 너무나 엄격했던 남편의 옷은 늘 남루하고 벨트도 낡았었다. 사실 남들이 보는 우리의 경제적인 상태와 도저히 걸맞지 않게 바지는 몇 번씩 누비고 수선해서 입었다. 쇼핑을 좋아하지 않는 남편인지라 나 혼자 백화점에 가서 명품 옷이라도 사서 갖다주면 얼마냐고 물어보다가 말도 되지 않는다면서 반품하라고 했다. 답답하고 너무 창피하기도 해서 마누라 욕먹는 일이라고 내가 말하면 "차림새가 남루하다고 안 만나 줄 사람은 안 만나도 된다."고 흐르는 물처럼 바람처럼 이야기했다.

남편은 하나님의 아들이라는 자신감으로 늘 충만했다. 그가 어떤 권력이나 어떤 힘이나 세상살이라는 것에 찌든다거나 절대 기죽지 않고 당당했다는 걸 나는 안다. 그는 본질이 아닌 것이면 세상의 시선이나 평가 따위는 개의치 않는 사람이었다. 사랑도 성공도 실패도. 그것이 때로 올무가 되고 조롱이 될지라도 마치 세상을 넘어섰지만 세상을 사랑하는 것처럼 살았다. 일요일에는 애들과 남편이 가끔 가곤했던 한 대학 교회 예배에 참석했다. 남편을 기억하며 추도하는 순서가 있었고 그의 죽음이 너무 갑작스러운 탓인지 남편을 그리는 사람들의 애통한 추도와 위로가 있었다.

아들이 이날까지를 '28일간의 장례식'이라고 명명하며 눈시울을 붉혔다. 혹자는 남편이 목회자들과 크리스천들에게 울림을 주고 떠났다고도 한다. 여보 당신의 뒷모습이 왜 이리 아름다운지요.

남편은 툭하면 "내 아버지가 누군지 아오?" 하고 내가 자기 말을 잘 안 들을 때면 "시아버지께 혼난다."라고 말했다. 나는 그분이 우리 친정아버지라고 기꺼이 응수했고 지금 생각하니 우리 그때 철없는 어린아이들처럼 즐거웠다. 어떤 때는 정색을 하고 아들과 딸한테도 너희 할아버지가 얼마나 위대하신 분인줄 아느냐 아무것도 두려워할 게 없고 부러울 게 없다고 말했다. 마치 깜짝 놀랄 숨겨진 할아버지의 스토리가 있는 줄이나 알고 궁금해하며 우리가 다가서면. 기대에 찬 눈빛을 하는 우리를 보고 그는 싱겁게 웃었다. 그는 유머가 풍부하고 늘 재미있는 말로 아이들과 나를 늘 웃게 해주었다. 우리가 깔깔대고 웃으면 계속 웃기려고 반복해서 탈이었지만.

내가 첫눈에 반한 남자 김승준. 당신이 말한 대로 지금 내가 가장 많이 울어요. 끝도 없이 눈물이 나고 시도 때도 없이 눈물이 나요. 보고 싶고, 못 해준 것들이 미안하고, 당신이 당장이라도 현관문 열고 "나요." 하고 들어올 것 같아서 울지요. 한 번도 칭찬한 적 없지만 '나요' 하고 낮게 울리는 당신의 목소리 내가 얼마나 좋아했었는데. 이제는 들을 수가 없어서 둘러보니 아 당신이 없군요. 없어요. 당신이 죽으면 내가 많이 울 거라고 한 말 맞아요. 그리고 당신이 이겼어요. 세상을 이기고 나도 이겼어요.

당신만큼 마지막이 아름다운 사람이 있을까? 나는 안다. 당신이 최후의 승리
자인 것을. 당신의 소원대로 당신이 입버릇처럼 말하던 그 모습 그대로 하나
님 품에 신속히 잽싸게 안긴 당신의 마지막 모습을 보고 알고 당신은 정말 마
음이 멋지고 따뜻한 사람이라는 걸 알기에. 두 번 다시 만날 수 없는 사람이
되어버린 당신 가는 모습까지 그렇게 멋지면 너무 슬프지 않아요? 당신이 최
고로 멋진 사람이라는 걸, 당신이 정말 하나님의 사랑하는 아들이었다는 사
실을 알게 됐지만 방법이 나쁘잖아요! 여보 꼭 그렇게까지 빨리 가야 했나요?
아무런 낌새도 없이…. 왜 그날은 매일 아침 해주던 뽀뽀도 안 해주고 나갔어
요. 왜 그랬어요? 여보 뭐가 그리 급했어요?

1월 12일, 주일 예배를 한 대학 교회에서 드리고 남편을 추모하고 애도하는
분들을 만났다. "아버지는 정말 훌륭한 분이셨습니다. 좋은 말씀 많이 해주시
고 도움도 받았습니다. 장례식장에 가지 못했으니 아이들 결혼식에라도 꼭
연락 주십시오." 떠난 남편을 슬퍼하고 이런저런 말씀들을 해주었다. 나는 남
편과 그분들의 관계 그리고 남편이 어떤 도움을 주었는지 그 내용을 자세히
는 모른다. 그러나 그분들의 눈빛에 고인의 죽음에 대한 큰 아쉬움과 슬픔이
서려 있었다. 너무 급히 간 남편에 대한 놀라움과 더불어.

아이들이 내게 말했다. 아버지는 사람들을 참 좋아하고 그래서 또 좋아하는
분들도 많았나보다고. 조의금과 더불어 교인들 생일에 준다는 작은 선물을
받는데 눈물을 참을 수가 없었다. 예배 시간에 유족 소개와 기도, 아이들도 흐
르는 눈물을 주체하지 못했다. 이제 천국에 있을 당신, 생전에 당신이 먼저 가
도 울지 말라고 했지만 나 울어도 되지요? 이별은 슬프니까요. 마지막은 슬
픈 거잖아요. 그러니 울어도 용서해주어요. 생일에 준다는 선물을 당신이 떠

난 후 받았군요. 내 남편 준이, 이 교회를 마지막으로 당신의 장례식을 이제 그만 마쳐야겠어요. 내 몸에 남아있는 물이란 물이 거의 다 없어지기 전에.

::

아들이 올리는 글

평소보다도 이른 아침 교회로 향한 아버지는 평소처럼 단정하게 침대를 정리하고 어머니께서 손 아플까 설거지까지 깨끗이 해두고 집을 나섰습니다. 홀로 뒷짐을 진 채 기도실로 들어가시는 CCTV 영상이 확인할 수 있는 아버지의 마지막 모습이 됐습니다. 서로 첫눈에 반했던 부모님이 백년가약을 맺은 지 39주년이 막 지난 때였습니다.

그 마음 구석구석을 너무 잘 알아주던 첫사랑을 잃은 어머니, 사랑하는 아버지의 죽음을 처음부터 오롯이 마주한 동생이 남았습니다. 못난 아들의 근심을 아시곤 '커피라도 마시자'며 기다리던 아버지는 더는 말씀이 없으셨습니다. 제가 8년 늦되니 그만큼 더 살라시더니 끝까지 지켜봐 주셨으면 더 좋았을 것을.

하나님의 집에서 눈을 감은 아버지는 그 마지막의 마지막 모습까지 항상 말씀하시던 대로였습니다. 하나님 품에 안기기만을 바라며 이 땅에서의 마지막을 항상 준비하신 아버지였기에 슬픔, 두려움 없이 하늘나라로 향하셨을 것을 압니다.

다만 남은 이들은 한 번 더 안아드리고 사랑한다고 말하지 못한, 그 뜻을 조금 더 헤아리지 못한, 조금 더 행복한 모습 보여드리지 못한 아쉬움이 있습니다. 제게는 결혼식장에 세워드리고 행복한 가정 꾸리는 모습 보여드리지 못한 것이 아쉬움으로 남습니다.

그리움은 사무치지만 이제는 아버지가 그랬듯 하나님 보시기 아름다운 모습으로 남은 시간을 열심히 살아가야겠습니다. 마흔이 다 되도록 스물처럼 사는 아들 철들라고 마지막 큰 가르침 주셨다고 생각합니다.

견인차량 보관소에서 20년이 넘은 아버지 차를 찾아 몰고 돌아오며 그 살아오신 시간을 생각했습니다. 라디오에서 흘러나온 〈My Way〉 가사에서도 그 마음가짐을 느껴보고자 했습니다. 돌이켜보니 노래도 운전도 참 좋아하셨습니다.

이제 저도 어른이 되어야겠습니다. 어머니와 여동생, 남은 가족과 사랑하며 살겠습니다. 아버지 가시던 길 걷겠습니다. 바라던 모습으로 원하는 곳에 가신 아버지, 몸소 낮아지는 법과 사랑하는 법을 가르치셨고 삶을 어떻게 살아야 할지 답을 주셨습니다. 어머니 말씀대로 최후의 승자였고 친구분들에게는 세상에 모르는 것 하나 없고 아는 것 하나 없는 아름다운 사람이었습니다. 어린아이와도 같은 순수함을 끝까지 간직하신 하나님의 아들이자 훌륭한 아버지였습니다. 사랑합니다.

즐겨 부르시던 찬송가 〈저 높은 곳을 향하여〉 후렴구입니다.

내 주여 내 맘 붙드사 그곳에 있게 하소서
그곳은 빛과 사랑이 언제나 넘치옵니다.

- 2019. 12. 31 아들 올림

천국에 있는 아빠에게, 딸 올림

아빠 편안히 잘 갔지?

너무 놀라고 힘들었지만 우리는 잘 이겨내고 있어. 아빠도 알다시피 내가 약해 보이지만 은근 현실적이고 야무지잖아. 그래서 아빠 가고 막 행정적인 처리들도 하고 씩씩하게 잘 해냈어. 아빠 손님들도 잘 맞이했는데 실수는 안 했나 몰라. 그래도 이쁘게 봐줄 거지? 아빠는 딸바보잖아. 아빠 친구들이 오셔서 승준이가 그렇게 자랑하던 딸이 바로 너구나 하고 이쁘게 봐주셨어. 너무 좋았어 보고 싶었어. 둘째 날부터는 조금 힘들어서 오빠가 많은 일을 처리했어. 아빠가 좀 걱정했는데 오빠가 철도 들었고 말이야. 그리고! 화환이 엄청 엄청 왔는데 오빠 앞으로도 엄청 많이 왔어! 아빠가 깜짝 놀라고 좋아했을 텐데, 다 보고 있지~? 우리 세기의 로맨티스트 아빠 때문에 엄마가 좀 힘들어 해. 그러게 엄마를 너무 왕비처럼 해줘서 이제 우리가 다 해줘야 되자농. 아빠 때문에 아주 힘들어졌어ㅎㅎ. 그래도 우리가 잘 할테니까 너무 걱정하지 마. 발인할 때까지도 아빠 지인분들이 오셔서 다들 진심으로 슬퍼하고 눈물을 흘렸어. 아빠 정말 좋은 사람이었나 봐 밖에서도….

아빠 갈 때 많이 놀랐지? 하고 싶은 말, 못 한 말 많았을 텐데…. 근데 있잖아. 아빠가 가고 나서야 아빠가 못 해줬던 말들 다 알 것 같아. 아빠가 가고 나서야 아빠를 더 잘 알게 됐어. 나는 미니 승준이잖아, 아빠 맘 다 알아. 그러니까 너무 염려마. 아빠는 호랑이 나는 고양이잖아. 그래도 가끔 꿈에 나와서 좋은 말 해주기로 약속해. 이제 과로 말고 하나님 품 안에서 편히 쉬어. 아빠한테 못 사준 에그타르트랑 냉장고 안에 콜라가 좀 그렇긴 한데, 거기서 좋아하는 단 거 마니마니 먹구…! 최고의 아빠, 최고의 남편, 우리 엄마가 첫눈에 반한, 엄마 마음을 다 빼앗아 가버린 우리 아빠. 너무너무 사랑해. 자랑스러워. 존경

해요. 아빠 같은 사람이 될 수 있을까? 우리 나중에 만나. 아빠 만날 수 있도록 아빠처럼 멋지게 살게. 영원히는 아니지만, 지금은 안녕.

- 2019. 12. 18 아빠를 사랑하는 딸.

그리움

언젠가 한번 쯤
만났던 것 같은 기억이

기억
먼 옛날
까마득한 옛날부터
한번 이런 사랑이
있었던 것 같은 기억이
한번 이 사람을 만났던 것 같은 기억이

어렸을 적
뜰이 넓은 내 집에서
별들과 함께
만난 것 같은 기억이

이 사람을 기다린 것 같은 기억이

눈물
밀림처럼 이어져 온 시간들
뜰이 너무 넓었고
밤이 너무 조용했고
후로의 길 또한 너무 멀었던 까닭으로

눈물

만남을 얻지 못했던 서러운 기억

까마득한 옛날 있었던 것 같은 기억으로
한번 만났던 것 같은 기억으로
나는 사랑하지만
한번 뿐입니다

그 생각 없이는 내가 없기때문에
사랑도 외롭기때문에

글을 읽고

이요섭 | 세종대학교 초빙 교수

김승준 선생의 부인되시는 공선옥 여사의 마음속의 이야기들을 서적으로 출판하게 된 것을 기쁘게 생각하며 축하를 드립니다. 저는 사실 추천서 부탁을 받고 매우 망설였습니다. 나는 김승준 선생을 10여 년 알아왔지만 공선옥 여사에 대해서는 전혀 아는 바가 없었기 때문입니다. 그러나 책을 넘겨보면서 저자이신 공여사에 관해서도 그렇고 무엇보다 고 김승준 선생의 삶을 더 많이 알게 되었기에 기쁜 마음으로 이 글을 쓰게 되었습니다. 동시에 책이 지닌 깊은 의미는 단순한 공선옥 여사 개인의 생각들로만 만들어진 책이 아니라 부군 되시는 김승준 선생의 이야기도 이곳저곳에서 튀어나온다는 점에 있습니다. 한마디로 고 김승준 선생의 삶이 바탕이 된 책이라고 해도 과언이 아닐 것입니다. 그런 의미에서 나는 책을 읽으면서 김승준 선생에 대해서 더 잘 알게 되었고 속으로 작은 감동과 존경을 감출 수가 없습니다.

10여 년 전 어느 날 걸려온 전화에서 처음으로 김승준이라는(그의 이름을) 이름을 듣게 되었습니다. 사무실로 찾아온 그의 첫인상은 솔직함과 겸양의 덕을 가진 분이었습니다. 그 후로 가끔 만났을 때마다 오래전부터 사귄 지인처럼 나의 마음을 편하게 해주었을 뿐 아니라 항상 나의 생각과 마음을 두드리는 그 무엇을 전해 주곤 하였습니다. 만날 때마다 김선생을 통하지 않고서는 얻을 수 없는 다채롭고 새로운 정보와 지식이 넉넉했습니다. 어떻게 해서든지 자신이 속해 있는 조직과 기관을 살리고 이를 통하여 조국과 인류를 위해 기여하고 싶은 바람과 소망을 가진 분이었습니다. 이러한 사명은 하나님이 김 선생에게 주신 성직聖職이라고 감히 말하고 싶습니다. 그는 틀림없이 마지막 생명이 다하는 순간까지 이러한 제목을 가지고 간절히 기도했을 것입니다. 또 한 가지 이번 글을 읽으면서 알게 된 것은 그의 놀라운 가족 사랑입니다. 부인과 자녀들을 향한 배려와 열정은 감히 운명적이라고 할 만큼 순수하고 뜨거운 것이라고 말하고 싶습니다.

끝으로 공여사가 쓴 시「하늘에 있는 당신에게」에 관하여 몇 줄 언급하고자 합니다.

> 눈을 뜨면 아침, 당신이 보고 싶어 또 눈을 감으면 어느새 밤
> 아침인지 밤인지도 모른 채 당신이 보고 싶어 계속 잠을 잤지요
> 자고 또 자도 나타나지 않는 당신이 보고 싶어 다시 눈을 감기도 합니다
>
> 오늘은 새벽인 줄 알았는데 밤이었어요
> 낮과 밤을 구분하지 못하고 한밤을 서성이는
> 시간이 언제쯤 끝이 날까요…

"눈을 뜨면"으로 시작하는 이 시는 단어, 문장 하나도 결코 소홀히 다룰 수 없는 그 무엇이 느껴지는 진한 그리움의 빛깔이 묻어 있다. 욕심과 허영은 전혀 찾아볼 수 없는 순수함과 낭만이 여기저기서 피어났음을 넉넉하게 느낄 수 있게 하는 시작품이다. 슬픔을 이기지 못한다는 감정 표현이라기보다 오히려 지난 과거가 환상과 기도의 영역으로 승화되었다는 내적 표현이다. 그렇다! 시란 생각나는 대로 펜 가는 대로 쓰는 글이 아니지 않는가? 이러한 관점에서 보면 공선옥 여사의 시에서는 감각을 총동원하여 그 모든 옛날의 기억들을 아름다운 영혼의 영역으로 끌어올려 남편에 대한 그리움을 정리하고 있음을 알 수 있다.

> 천국에서도 하나님께 하트 만들어달라고 졸랐나요
> 그러지 않아도 돼 여보 당신 마음 다 알잖아

하늘로 보내는 시는 한강 물 위에 그려진 하트를 보면서 "여보 당신 마음 다 알잖아"라고 끝을 맺는다. 하늘로 간 그립고 안타까운 남편의 이른 죽음을 원망하기보다는 이제 모든 눈물을 거두고 "언제까지나 남은 가족과 하나님을 사랑하겠습니다"라는 기도임을 짐작게 한다. 남겨진 가족들에게 건강과 감사가 넘치기를 기원해 마지않는다.

글을 마치며

시작하면서 어디로 흘러갈지도 모르는 이야기가 글이 되었다. 원하는 것을 재창조해 나가듯이 자신의 이야기를 새롭게 수정해 나갈 수 있는 공간이 되어 주었다. 생존은 치열하지만 이야기가 있는 삶은 숭고하다. 희미해지는 것들 사이로 삶을 돌아보고 다른 관점의 구성을 시도해 본다는 것은 어떤 의미일까? 사람이 아무리 알아보려고 하나 알 수 없는 이야기와 삶과 죽음, 빛과 어둠 사이를 오가며 흰옷을 고쳐 입던 이야기들.

평범하지만 독특한 이야기의 구성을 통해서 더 나은 삶의 의미를 부여할 수 있다면 유한한 시간도 빈약한 시간도 새로운 창조가 될 수 있을 거라고. 쓰고 지우고 서성이며 망설였고 또 몇 년이 훌쩍 지나가 버렸다. 특별하진 않지만 소멸되지 않을 이야기의 시작과 여러 흔적들이 있다. 부끄러운 망설임으로 몇 해를 넘기고 말았지만 그것조차 그냥 부끄러운 나일 뿐이다.

길옆 한 귀퉁이 이름 모를 꽃과 나무들이 문득 글을 쓰게 하였고 어느 날은 TV나 신문의 뉴스가 글을 쓰게 하였다. 아무 낙이 없다고 생각될 때 어둠이 가까이 올 무렵 앉은 창문 옆에서, 어느 날은 씨를 뿌리는 벅찬 감동으로 펜을 들기도 했다. 문득 모양도 형태도 일정하지 않은 것 같은 이야기와 무어라 규정할 수 없는 마음을 담아 써본 글이다. 때로는 어린 날을 회상하며 청년의 때를 즐거워하며.

창 안의 이야기가 누군가에게는 지루하고 무거운 이야기가 될 수 있을지도 모른다. 더러는 진부한 이야기 보잘것없는 이야기가 될 수 있을지도 모른다. 진심을 담은 희미한 추억과 경험들, 주변의 소소한 이야기들을 담은 마음이 누군가에겐가 닿을 수 있었으면 좋겠다.

그냥 끄적거리는 건 나의 습관이다. 때로는 내가 써놓은 글을 보고 기쁨을 반추하기도 하고, 슬픔에는 긴 호흡을 하며 낯선 나를 들여다보기도 한다. 아주 가만히…. 모든 것이 살아 숨 쉬는 자의 호흡에서 나오는 고귀한 것들이다. 살아있음을 알리는 발자취이자 고귀한 흔적이다.

사랑해야 하는데 사랑하지 못한 것들을 사랑해야지. 용서해야 하는데 용서하지 못한 것들을 용서해야지. 화평하지 못했던 순간들과 생각과 행동이 일치를 이루지 못했던 삶을 혼자서 부끄러워하는 시간이 흘렀다. 때로는 눈앞이 흐려져서 한 줄도 써 내려가지 못한 적이 있었고, 살아있음의 희열로 온몸을 떤 흔적들이 있으며, 잊고 싶지 않은 기억을 붙들었던 시간이 있다. 그리고 어느 날, 마음 따뜻했던 것들이 천천히 드러나는 시간이 다시 창 안의 이야기를 만났다.

눈을 마주 보며 함께 이야기 나누고 싶었던 이들과 그때는 하지 못하였던 이야기가 언젠가 전해질 수 있을 거라는 희망을 담아보았다. 어떤 이에게는 사랑을 어떤 이에게는 용서를 어떤 이에게는 못다 한 진심이 전해지기를 바란다. 비가 내린 후 구름이 다시 일어나기 전, 거리의 문들이 닫히기 전에.

길

계획하지 않았는데
걸어온 길
미처 알지도 못했는데 걸어온 길
아무도 모르게 시작된 이야기

눈이 어느 날 그렇게 왔듯이
폭우가 어느 날 그렇게 와버렸듯이
이리 돌며 저리 돌아
해 뜨는 곳 여기까지

여기까지 왔는데
어디서 시작된 건지
어디서 끝나는 건지
알지 못하여도 구름이 흐르고
꽃이 핀다

지금의 날이 그때도 있었고
장래의 일도 예전에 있었다지
비가 멈춘 후 구름이 다시 오기 전
당신의 문들이 다시 닫히기 전
사랑하기 전

창 안의 이야기

공선옥 지음